Heinz-Peter Baecker

Mädchenleiche unter der Hunsrückeiche

PV
PANDION

1.

Es war kalt in der kleinen Dorfkirche. Den spärlichen Sonnenstrahlen des gerade begonnenen Frühlings war es nicht gelungen, die alten, dicken Wände und den Kirchenraum zu erwärmen. Deshalb hatten sich die etwa fünfzehn regelmäßigen Kirchgänger der kleinen Gemeinde Bayberg noch in überwiegend winterlicher Kleidung zur Samstagabendmesse eingefunden.

Aus dem alten Harmonium quälten sich röchelnd die letzten Töne des Sanctus. Pastor Bergheimer schaute etwas verzweifelt zu dem Instrument hinüber. Er hatte schon oft vorgeschlagen, auf die Begleitung durch das alte Harmonium zu verzichten und die Gemeinde a cappella singen zu lassen. Mit seiner kräftigen und sonoren Stimme hätte er schon den richtigen Ton getroffen, um anzustimmen. Aber immer wieder hatte Hedwig Liesenthal die Gläubigen davon überzeugen können, dass ein Gottesdienst ohne ihr Spiel kein richtiger Gottesdienst wäre. Nach Meinung dieser fast achtzigjährigen ehemaligen Musiklehrerin gehörte ein Instrument einfach dazu, um dem Kirchenraum und der Musik die notwendige Fülle zu geben. Und sie musste es wissen. Schließlich hatte sie bereits Weihnachten 1948 zum ersten Mal das schon damals recht betagte Harmonium gespielt, das eine kleine Rheingemeinde den Baybergern geschenkt hatte.

Pastor Clemens Bergheimer, trotz seiner sechzig Jahre und weißen Haare jung und schlank geblieben, richtete seine Blicke während der Wandlung auf die vor ihm Versammelten. Es waren Samstag für Samstag fast immer die gleichen Gesichter und jeder hatte seinen festen Platz in den Kirchenbänken. Zur Rechten des Mittelganges belegten der Getränkehändler Klaus Kaiser und Hans Marsak, Inhaber des kleinen Dorfladens, die vordere Kirchenbank. In der Reihe dahinter war wie stets das etwas verschlagene Gesicht von Günter Steils, dem neunzehnjährigen Bauernsohn, zu finden. Neben ihm, durch Herrn Marsak halb verdeckt, wusste Bergheimer Günters Vater, Willi Steils. Ihnen folgten dann in den nächsten Reihen der Ortsbürgermeister, der

Wirt des Dorfkrugs, der ledige Bruder der Organistin, Bäckermeister Liffka und hinter den Bankreihen stehend der Forstarbeiter Anton Schuck und seine Mutter, die allerdings meist zu spät kam und nach der Kommunion auch schon wieder ging. Die erste Bank der linken Seite blieb stets leer; Frau Marsak und Frau Mehrkatz mit ihrer Tochter Kathi pflegten erst in der zweiten Reihe Platz zu nehmen. In der Reihe dahinter knieten die Frau des Bäckermeisters und Frau Siewert, die Lehrerin. Ab und zu verirrte sich auch schon mal ein Tourist in die kleine Kirche, aber um diese Jahreszeit blieben die Touristen lieber im wärmeren Rhein- oder Moseltal.

Bergheimer nahm wahr, dass sich die Blicke und die Aufmerksamkeit der männlichen Kirchenbesucher wieder einmal kaum auf das Geschehen am Altar, sondern vielmehr auf die vierzehnjährige Brigitte Mallmann konzentrierten, wie immer, wenn sie als Messdienerin eingeteilt war. Brigitte war in ihrem schlichten, während der Fastenzeit grauen Kittelgewand, über das ihre langen, aschblonden Haare weit über die Schultern hinunterfielen, zweifellos ein reizvoller Anblick. Eine Mischung von kindlicher Unschuld und aufblühender, verführerischer Fraulichkeit. Der Pastor hatte auch schon vielfach beobachtet, wie sich ihre sonst so blasse Gesichtshaut leicht rot färbte und sie ihre zum Gebet gefalteten Hände öffnete, um die Arme verlegen vor dem Oberkörper zu verschränken, wenn sich ihre Blicke mit einem der Männer trafen. Nach einer stillen Fürbitte streckte Bergheimer wie gewohnt seine beiden Hände nach ihr und Carlos Razzmonta, dem anderen Messdiener, aus und sah dabei über seine Goldrandbrille, dass auch Carlos' Blicke unverhohlen auf die zarten Rundungen Brigittes gerichtet waren.

„Lasset uns beten, wie uns der Herr zu beten gelehrt hat. Vater unser ...", begann Bergheimer mit fester Stimme.

Leiernd und asynchron fiel die Gemeinde in das Gebet ein. Einige Männer vergaßen das Mitbeten und starrten weiter begehrlich auf das für sein Alter recht große Mädchen neben dem Pastor.

Bergheimer spürte Brigittes warme und zarte Hand auf der einen Seite und Carlos kräftigen Griff auf der anderen. Seine Augen streiften während des Gebets zunächst über die männlichen Gemeindemitglieder und blieben dann an Frau Marsak hängen, die ihrem Mann auf der anderen Kirchenschiffseite einen bitterbösen Blick zuwarf. Der nahm ihn allerdings nicht wahr, da auch er wie gebannt in den Anblick der Messdienerin vertieft war.

„… und führe uns nicht in Versuchung, sondern erlöse uns von dem Bösen …“

Bergheimer sah aus den Augenwinkeln, dass Brigitte ihren Kopf gesenkt hatte und sichtlich irritiert auf den alten, ausgetretenen Steinboden vor dem Altar blickte. Mit dem „Amen“ ließ der Pastor die Hände der Messdiener los, trat an den Altar, ergriff Kelch und Hostie, hob beides hoch, räusperte sich laut und wartete. Tatsächlich richteten sich endlich wieder ein paar männliche Augenpaare mehr auf ihn und das sakrale Geschehen.

„Seht das Lamm Gottes, das hinwegnimmt die Sünden der Welt. Herr …“ Er hatte das Wort „seht“ so betont, dass selbst Herr Marsak sichtlich erschrocken aus seinen Fantasien auftauchte und versuchte, sich wieder auf den Gottesdienst zu konzentrieren.

Während der Austeilung der Kommunion spielte Frau Liesenthal inbrünstig auf dem Harmonium. Da einige Töne das Instrument sowieso nur halbwegs richtig verließen, fiel es kaum auf, dass die alte Frau von Zeit zu Zeit eine falsche Taste erwischte. Erst als Pastor Bergheimer den Kelch gereinigt und die restlichen Hostien zurück in den kleinen Tabernakel gebracht hatte, beendete sie ihr Spiel und es trat wieder ehrfurchtsvolle Stille in der kleinen Kirche ein.

„Liebe Schwestern und Brüder“, begann Bergheimer und schaute in die Runde, „zum Abschluss unseres heutigen Palmsonntag-Gottesdienstes darf ich noch auf das bevorstehende Osterfest hinweisen. Wie jedes Jahr findet an diesen Tagen der Gottesdienst nur in St. Martin oder Liebfrauen in Oberwesel statt. Ich darf Sie also alle einladen, dorthin zu fahren oder Fahrgemeinschaften zu bilden. Ich wünsche Ihnen und Ihren Familien deshalb schon jetzt von dieser Stelle aus nicht nur einen schönen Palmsonntag, eine mit Gottes Hilfe erbauliche letzte Fastenwoche, sondern auch Frohe Ostern. Der nächste Gottesdienst hier in St. Anna findet am Samstag nach Ostern, also heute in vierzehn Tagen, wie gewohnt um achtzehn Uhr statt. Morgen ist Palmsonntag. Ich habe einige Palmzweige am Ausgang für Sie bereitgelegt, ebenso habe ich die Pfarrbriefe aus Oberwesel mitgebracht … Wir wollen jetzt um Gottes Segen bitten.“

Er schloss für einen Moment die Augen und wartete, bis sich alle niedergekniet hatten und Ruhe eingetreten war.

„Herr, sieh herab auf deine Gemeinde und schenke ihr deinen Segen, der den Schwachen Kraft, den Sündern Vergebung, den Ängstlichen Mut, den Zweiflern Gewissheit, den Heimatlosen Zuflucht und den Kranken

Trost spendet. Dies alles gewähre uns der dreieinige Gott, der Vater, der Sohn und der Heilige Geist." Schwungvoll vollzog er den Segen und breitete dann zur Gemeinde hin seine Arme aus. „Gehet hin in Frieden!"

„Dank sei Gott, dem Herrn", erwiderten einige, während andere bereits damit beschäftigt waren, eilig die Bankreihen zu verlassen und zum Ausgang zu gehen. Hedwig Liesenthal stimmte auf dem Harmonium das Schlusslied an, wusste aber, dass sie meistens die Einzige war, die noch mitsang. Carlos ergriff auf dem Weg zur Sakristei das Kollektekörbchen, das Brigitte nach der Sammlung auf den Altarstufen abgestellt hatte.

Während Pastor Bergheimer vor dem großen Kruzifix in der Sakristei noch ein kurzes, stilles Gebet sprach, lösten Brigitte und Carlos die dicken Kordelgürtel und schlüpften eilig aus ihren Gewändern. Bei Brigitte wurde ein kurzer, bunter Faltenrock und eine weiße Stehkragenbluse sichtbar. Mit ihrer schlanken Taille und ihren hübschen langen Beinen sah sie fast aus wie ein künftiges Mannequin. Carlos trug unter dem Gewand eine schwarze Jeans und einen schwarzen Rollkragenpullover. Auch er war schlank, hatte die schwarzen Haare glatt nach hinten gekämmt und mit einem Gel zum Glänzen gebracht. Seine Hautfarbe ließ seine südländische Herkunft erkennen, obwohl er im Hunsrück geboren war.

Der Pastor wandte sich seinen beiden Messdienern aufmunternd lächelnd zu. „Dann darf ich euch auch einen schönen Sonntag wünschen. Ich würde mich freuen, wenn ihr an Ostern nach dem Gottesdienst in Oberwesel kurz bei mir im Seniorenheim vorbeischauen würdet. Die Schwestern haben dann kleine Nester vorbereitet, die an die Insassen verteilt werden sollen. Dabei könntet ihr vielleicht etwas behilflich sein."

Carlos zupfte verlegen an seinem Rollkragen. „Ich kann leider nicht kommen. Meine Eltern fahren in diesem Jahr über Ostern mit mir nach Spanien zu den Großeltern ..."

Bergheimer streckte ihm lächelnd die Hand entgegen. „Schon gut, dann wünsche ich dir, deinen Eltern und Großeltern schon jetzt ein frohes Osterfest, eine gute Fahrt und kommt gesund zurück."

„Ich komme bestimmt, Herr Pastor", meinte Brigitte vergnügt und kämmte vor dem kleinen Spiegel an der Wand ihr langes Haar.

Der Pastor griff behutsam nach ihrem Handgelenk. „Ich habe die Männer der Gemeinde schon einige Male beobachtet", sagte er leise und seine Stimme klang beruhigend. „Du musst es ihnen nachsehen, wenn sie dich während des Gottesdienstes wegen deiner schönen Haare manchmal etwas kirchenunwürdig anstarren."

„Ich glaube, Herr Pastor, es sind weniger die Haare!" Carlos grinste unverschämt und machte eine eindeutige Geste an seinem Oberkörper entlang.

Das Lächeln verschwand von Bergheimers Gesicht. „Was willst du damit andeuten?", fragte er unerwartet barsch.

Carlos merkte sofort, dass er wohl etwas vorlaut gewesen war. „Nun ja", versuchte er zu erklären, „es sind ja nicht alle, die schauen, und ... Brigitte ist auch insgesamt nicht ... nicht ganz unansehnlich. Ich meine, sie sieht doch ganz nett aus, oder?", schloss er betont forsch.

Er wollte sich schnell umdrehen und die Sakristei verlassen, doch Bergheimer hielt ihn an der Schulter fest. „Wie alt bist du jetzt, Carlos?", fragte er und konnte ein leichtes Schmunzeln nicht verbergen.

„Im Juli werde ich siebzehn."

Der Pastor ließ langsam die Schulter des Jungen los und gab ihm einen leichten, freundschaftlichen Klaps auf den Hinterkopf. „In dem Alter darf man noch so vorlaut sein", stellte er leise fest und drehte sich wieder zu Brigitte um. „Grüß mir bitte deine liebe Mutter. Ich werde vielleicht nächste Woche noch einmal vorbeischauen, um zu sehen, wie es ihr geht."

„Eigentlich geht es ihr den letzten Monaten ganz gut. Hin und wieder kommt mal wieder ein Tief, aber das wissen Sie ja ... sie ist halt sehr allein."

„Bist du da, wenn ich komme?"

Brigittes Augen begannen zu leuchteten. Sie freute sich immer den Pastor zu sehen, denn sie wusste aus Gesprächen mit ihm und seiner Mutter, dass auch er sich oftmals sehr einsam vorkam. „Ich werde bestimmt da sein!" Sie drehte sich hastig um und nahm ihren knöchellangen dunklen Mantel vom Garderobenhaken. Es dauerte eine Weile, bis sie ihn zugeknöpft hatte.

„Ich weiß, wie schwer es ist, wenn einen ein Mensch nach so vielen Jahren verlässt", murmelte Bergheimer und starrte gedankenversunken vor sich auf den Steinboden.

„Vielleicht kommt mein Papa irgendwann noch einmal wieder?!", antwortete Brigitte leise. Plötzlich kicherte sie: „Vielleicht finde ich für die Mama ja auch einen anderen netten Mann, der uns gefällt!"

Fröhlich warf sie sich einen langen Schal um den Hals und zog die Haare darunter hervor.

„Nur Gott kennt unsere Wege und Irrwege. Und er lässt sie zu!" Bergheimer nahm Brigittes Hand, drückte sie wortlos und lächelte sie an. Ihre Hand war immer noch warm, obwohl auch die Sakristei nicht beheizt war.

Carlos legte den Arm um ihre Schultern und strahlte Bergheimer herausfordernd an: „Aber ein schönes Paar wären wir schon, oder?"

Der Pastor schmunzelte wieder. „Man könnte fast eifersüchtig werden!", meinte er.

Die beiden Messdiener verließen ausgelassen hüpfend die Sakristei. Bergheimer blieb noch ein paar Sekunden nachdenklich mitten im Raum stehen, bevor er mit einem Ruck auf seine Armbanduhr schaute. Er griff hastig nach dem Kollektekörbchen und begann zu zählen.

2.

Die ersten Sonnenstrahlen streiften bereits die Spitzen der Tannen im nahe gelegenen Stadtwald von Oberwesel und ließen sie gegen den fast wolkenlos blauen Himmel leuchten. Vom Rheintal stiegen graue Nebel auf. Die Nacht war sternenklar und kalt gewesen und nur mühsam hatte sich das Thermometer oben im Hunsrück über null Grad gehalten.

Hedwig Liesenthal tippelte wie immer leicht vorgebeugt, als trüge sie eine ständige Last auf den Schultern, gemächlich die Landstraße entlang. Sie genoss die Wärme der Sonne im Rücken. Ab und zu blieb sie stehen, hielt ihr schmales, faltiges Gesicht gegen die Sonne und atmete tief die frische Morgenluft ein. Dabei griff sie sich mit der Hand an den Rücken und reckte sich, so gut es ging. Fast jeden Tag, soweit es ihre Gesundheit zuließ, besuchte sie als Erstes das Grab ihres verstorbenen Mannes. Sie ging dicht am Straßenrand, aber nicht auf dem Gras, denn das war noch nass vom Morgentau und ihre Schuhe waren nicht mehr besonders neu und dicht.

Der Friedhof von Bayberg liegt etwas außerhalb des kleinen Dorfes, genau gegenüber einer über hundert Jahre alten Eiche, die von den Einheimischen nur die Hunsrückeiche genannt wird. Seit über drei Jahren nahm die Neunundsiebzigjährige das frühe Aufstehen in Kauf, um unbeobachtet und ungestört am Grab ihrem Mann von ihren Erlebnissen des Vortages berichten zu können. Es war immer ein sehr einseitiges Zwiegespräch, aber Hedwig kannte aus vielen Jahren Ehe genau die Antworten und Fragen ihres Mannes. Zwar gab es kaum etwas Sensationelles zu berichten. Meist waren es Alltäglichkeiten, die sie am Vortag beschäftigt hatten, oder sie las ihm einen Brief vor. Mal von ihrer Tochter, die in Trier-Kürenz mit einem Installateur verheiratet war, mal ein paar Zeilen von Freunden und Bekannten, die sich im Urlaub befanden oder ihr anlässlich eines Geburtstags geschrieben hatten. Heute, so hatte sie beschlossen, würde sie ihm von ihrem Garten berichten, den sie gemeinsam vor vielen Jahrzehnten hinter dem Haus angelegt hatten. Alles begann jetzt zu blühen, die Osterglocken, die Krokusse und die Forsythien. Sie überlegte, wie sie Willi den Duft beschreiben sollte, der ihr in den letzten Tagen morgens entgegenschwebte, wenn sie die Fenster auf der Gartenseite zum Lüften öffnete …

Plötzlich hielt sie inne und blieb stehen. Sie kniff die Augen zusammen, um besser sehen zu können. Trotz ihres Alters war sie zu eitel, um auf der Straße eine Brille zu tragen und so modernes Zeug wie Kontaktlinsen kam für sie nicht infrage. Auf der gegenüberliegenden Straßenseite, genau unter der Hunsrückeiche, hatte sie etwas entdeckt, was ihre Aufmerksamkeit erregte. Aber sie konnte nicht recht erkennen, was es war. Es musste etwas sein, was dort nicht hingehörte oder bisher nicht dort gewesen war …

Sie überquerte neugierig die Landstraße und ging auf die große Eiche zu, die knapp fünf Meter von der Straße entfernt in den Himmel ragte. Mit jedem ihrer kleinen Schritte begann Hedwig schneller zu atmen, denn das Etwas nahm zunehmend menschliche Gestalt an. Sie konnte bereits Schuhe erkennen, schwarze Schuhe. Sie sah auch Hände, die, offenbar gefaltet, leblos aus dem halbhohen Gras herausschauten. Ein Autounfall, schoss es ihr durch den Kopf. Instinktiv blickte sie sich um, ob irgendjemand zu sehen war, den sie zu Hilfe rufen konnte. Doch um diese Tageszeit war außer ihr sonntags nur äußerst selten jemand auf dieser abgelegenen Landstraße unterwegs. Langsam erkannte sie einen dunklen Mantel und ein blasses Gesicht. Lange, nackte Beine lagen merkwürdig angewinkelt im Gras, dann wurde ein bunter Faltenrock sichtbar.

Unwillkürlich blieb Hedwig stehen und hielt sich die rechte Hand vor die Augen. Ihr Herz schlug so heftig, dass sie glaubte, sich setzen zu müssen. Sie stolperte hastig ein paar Schritte vorwärts, konnte sich aber wieder abfangen. Langsam nahm sie ihre zitternde Rechte wieder herunter. Im gleichen Moment durchfuhr es sie wie ein elektrischer Schlag.

„Mein Gott!“, stieß sie zu Tode erschrocken aus. „Brigittchen!“

Sie glaubte, ohnmächtig zu werden. Vergeblich suchte sie nach einem Halt. Sie schloss die Augen und wartete, bis das plötzliche Brummen und Summen in ihrem Kopf wieder aufhörte und der Pulsschlag im Hals wieder ein einigermaßen normales Atmen zuließ. Dann sah sie wieder hin.

Das Mädchen lag blass, mit geschlossenen Augen und gefalteten Händen, wie aufgebahrt unter der Hunsrückeiche. Ihre Haut war von der Nachtkälte leicht bläulich gefärbt. Fast sah es aus, als schliefe sie. Aber für Hedwig stand sofort fest, das Mädchen war tot. Sie machte unwillkürlich ein Kreuzzeichen und blickte sich erneut um. Hastig schlug sie den Kragen ihres Mantels hoch und knotete ihren Schal fester darum, denn plötzlich fröstelte sie. Mit einem Ruck drehte sie sich um und tippelte, so schnell sie konnte, ins Dorf zurück.

„Der Sonntag fängt schon gut an!", stöhnte Kriminalhauptkommissar Pistano im Polizeipräsidium Koblenz und legte den Hörer auf. Verdrossen blickte er zu dem neuen Mitarbeiter, der ihm gegenüber am zweiten Schreibtisch saß. „Den Boppardern wurde eine weibliche Leiche gemeldet, ausgerechnet am Bayberger Friedhof." Er schüttelte den Kopf und deutete mit seinen wulstigen Fingern auf die Akten neben sich. „Ich muss aber unbedingt den Bericht fürs LKA fertig machen, sonst gibt es wieder eine Beschwerde. Geh zum Fuß und mach das!"

„Zu Fuß ist das wohl ein bisschen zu weit", grinste Kriminalhauptmeister Wagner, bis vor wenigen Tagen noch bei der Kripo Trier im Dienst. „Das liegt doch oberhalb von St. Goar, oder?" Er war nie sehr sportlich gewesen und jede übermäßige körperliche Anstrengung forderte dem Endzwanziger echte Selbstüberwindung ab. Fast hätte er vor zwei Jahren deshalb den Polizeidienst aufgegeben.

Pistano schüttelte erneut den Kopf, aber diesmal verständnisvoll lachend, wobei seine dicken Wangen eine gewisse Eigendynamik in der Bewegung entwickelten. „Nicht zu Fuß sollst du gehen, sondern zum Kollegen Fuß. Kommissar Fuß von gegenüber!"

„Heißt der wirklich so?", fragte Wagner amüsiert und packte sein Butterbrot wieder ein.

„Nee, eigentlich heißt er Wilfried. Wie er mit Familiennamen heißt, weiß ich schon gar nicht mehr. Wir nennen ihn alle immer nur Fuß." Er vertiefte sich wieder in seine Akten. Auf seiner Glatze spiegelte sich die Sonne, die durch das große Fenster zur Linken fiel.

Wagner warf einen Blick auf die Landkarte hinter sich. „Da fahren wir wohl am schnellsten über die A 61 bis …"

„Laudert!", brummte Pistano ohne aufzublicken. „Fuß kennt sich da oben aus."

Der Hauptmeister steckte sein Frühstückspaket in die Jackentasche. Vielleicht würde er später Gelegenheit dazu haben. Er nahm noch einen Apfel aus der Schreibtischschublade und verließ wortlos den Raum.

Die Tür schräg gegenüber stand weit offen. Kommissar Fuß erwies sich als ein stattlicher Zweizentnermann mit kurz geschnittenen Haaren, einem ebensolchen Vollbart und einem leichten, sich unter dem Hemd vorwölbenden Bäuchlein. Für jemanden, der Verbrecher jagte, hatte er eigentlich einen viel zu sympathischen Gesichtsausdruck. Nur seine Augen wirkten wach und listig und doch gleichzeitig gutmütig. Auch er saß vor einem Stapel Akten. Er hob den Kopf und blickte dem unbekannten jungen Kollegen neugierig entgegen.

„Sie sind Fuß?“, fragte Wagner und blieb zögernd in der Tür stehen.

Der Angesprochene grinste spitzbübisch. „So nennt man mich hier. Ich höre schon kaum noch auf meinen richtigen Namen. Und wer sind Sie?“

„Walter Wagner, seit dem ersten April hier in Koblenz, bisher Kriminalhauptmeister in Trier“, stellte sich Wagner vor. „Wir müssen nach St. Goar fahren, genauer gesagt nach Bayberg. Eine weibliche Leiche ist dort gefunden worden. Wir sollen das übernehmen, meint Pistano. Er muss noch etwas fürs LKA erledigen.“

„Meint er! Muss er!“, wiederholte Fuß spöttisch. „Wie schön von ihm! Ich hab’ ja überhaupt nichts zu tun!“ Er schloss den Aktenordner vor sich mit einem leisen Fluch. „Aber bei mir kann alles ruhig liegen bleiben!“ Missmutig stand er auf und schnappte sich seine Aktentasche neben dem Schreibtisch. „Ist schon die Spurensicherung und ein Arzt verständigt worden?“

„Keine Ahnung! Pistano hat nichts dazu gesagt“, gestand Wagner.

„Das ist typisch für die Kröte!“ Fuß griff zum Telefon und wählte eine Nummer. „Ist von euch schon jemand nach Bayberg unterwegs?“ Er nickte, bedankte sich und hängte wieder ein. „Dann wollen wir mal sehen, dass wir nicht als Letzte dort auftauchen.“

„Wieso eigentlich Kröte?“, erkundigte sich Wagner.

Fuß legte schnell den Finger auf den Mund. „Psst!“, machte er, „den Namen hört er nicht gern!“

Aber auf dem Weg zum Wagen erklärte er dem neuen Kollegen: „Sein aufgedunsenes, grobporiges Gesicht und die leicht hervorstehenden Augen, wie bei einer Kröte, verstehen Sie? Und sein behäbiger Gang … unverkennbar, die Ähnlichkeit. Wir Polizisten sind nun mal gnadenlos scharfe Beobachter“, setzte er schmunzelnd hinzu. „Und absolut verschwiegen …“

„Wo kommen Sie her oder können wir uns duzen?“, fragte Fuß, als sie im Auto saßen und über die Hunsrückhöhenstraße in Richtung A 61 fuhren.

„Ich heiße Walter!“

„Ich bin der Wilfried, aber wie du schon mitbekommen hast, auch ich habe einen Spitznamen …“

„Lebst wohl auf großem Fuß, oder?“, fragte Wagner mit einem augenzwinkernden Blick in den Fußraum auf der Fahrerseite.

Der Kommissar lachte laut und herzhaft. „Auf die Idee bin ich bei meinem Gehalt noch nicht gekommen. Da müsste ich wohl erst die Seiten wechseln und mal einen Banküberfall machen. Auch keine schlechte Idee!“

Wagner wurde plötzlich ernst und nachdenklich. „Da hast du Recht. Bei dem Risiko, das unsereiner täglich eingeht, und der Schmutzarbeit, die man machen muss … Und wenn ich dann überlege, was mich allein der Umzug von Trier nach hier gekostet hat!“

„Wolltest du oder musstest du?“, erkundigte sich Fuß.

„Wie man's nimmt. Ich habe mich letzte Weihnachten mit der Tochter eines Gastwirts in Vallendar verlobt, Beate heißt sie. Und sie wollte natürlich, dass ich mich so bald wie möglich in ihre Nähe versetzen lasse. Die Pendelei an freien Tagen war doch recht anstrengend und Zeit raubend.“

„Na, dann werden wir sicherlich bald in doppelter Weise Kollegen sein!“

Wagner schaute den deutlich älteren Kommissar verständnislos an.

„Ich bin noch Hobbywinzer oder Nebenerwerbswinzer, wie das so schön im Amtsdeutsch heißt“, klärte Fuß ihn auf.

„Winzer? Das hört sich interessant an. So richtig mit Weinbergen, Südhang und Trauben dran? Ich habe vom Weinanbau überhaupt keine Ahnung.“

„Sei froh! Ich kann dir sagen, das ist manchmal ganz schön hart! Selbst wenn ich zur Lese und auch zwischendurch ein paar Helfer habe. Aber das meiste bleibt das Jahr über natürlich an mir hängen.“

„Und wo hast du deinen Weinberg?“

„Drüben an der Mosel, in Alken. Komm uns halt mal besuchen. Meine Frau macht zweimal im Jahr die Straußwirtschaft auf. Jetzt am Gründonnerstag geht es wieder für rund sieben Wochen los.“

Wagner pfiff leise durch die Zähne. „Dann könntet ihr ja mit euren Weinbergen tatsächlich auf großem Fuß leben!“

Wieder lachte der Kommissar herzhaft und sein Gesicht bekam etwas Spitzbübisches. „Was glaubst du, wozu ich noch Zeit hab'? Und dann noch der verdammte Bürokram im Präsidium. Nee, um auf großem Fuß zu leben, fehlt mir die Zeit. Und der Weinberg ist für mich eher ein befriedigender Ausgleich für die Drecksarbeit, für die dir keiner Danke sagt. Oder hast du schon einmal erlebt, dass ein Täter dir Danke gesagt hat, wenn du ihn verhaftet hast? Aber der, der einen schönen Wein zu genießen versteht, der sagt dir fröhlich Danke."

„Ich komm' deinen Wein bestimmt mal probieren. Wann ist denn das Weinrestaurant …"

„Straußwirtschaft, heißt das!", übertönte ihn der Kommissar. „Junge, du kommst aber nicht von der Mosel."

„Nein. Ich war nur die letzen zwei Jahre in Trier. Geboren bin ich in Melle."

„Wo liegt das denn?", stöhnte der Kommissar. Der Name klang für ihn nach plattem Land.

Und tatsächlich: „Oben, östlich von Osnabrück", sagte Wagner.

„Na gut, dann sei es dir verziehen! Erika, meine Chefin, freut sich sicherlich, wenn du uns besuchen kommst."

3.

Als ihr Wagen sich mit Blaulicht, aber ohne Martinshorn dem Friedhof von Bayberg näherte, hatte sich bereits das halbe Dorf eingefunden und blockierte die Landstraße. Zwei uniformierte Kollegen aus Boppard hatten, so gut es ging, den Fundort weiträumig mit rotweißem Polizeiband abgesperrt und machten den ankommenden Kollegen von der Kripo ein Zeichen, den kleinen Friedhofparkplatz anzufahren, auf dem schon einige andere Fahrzeuge standen.

Der Bopparder Polizeimeister Claus Castor, von seinen Kollegen CC genannt, kam sofort auf den Wagen zugeeilt, um Fuß und Wagner erste Informationen zu geben. „Es handelt sich um ein junges Mädchen hier aus dem Dorf, eine gewisse Brigitte Mallmann, vierzehn Jahre. Sie wurde vor gut einer Stunde von einer alten Frau gefunden, einer gewissen Hedwig Liesenthal, auch hier aus dem Ort. Wir mussten sie aber nach Hause fahren lassen. Sie ist fast achtzig und war nervlich fix und fertig."

„Sind die Eltern des Kindes benachrichtigt?", fragte Fuß sofort.

CC schüttelte den Kopf. „Es gibt da offenbar nur eine Mutter. Sie wurde sofort vom Ortsbürgermeister verständigt und war auch schon da. Sie ist aber beim Anblick ihrer Tochter zusammengebrochen. Der anwesende Notarzt hat sich ihrer angenommen und sie dann auch mitgenommen."

„War schon ein anderer Arzt vor Ort?", wollte Fuß wissen, da der Notarzt keinen amtlichen Totenschein ausstellen darf.

„Noch nicht, erledige ich aber sofort", gab der Uniformierte zurück.

Fuß machte eine Kopfbewegung zu Wagner hin und die beiden Kripobeamten überquerten im Laufschritt die Landstraße. Am Fundort hatten die Kollegen von der Spurensicherung bereits ein paar Zahlentäfelchen aufgestellt und waren dabei, Verdächtiges zu notieren, zu fotografieren und einzusammeln.

„Fundort ist nicht Tatort!", begrüßte Polizeiobermeister Wendling aus Boppard die beiden Koblenzer Kollegen und hob die Decke an, die man über den Leichnam gelegt hatte. „An dem Mantel und in den Haaren sind Teile von kleinen Ästen und nassem Erdreich, was alles nicht von hier stammen kann. Die wurde hier nur abgelegt."

„Kann man schon etwas zum Tatumstand sagen?", fragte Fuß. Er streifte Latexhandschuhe über und beugte sich betroffen über das bläulich-blasse Gesicht der Toten, das einen auffallend friedlichen Ausdruck hatte. Überhaupt lag die Tote da, wie man sich einen Engel vorstellt. Weiche, hübsche Gesichtszüge, langes Haar und ein großer, schlanker Körper in makelloser Kleidung, bis auf ein paar Ästchen, Blätter und Moos.

„Bisher konnten wir keine sichtbare Gewaltanwendung feststellen, aber das wird die Obduktion genauer sagen können. Merkwürdig ist der Umstand, wie das Kind hier abgelegt wurde."

Fuß nickte. „Fast wie in einem Sarg. Oder hat da schon einer daran herumgefummelt?"

Christian Wendling schüttelte den Kopf. „Soweit uns bekannt, hat die alte Frau die Leiche so gefunden, wie sie jetzt immer noch liegt. Als wir eintrafen, waren außer der alten Frau auch erst zwei andere Personen hier: der Bruder der Frau und ein Herr Muders. Der Mann ist hier Ortsbürgermeister. Von ihm wurden wir in Boppard auch verständigt. Die anderen sind alle erst später nach und nach gekommen."

„Gibt es Anzeichen eines Sexualdeliktes?", wollte Wagner wissen.

Der rotblonde Kollege Wendling winkte ab. „Bisher haben wir dazu keine Erkenntnisse."

„Haltet mal die Decke als Sichtschutz hoch. Man muss ja da drüben nicht alles mitbekommen. Die Leute sollen sowieso nach Hause gehen. Vor allem haben doch die Kinder hier nichts zu suchen!", brummte Fuß ungehalten.

Nachdem Wagner und Wendling die Decke so angehoben hatten, dass die Neugierigen, die sich auf der gegenüberliegenden Straßenseite versammelt hatten, nichts mehr sehen konnten, zog Fuß vorsichtig mit zwei Fingern den bunten Rock des Mädchens hoch. Behutsam schob er ihre Beine etwas auseinander. Die Oberschenkel des Mädchen wiesen tatsächlich keine sichtbaren Spuren von Gewalt auf, der hellblaue Slip mit kleinen Blümchen lag ordentlich am Körper an und zeigte ebenfalls keine verdächtigen Spuren. Auch im Bauchbereich war der Slip unverändert.

„Nee, da hat sich nichts abgespielt!", stellte Fuß fest. Dann knöpfte er vorsichtig die Bluse der Toten auf und legte den Oberkörper frei. „Kein BH, aber auch keine sichtbaren Spuren einer Verletzung!"

Er betrachtete intensiv den Hals und das Gesicht. Seine Augen blieben am linken Mundwinkel des Mädchens hängen. Hier schienen Speichelreste verklebt zu sein, was normalerweise auf Würgen hingedeutet hätte. Da aber am Hals keine Würgemale zu sehen waren, musste die eingetrocknete Flüssigkeit anderen Ursprungs sein, vielleicht die Reste von Erbrochenem. Der Kommissar schloss die Bluse wieder notdürftig und schob den Rock zurecht. Er betrachtete die gefalteten Hände. Die Fingernägel des Mädchens wirkten sauber, keine sichtbaren Spuren von Blut oder Hautresten, die auf einen Kampf hätten schließen lassen. Schließlich hob er vorsichtig den Kopf der Toten an. Auch hier waren weder Blut noch fühl- oder sichtbare Spuren eines Schlags oder Ähnliches. Zum Schluss nahm er noch die Schuhe in Augenschein. Unter den Sohlen klebte verkrustete Erde, was bei dem Regenwetter der letzten Tage kein Wunder war. Es bedeutete lediglich, dass sie in letzter Zeit nicht nur auf Asphalt gegangen war, mehr nicht.

„Deckt sie wieder zu", brummte Fuß und richtete sich mühsam auf, denn sein Rücken schmerzte immer, wenn er längere Zeit vornüber gebeugt war. Er streifte die Latexhandschuhe ab, zog aus der Innentasche seiner Jacke ein kleines Diktiergerät und hielt seine ersten Eindrücke auf Tonband fest.

Danach blickte er zur anderen Straßenseite hinüber. „Wer ist dieser Ortsbürgermeister?"

CC, der direkt neben ihn getreten war, deutete auf einen kleinen Mann mit dunklem, bereits gelichteten Haar, Mitte fünfzig. Der Mann stand etwas abseits von der Gruppe der Neugierigen und starrte regungslos auf den Asphalt der Landstraße. „Ich habe einen Arzt vom Krankenhaus in Oberwesel verständigt", meldete CC.

Fuß' Augen gingen noch einmal den Fundort der Leiche ab. „Walter, wir nehmen uns als Erstes diesen Ortsbürgermeister vor. Tatzeugen gibt es wahrscheinlich keine oder hat sich irgendjemand gemeldet, der glaubt, etwas zu wissen?"

Fragend blickte er Castor an, der nur den Kopf schüttelte.

„Weiß man, wo der Notarzt die Mutter der Toten hingebracht hat?"

„Soweit ich weiß, nur zu ihr nach Hause. Irgendeine Freundin oder Nachbarin ist mitgefahren."

„Gibt es hier im Ort einen Raum, wo wir uns ungestört niederlassen können? Ein Rathaus gibt es wohl nicht?"

Polizeiobermeister Wendling als ortskundiger Oberweseler fühlte sich angesprochen. „In Bayberg gibt es zwei Gaststätten, den Dorfkrug und die Alte Mühle."

„Was ist näher?", fragte Fuß.

„Die Alte Mühle!"

„Gut, Walter, geh du schon mal mit dem Bürgermeister dorthin vor. Ich komme nach, sobald ich mich hier noch etwas umgeschaut habe." Kommissar Fuß blickte wieder zu der Toten hin. „Wenn der Arzt da war, soll man das Kind sofort wegbringen", beauftragte er Castor und blickte kopfschüttelnd zu den neugierigen Dorfbewohnern hinüber, die immer noch mit ihren kleinen Kindern dastanden, gafften oder eifrig miteinander debattierten.

So ein Mord musste für ein kleines Dorf wie Bayberg wirklich ein Jahrhundertereignis sein, bei dem keiner fehlen wollte.

4.

Die Alte Mühle wirkte von außen gar nicht wie eine Gaststätte – keine Werbeleuchte einer Brauerei, kein Namensschriftzug, nicht einmal ein Hinweisschild am Straßenrand. Hier trafen sich wirklich nur die Einheimischen und die wollten offenbar unter sich bleiben.

Die Inneneinrichtung war ebenso einfach wie alt. Dicht beieinander standen sechs klobige Holztische ohne Tischdecken oder irgendeine Dekoration. Nicht einmal Aschenbecher oder Bierdeckel waren vorhanden. Der Linoleumboden, der wahrscheinlich schon seit Jahrzehnten hier lag, war ausgetreten und wirkte ungeputzt. Durch die niedrigen kleinen Fenster fiel nur wenig Tageslicht. Die Tapete war vergilbt und ließ nur noch ahnen, dass sie ursprünglich vielleicht mal geblümt gewesen war.

Auf Bitten des Kriminalhauptmeisters hatte Erwin Theis, der glatzköpfige und stets unrasierte Wirt, sämtliche Lampen über den Tischen eingeschaltet, doch auf Grund ihrer schwachen Birnen brachten sie auch nicht wesentlich mehr Licht in die Gaststube. Als Theis erfahren hatte, dass sein Lokal Hauptquartier der Polizei werden würde, hatte er sich schnell seine alte Halbschürze um den massigen Bierbauch gebunden, hatte die Kaffeemaschine eingeschaltet und schnaufend und schwitzend die Kühlfächer aufgefüllt, um für die zu erwartende Nachfrage nach Getränken gewappnet zu sein.

Fuß und Wagner hatten an einem Fenstertisch Platz genommen und das kleine Diktiergerät vor sich aufgestellt. Ihnen gegenüber saß Ortsbürgermeister Muders, der immer noch nicht zu begreifen schien, was geschehen war.

„Gestern hat die Brigitte noch die Messe in St. Anna gedient“, jammerte er leise und konnte nur mit Mühe die Tränen zurückhalten.

„Wann war das?“, fragte Wagner und überzeugte sich, dass die Kassette in dem kleinen Recorder ordnungsgemäß lief.

„Der Gottesdienst fängt um achtzehn Uhr an und war gegen neunzehn Uhr zu Ende. Pastor Bergheimer predigt immer etwas länger als allgemein üblich – aber gut!“

„Sie haben hier in Bayberg einen eigenen Pastor?“, fragte Kommissar Fuß erstaunt und blickte von der alten, verschlissenen Wanderkarte auf, die ihm der Wirt ausgeliehen und die er vor sich ausgebreitet hatte.

„Nein!“, erklärte der Ortsbürgermeister. „Pastor Bergheimer kommt samstags immer aus Oberwesel zu uns, wo er unter anderem für das Schwesternkloster und das Seniorenheim als Seelsorger tätig ist. Aber er hat auch noch andere Aufgaben, soweit ich weiß. Manchmal hilft er in den Pfarreien der Umgebung aus, wenn die Pastoren in Urlaub oder verhindert sind. Er springt hier in der Gegend wohl überall mal ein, wo Not am Mann ist. Er ist überall sehr beliebt. Als damals meine Frau starb, hat er mich immer wieder mal mitten in der Woche besucht und mir Trost zugesprochen. Ein wirklich feiner Mensch, der Herr Pastor.“

Fuß vertiefte sich wieder in seine Karte. „Der Fundort der Leiche ist hier.“ Er deutete mit der Spitze seines Kugelschreibers auf die Stelle, wo der Friedhof eingezeichnet war. „Wo wohnt die kleine Mallmann?“

Muders beugte sich über die Karte und zeigte mit seinen krummen Fingern auf eine Stelle etwas abseits des Dorfes. „Wir haben dort vor einigen Jahren ein kleines Neubaugebiet erschlossen. Das klingt vielleicht etwas hochtrabend, denn bisher stehen nur drei Häuser dort. Den Rest der Grundstücke sind wir bisher noch nicht losgeworden ...“

Kommissar Fuß berührte mit dem Zeigefinger die Stelle, an der die kleine Dorfkirche eingezeichnet war, und ließ seine Augen zwischen der Kirche und dem Neubaugebiet hin und her wandern. „Welchen Weg wird Brigitte gestern Abend gegangen sein?“, fragte er und schaute sein Gegenüber an.

„Es gibt eigentlich nur zwei Möglichkeiten“, antwortete der Ortsbürgermeister prompt. „Die eine ist eine Sackgasse zu den drei Häusern, die von der Landstraße zwischen Laudert und Oberwesel abgeht. Und die andere, die von den meisten Bewohnern genutzt wird, ist ein kleiner Feldweg. Er beginnt kurz vor dem Ortsausgang und führt direkt auf die Lichtung zu, in der sich das Neubaugebiet befindet. Aber abends, wenn es schon dämmert, so wie gestern, nehmen vor allem die Frauen lieber den Umweg über die Straße in Kauf, weil die Abkürzung nicht einzusehen ist, da wuchern viele Büsche rechts und links.“

Wagner hatte zusätzlich zu dem Bandgerät einen Block vor sich liegen und machte sich einige Notizen. „Wer von den Bewohnern der drei Häuser war denn gestern Abend in der Kirche und könnte zusammen mit Brigitte gegangen oder ihr auf dem Heimweg begegnet sein, sie gesehen oder etwa beobachtet haben?“, fragte er.

„Also gesehen habe ich den Klaus Kaiser. Das ist der Getränkehändler. Der wohnt mit seiner Familie dort draußen und hat auch dort sein Getränkelager, obwohl es eigentlich als reines Wohngebiet ausgewiesen ist. Aber hier auf dem Land sind wir nicht so streng. Das heißt, der Klaus ist auch gar nicht verheiratet, sondern lebt dort mit einer Frau und deren Tochter zusammen. Die Kleine ist fast im gleichen Alter wie die Brigitte. Und dann wohnt da draußen noch der Karl-Heinz, das ist der junge Wirt vom Dorfkrug, und der Schuck, unser Forstarbeiter. Der wohnt dort mit seiner Mutter."

Wagner schrieb eifrig mit, während Kommissar Fuß weiterhin gedankenversunken die Karte studierte.

„Wie heißt dieser Karl-Heinz mit Familiennamen?", fragte Wagner.

„Persch!", kam es wie aus der Pistole geschossen und Wagner hatte plötzlich den Eindruck, als wollte der Ortsbürgermeister zu diesem Mann unbedingt etwas loswerden.

„Waren dieser Persch und der Schuck gestern auch in der Kirche?"

Damit schien er genau die Frage gestellt zu haben, auf die Muders gewartet hatte. Denn plötzlich leuchteten dessen Augen und auch seine Stimme war nicht mehr so brüchig und leise.

„Der Karl-Heinz schon, also der Persch. Aber der lebt mit so einem jungen Ding zusammen. Das heißt, offiziell haben sie zwei getrennte Wohnungen in dem Haus. Sie geht aber nie in die Kirche. Ich glaube eher, die geht auf den …" Er unterbrach sich, machte ein vielsagendes Gesicht und blickte dabei den Kommissar an. „Das hätte ich jetzt vielleicht nicht sagen sollen."

Fuß grinste. „Wir sind nicht von der Sitte, sondern wollen hier einen Mord aufklären. Denn ein natürlicher Tod ist das da draußen wohl nicht."

Muders nickte und schien froh, dass man ihm seine Bemerkung nicht übel genommen hatte, er die Sache mit dem Mädchen aber trotzdem losgeworden war. „Der Schuck ist ein bisschen ein Sonderling, wissen Sie. Zurückgeblieben, wie man so sagt. Der war auch in der Kirche, steht aber immer ganz hinten. Der hat sehr wenig Kontakt zu den Leuten im Ort, hat auch keine Frau oder Freundin. Seine Mutter versorgt ihn immer noch, obwohl er über dreißig ist. Beide wohnen noch nicht allzu lange hier und leben sehr zurückgezogen."

„War seine Mutter im Gottesdienst?"

Muders blickte nachdenklich auf seine Hände und schüttelte dann den Kopf. „Also gesehen habe ich sie nicht. Aber manchmal kommt sie später, bleibt dann hinten bei ihrem Sohn stehen und geht auch unmittelbar nach der Kommunion wieder. Wie gesagt, die beiden leben sehr zurückgezogen. Ich glaube, ich habe mit der Frau noch keine hundert Sätze gewechselt, seit sie hier wohnt."

„Wer war denn außer Ihnen, dem Wirt vom Dorfkrug und dem Forstarbeiter noch in der Kirche?"

Muders zählte alle auf, die er glaubte gesehen zu haben und Wagner schrieb eifrig mit.

Der Kommissar klopfte mit dem Zeigefinger auf die Wanderkarte. „Walter, die Spurensicherung soll sofort den Feldweg genau absuchen, bevor das halbe Dorf dort entlanggetrampelt ist! Und lass alle Leute hier antanzen, die Herr Muders eben aufgezählt hat. Du hast die Namen notiert?"

Wagner nickte. „Die meisten werden sowieso immer noch draußen an der Hunsrückeiche stehen." Er stand auf, drückte sich hinter dem Stuhl seines Kollegen aus der Fensternische und verließ die Gaststube, verfolgt von den neugierigen Blicken des Wirtes.

„Herr Muders, Sie verstehen mich bitte nicht falsch, alles ist reine Routine", begann Fuß und blickte den Ortsbürgermeister mit seinem verbindlichsten Lächeln an. „Was haben Sie gestern Abend nach dem Gottesdienst gemacht?"

Muders rieb sich betroffen die Hände und sein Kopf, den er immer etwas schief hielt, geriet noch mehr in Schräglage. „Ich?", antwortete er zögernd. „Ich bin gleich nach Hause gegangen, alleine. Ich bin seit vier Jahren Witwer, wie ich bereits andeutete."

„Und dafür gibt es aber keine Zeugen, Sie verstehen?"

„Ich verstehe sehr gut", antwortete Muders spitz, „aber ich kann Ihnen keine Zeugen bieten. Ich lebe allein. Auch wenn ich noch nicht unbedingt in dem Alter bin, wo man nicht mehr wieder heiraten könnte und …" Er brach ab und betrachtete wieder seine Hände.

„So habe ich das auch nicht gemeint", lachte der Kommissar. „Aber in einem Fall wie diesem muss ich jede Möglichkeit untersuchen, die mich eventuell weiterbringt. Was haben Sie denn gestern Abend zu Hause gemacht?"

Muders überlegte nicht lange. „Zuerst habe ich mir etwas zu essen gemacht, eine Dose Ravioli. Ich kann selbst nicht kochen. Und wenn ich nicht raus essen gehe oder eingeladen bin, mach' ich mir etwas Fertiges. Dann habe ich mir die Tagesschau angeschaut und anschließend so einen Kriegsfilm, der drüben in den Ardennen gespielt hat.

Der ging so etwa bis elf. Aber ich bin zum Schluss eingeschlafen. Als ich wach wurde, lief etwas anderes, mit mittelalterlichen Kostümen und so. Da habe ich sofort abgeschaltet und bin ins Bett gegangen."

Noch bevor der Kommissar eine weitere Frage stellen konnte, ging ein kalter Luftzug durch die Gaststätte und ließ alle aufblicken. Ein junger Polizist in Uniform war ins Lokal gekommen, schaute in die Runde und eilte dann auf Fuß zu.

„Draußen warten einige Journalisten. Auch der SWR ist gerade mit einem Kamerateam vorgefahren. Wir haben deshalb schon aus Boppard und aus Simmern Verstärkung angefordert."

„Halten Sie die Leute so weit wie möglich vom Fundort fern. Und sagen Sie, dass es heute vielleicht noch eine Pressekonferenz gibt. Wir werden wie immer rechtzeitig Bescheid geben. Aber das soll die Staatsanwaltschaft entscheiden."

Der junge Polizist nickte und machte sich wieder auf den Rückweg.

„Stopp!", rief Fuß hinter ihm her. „Schauen Sie sich mal diesen Weg auf der Karte an."

Der Polizist kam an den Tisch zurück und beugte sich über die Karte.

„Nehmen Sie sich einen Kollegen und sperren Sie diesen kompletten Weg. Keiner darf da durch, bis die Spurensicherung alles abgesucht hat und ihn wieder freigibt. Nicht dass uns jetzt die ganze Pressemeute dort auf Grund von Aussagen der Dorfbewohner alle eventuellen Spuren versaut." Dann wandte er sich wieder dem Ortsbürgermeister zu. „Was haben Sie denn gedacht, als die alte Frau Ihnen erzählte, was sie entdeckt hatte?"

Diesmal überlegte Muders recht lange. Fuß ließ ihm Zeit, er wusste, dass man Zeugen so unmittelbar nach der Tat oder in diesem Fall nach Kenntnis der Tat nie drängen durfte.

Dem Ortsbürgermeister war anzumerken, wie schwer es ihm fiel zu sprechen. „Ich – lag noch im Bett und war etwas verschlafen, als die Hedwig kam. Die war völlig außer Atem und zitterte am ganzen Leib. Erst … erst habe ich es nicht glauben wollen. Aber die Hedwig, so alt sie ist, spinnt nicht. Und dass es die Brigitte war, hat mich geschockt. Das Mädchen war hier im ganzen Dorf beliebt, ein richtiger Sonnenschein und schon so erwachsen und hilfsbereit!" Er schluckte. „Ich bin dann schnell mit dem Auto zum Friedhof gefahren, habe mich überzeugt, dass das auch stimmt, was die Hedwig gesagt hat und dann habe ich erst die Polizei gerufen. Man will sich doch nicht blamieren, verstehen Sie?"

Fuß notierte sich ein paar Stichworte. „Im Moment habe ich keine weiteren Fragen an Sie. Vielleicht gehen Sie nochmals zur Hunsrückeiche zurück und sorgen mit meinem Kollegen Wagner dafür, dass die Leute, die gestern Abend den Gottesdienst besucht haben, sich so bald wie möglich hier einfinden. Ich werde inzwischen ganz schnell zu der Mutter des Mädchens fahren und schauen, ob sie schon vernehmungsfähig ist.“

5.

Kommissar Fuß klopfte laut an die offene Dielentür, aber niemand antwortete. Auch in der Wohnung waren alle Türen weit geöffnet. Der Kommissar warf einen kurzen Blick in die kleine Küche und das Bad. Alles wirkte sehr sauber und aufgeräumt. Dann schaute er ins Wohnzimmer. Im Kinderzimmer verweilte er einen Augenblick und betrachtete die Zeichnungen an der Wand, die offenbar von der Toten stammten, und die Stofftiersammlung in einem Regal. Alles wirkte noch sehr kindlich. Ganz am Ende der Diele entdeckte er das Elternschlafzimmer. Auf dem Bett lag eine Frau, voll angekleidet, blass und mit geschlossenen Augen.

Erst als er in den Raum trat, entdeckte er auf einem Stuhl neben dem Bett eine weitere Frau, eine Blondine, die in ein Buch vertieft war. Erschrocken schaute sie auf und der Kommissar sah in ein perfekt geschminktes Gesicht mit einem etwas zu wulstigen Mund. Jetzt bemerkte er auch, dass aus ihrer Jackentasche zwei dünne Kabel zu ihren Ohren hinaufführten. Sie zog rasch die Minikopfhörer heraus und stellte den Walkman ab.

„Keine Angst, ich bin von der Kriminalpolizei und suche Frau Mallmann."

Die etwas füllige Blondine legte hastig ihren Finger auf den Mund. „Frau Mallmann hat vom Arzt eine Spritze bekommen und ist eingeschlafen", flüsterte sie, erhob sich und machte dem Kommissar ein Zeichen, ihr ins Wohnzimmer zu folgen. „Mein Name ist Elfriede Mehrkatz. Ich wohne hier nebenan mit meinem Freund und meiner Tochter", stellte sie sich vor.

Fuß betrachtete sie aufmerksam, wie sie die Sessel zurechtrückte, um Platz nehmen zu können. Sie trug einen schicken grünen Wollpullover und einen beigen Rock, der Fuß allerdings für ihre stämmigen Beine etwas zu kurz zu sein schien. Vielleicht wirkten ihre Beine auch nur so gedrungen, weil sie flache Schuhe trug.

„So", sagte sie. „Nehmen Sie Platz."

„Dann sind Sie die Lebensgefährtin von Herrn Kaiser?“, begann Fuß in Erinnerung an das, was der Ortsbürgermeister ihm berichtet hatte.

Elfriede Mehrkatz nickte und wunderte sich, dass der Kommissar schon über ihre familiären Umstände Bescheid wusste. „Wir haben den Getränkevertrieb hier schräg gegenüber. Meine Tochter Kathi und die Brigitte fahren jeden Morgen gemeinsam mit dem Schulbus.“ Sie hielt erschrocken inne. „Jetzt muss man sagen, fuhren jeden Morgen ...“

„Waren Sie gestern Abend mit Ihrem Lebensgefährten in der Kirche?“, fragte Fuß und zog ein kleines Notizbuch aus seiner Manteltasche.

„Wir waren zu dritt, meine Tochter war auch dabei“, bestätigte Frau Mehrkatz. „Wir sind nach der Messe in den Dorfkrug gegangen und haben dort den ganzen Abend verbracht. Das heißt“, korrigierte sie sich schnell, „Klaus, mein Freund, ist nach dem Essen kurz alleine nach Hause gegangen. Er wollte sich unbedingt etwas im Fernsehen anschauen. Später hat er uns dann mit dem Auto im Dorfkrug abgeholt.“

„Wann war das?“ Fuß schaute Frau Mehrkatz von der Seite an, die sich inzwischen eine Zigarette angezündet hatte.

„Also, die Kirche war gegen neunzehn Uhr aus ... Wir haben dann bei Karl-Heinz gegessen, das heißt bei Ingrid, der Karl-Heinz war den ganzen Abend nicht da ... Das muss so gegen neun, nein, eher halb zehn gewesen sein, denn Klaus hat mir erzählt, dass er zu Hause noch kurz geduscht hat.“

„Macht er so etwas abends öfter? Ich meine, dass er zwischendurch duscht?“, fragte Fuß erstaunt.

Frau Mehrkatz lachte auf und hielt sich erschrocken die Hand vor den Mund. Hoffentlich war Frau Mallmann nebenan nicht aufgewacht. „Nein, natürlich nicht. Aber um noch rechtzeitig zu Beginn der Sendung zu Hause zu sein, ist Walter vom Dorfkrug aus schnell gelaufen und war wohl recht verschwitzt, als er hier ankam. Deshalb war ihm nach Duschen.“

„Dann hat Ihr Freund wahrscheinlich auch den kürzesten Weg gewählt, ich meine den Feldweg?“

„Bestimmt!“

Der Kommissar machte sich eine Notiz. „War außer Ihnen noch jemand im Dorfkrug?“

„Ach, wissen Sie, um diese Jahreszeit geht kaum einer hier im Dorf abends raus. Nur die Lehrerin, Frau Siewert, war noch dort. Sie blieb auch noch, als wir gegangen sind.“

„Und der Wirt, der Herr Persch, was war mit dem? Saß der auch bei Ihnen?“

Frau Mehrkatz schüttelte den Kopf. „Nein, ich sagte Ihnen ja schon, nur die Ingrid war da. Karl-Heinz nicht. Ingrid hat uns bedient und auch für uns gekocht. So Kleinigkeiten natürlich nur, aus der Tiefkühltruhe und der Fritteuse oder mal belegte Brote und so. Ingrid ist die Freundin von Karl-Heinz“, erklärte sie.

Fuß zog die Stirn in Falten und blickte die blonde Frau erstaunt an. „Aber dieser Herr Persch war doch, soweit ich weiß, auch in der Kirche. Wieso ist er dann nicht nach dem Gottesdienst in sein Lokal gegangen?“

Frau Mehrkatz schaute etwas unsicher zur Seite und zögerte einen Moment. „Ich weiß nicht, ob ich das sagen soll oder darf … Manchmal habe ich das Gefühl, der Karl-Heinz hält sich die Ingrid als …“

„Würden Sie Herrn Persch als Zuhälter bezeichnen?“, fragte der Kommissar trocken.

Frau Mehrkatz blickte ihn entrüstet an. „Nein, um Gottes Willen, nein. Das auf keinen Fall. Aber er nutzt die Ingrid aus. Sie muss oft auf das Lokal aufpassen und alle Arbeit allein machen, während Karl-Heinz anderen Frauen hinterherrennt. Meistens so jungen Dingern, obwohl die Ingrid auch noch nicht alt ist. Deshalb ist er oft nicht in seinem Lokal.“

Wieder notierte Fuß sich ein paar Stichworte. Dabei hörte er plötzlich ein leises Geräusch hinter sich. Er drehte sich um und erblickte Frau Mallmann. Blass und leicht schwankend stand sie in der Tür und hielt sich an der Wand fest. Sie mochte kaum größer als ihre Tochter sein und war ebenso schlank. Ihre gelockten Haare hingen ungebändigt rund um den Kopf herum.

„Karin!“, rief Frau Mehrkatz besorgt aus und eilte auf ihre Nachbarin zu, um sie zu stützen. „Der Arzt hat doch ausdrücklich gesagt, du sollst liegen bleiben.“

Frau Mallmann nahm dankend den Arm ihrer Nachbarin an, trat aber einen weiteren Schritt in den Raum hinein. Ihre Stimme wirkte müde und abwesend. „Lass mich nur, es muss doch etwas geschehen. Ich muss doch etwas unternehmen.“ Dabei schaute sie den Kommissar wie durch eine Nebelwand an. „Wer sind Sie?“

Kommissar Fuß stand auf und stellte sich vor.

„Behalten Sie doch bitte Platz“, meinte Karin Mallmann müde. „Elfriede, kannst du mir eine Zigarette geben und vielleicht auch einen Kaffee machen?“

Ihre Nachbarin half ihr, sich in den Sessel gegenüber dem Kommissar zu setzen, nickte ihr aufmunternd zu und zündete ihr eine Zigarette an. „Ich gehe dann schnell in die Küche einen Kaffee machen. Sie mögen doch sicherlich auch eine Tasse?"

Fuß stimmte dankend zu. Dann betrachtete er Frau Mallmann, die offenbar Mühe hatte, ihre Augen offen zu halten. Sie war eine hübsche Frau. Das schmale Gesicht und die dunklen Augen, selbst jetzt, da sie müde waren, strahlten Sanftmut aus.

„Darf ich Ihnen ein paar Fragen stellen?", begann der Kommissar behutsam.

Er konnte sich vorstellen, was im Moment in der Frau vorging. Sie hatte mit ihrer Tochter allein gelebt. Dann wurde sie morgens geweckt und zu ihrem ermordeten Kind geführt. Damit schien ihr Leben schlagartig leer und sinnlos geworden zu sein. Er kannte diese Situation nur zu gut. In wie vielen Fällen hatte er bereits Menschen gegenübergesessen, die plötzlich vor einem großen schwarzen Loch standen ...

Nachdem Karin Mallmann keinen Einspruch erhob, warf er wieder einen kurzen Blick in sein Notizbuch. „Sie waren gestern Abend nicht in der Kirche, als Ihre Tochter als Messdienerin an dem Gottesdienst teilnahm?"

Karin Mallmann schüttelte mit geschlossenen Augen den Kopf, so dass ihre Locken nur so wirbelten. Sie machte einen langen Zug an der Zigarette und lehnte sich tief in den Sessel.

„Haben Sie denn nicht auf Ihre Tochter gewartet und sie vermisst, als sie nach der Kirche nicht nach Hause kam? Oder war sie hier und ist dann wieder weggegangen?"

Mit der Reaktion von Frau Mallmann hatte Fuß nicht gerechnet. Sie warf ruckartig ihren Oberkörper nach vorne, ließ die Zigarette fallen, riss beide Hände vor ihr Gesicht und begann hemmungslos zu weinen. Fuß hob hastig die brennende Zigarette auf und tat sie in einen Aschenbecher. Dann beugte er sich vor und legte behutsam seine Hand auf den Arm von Frau Mallmann.

„Es ist wohl besser, wenn ich morgen noch einmal wiederkomme", sagte er beschwichtigend. „Aber diese eine Frage sollten Sie mir doch heute noch beantworten: Warum haben Sie Ihre Tochter gestern Abend nicht vermisst?"

Es dauerte eine ganze Weile, bis Frau Mallmann sich wieder beruhigt hatte. Fuß ließ ihr die Zeit, obwohl überall um ihn herum die

Arbeit wartete. Aber es hatte keinen Sinn, die Frau jetzt auch noch unter Zeitdruck zu setzen. Umständlich zerrte sie ein Taschentuch aus ihrer Westentasche und schnäuzte sich. Dann starrte sie eine ganze Weile schweigend vor sich hin, während ihr immer wieder Tränen über die Wangen liefen. Fuß blieb nichts anderes übrig, als sich in Geduld zu üben. Aber Frau Mallmanns Antwort konnte für seine bevorstehenden Ermittlungen von entscheidender Bedeutung sein.

Endlich begann sie zu reden, wenn auch sehr leise. „Wissen Sie, was man macht, wenn einem nach vielen Jahren einer vermeintlich guten Ehe der Mann plötzlich wegläuft? Ohne Abschied, ohne Vorwarnung, einfach so … Er geht morgens wie immer zur Arbeit, gibt Ihnen einen Kuss, winkt Ihnen bei der Abfahrt mit dem Wagen auch noch zu und kommt nie wieder zurück … Sie erfahren nur, dass er ordnungsgemäß gekündigt und die Konten aufgelöst hat.“ Sie griff nach der brennenden Zigarette im Aschenbecher und nahm erneut einen tiefen Zug. „Man stürzt sich wie besessen in die Arbeit. Brigitte ist – “, sie unterbrach sich und schluchzte auf, „war zwar erst vierzehn, aber wir haben sie von klein auf sehr selbstständig erzogen. Und seitdem ihr Vater weg ist, war sie fast wie eine schon erwachsene Tochter. Sie half wie selbstverständlich im Haushalt, kaufte ein, kochte. Ja, wir haben sogar abends erstaunliche Gespräche miteinander geführt, fast wie von Frau zu Frau. Andererseits war sie ein hilfloses Kind, das seinen Vater brauchte …“

Wieder liefen Frau Mallmann dicke Tränen über die Wangen. Für einen Moment überlegte Kommissar Fuß, ob er die Vernehmung jetzt nicht doch abbrechen sollte.

Da begann Karin Mallmann wieder zu sprechen. „Ich konnte also auch mal länger arbeiten. So konnte ich Überstunden sammeln und einen Tag freimachen, wenn Brigitte krank war. Ich bin bei einem Rechtsanwalt in Simmern beschäftigt. Und nachdem im Moment eine Kollegin krank ist, habe ich halt länger gearbeitet, denn wenn ich die Zeit nicht als Überstunden abfeiere, lasse ich sie mir auszahlen. Wissen Sie, ich brauche das Geld. Brigitte hat einen Herzfehler, seit ihrer Geburt. Sie soll im Sommer im Herzzentrum des Lazaretts in Koblenz operiert werden.“ Ein Zucken ging durch ihren ganzen Körper. „Sie sollte! Sie sollte operiert werden. Da hätte ich ein oder zwei Monate pausieren müssen, um bei meinem Kind zu sein. Ich hätte mir die erste Zeit in Koblenz in einer Pension ein Zimmer genommen. Das alles hätte Geld gekostet. Geld, das wir nicht haben. Mein Mann ist unauffindbar und zahlt keinen Pfennig Unterhalt. Außerdem ist das Haus noch nicht abbezahlt. Überall fehlt es."

Sie unterbrach sich wieder. Aus der Küche kündigte sich ein leichter Kaffeeduft an.

„Also gut, ich bin gestern erst kurz nach Mitternacht nach Hause gekommen. Ich war noch in Simmern etwas essen, nachdem es bereits so spät geworden war. Hier in der Wohnung war alles still und kein Licht brannte. Also nahm ich an, Brigitte ist wie immer, wenn ich abends später nach Hause komme, bercits im Bett und schläft. Ich wollte sie nicht wecken und bin selbst gleich zu Bett gegangen, weil ich hundemüde war." Plötzlich blickte sie Kommissar Fuß mit wachen Augen an. „Wäre meine Tochter denn noch am Leben gewesen, wenn ich sie um Mitternacht vermisst und gesucht hätte?", fragte sie.

Dem Kommissar lief ein kalter Schauer über den Rücken. Er konnte dem hilflosen Blick der Frau nicht standhalten und wandte sich verlegen ab. „Ich weiß es nicht", antwortete er wahrheitsgemäß. „Das wird erst die Obduktion zeigen."

„Obduktion?", schrie Frau Mallmann auf und brach wieder in Tränen aus.

Fuß nickte nur stumm. Er wusste, dass es für viele Menschen unvorstellbar war, wenn sie einen geliebten oder nahe stehenden Menschen verloren hatten, auch noch mit der Tatsache leben zu müssen, dass dessen Körper aufgeschnitten und untersucht wurde.

Frau Mehrkatz betrat mit einem vollen Tablett das Wohnzimmer und begann Kaffee einzuschenken.

„Sie bleiben noch bei Frau Mallmann?", erkundigte sich Fuß.

„Natürlich! So lange es notwendig ist. Sie kann auch gern zu uns rüberkommen. Das ist alles kein Problem", antwortete Frau Mehrkatz sofort. „Frau Mallmann muss doch heute nicht irgendwie zu Ihnen nach Koblenz oder so?"

Fuß beruhigte sie und meinte auch, für heute habe er vorerst genug erfahren. Er trank, so schnell es der heiße Kaffee zuließ, seine Tasse leer und verabschiedete sich.

6.

Die Gaststube in der Alten Mühle glich inzwischen einem Polizeirevier. Vor dem alten Gebäude standen etliche Polizei- und Zivilfahrzeuge. Innen ruhten sich in einer Ecke einige Uniformierte vom Einsatz aus, andere saßen bei Mineralwasser, Saft oder Cola und einer vom Wirt schnell zubereiteten Vesper.

In der Fensternische hatten Kommissar Fuß und Kriminalhauptmeister Wagner so etwas wie eine Vernehmungsecke eingerichtet und soeben das Ehepaar Marsak zu sich gebeten. Marsaks betrieben seit vielen Jahren den Dorfladen an der Hauptstraße.

„Ich will Ihnen mal was sagen“, tönte Frau Marsak resolut. „Das konnte nicht gut gehen, mit der Brigitte, meine ich. Das Ehepaar war ja nicht von hier ...“

„Du bist auch in Hessen geboren!“, warf ihr Mann leise ein, während er unentwegt seine Hände knetete.

Frau Marsak warf ihm einen strafenden Blick zu. „Ich wohne aber immerhin schon seit vielen Jahren hier und du bist hier geboren! Das ist doch etwas ganz anderes.“ Triumphierend nickte sie mit ihrem üppigen blondierten Lockenkopf.

Ihr Mann saß in geduckter Haltung, sein Gesicht wirkte ledern wie von zu viel Solarium, seine Augen waren blassblau und ohne jede Lebendigkeit. „In zwanzig Jahren werden die Mallmanns auch viele Jahre hier wohnen und Brigitte ist doch hier geboren!“, beharrte er und zog die Schultern noch weiter nach vorne.

„Wenn man ein Kind in dem Alter hat, dann braucht es ein Zuhause, zumal wenn der Vater auf und davon ist. Aber die Frau war ja dauernd nur unterwegs und hat das Kind praktisch durchs ganze Dorf gereicht.“

„Sie muss arbeiten! Und ihr Arbeitsplatz ist nun mal in Simmern, soviel ich weiß“, stellte ihr Mann fest.

Fuß überlegte, ob es nicht besser wäre, sich mit Herrn Marsak alleine zu unterhalten. Er war sicher, dass dessen Aussage wesentlich objektiver sein würde als die seiner Frau.

Aber Frau Marsak fuhr bereits fort: „Jeder sollte mal auf das Kind aufpassen oder sich mit ihm beschäftigen, mal die, mal der, mal andere. Ich meine, ich habe mich nie auf so etwas eingelassen. Diese Verantwortung kann man doch einfach gar nicht übernehmen. Gerade mit vierzehn. Man weiß doch, was die Mädchen heute für Flausen im Kopf haben. Poussieren herum, malen sich an, die Röcke werden immer kürzer." Sie holte tief Luft und verzog die grell geschminkten Lippen nach unten. „Außerdem hat die Frau auch nie bei uns gekauft."

„Das stimmt doch alles nicht. Brigitte war durch und durch anständig und hat mit keinem poussiert, wie du das nennst. Und wann sollte die Mutter bei uns einkaufen, wo sie doch in Simmern arbeitet? Bis sie abends hier in Bayberg war, hatten wir unseren Laden dicht …" Ihr Mann brach ab und zuckte resigniert mit den Schultern.

„Ist ja auch egal", meinte Frau Marsak mit einem spöttischen Unterton, „du hattest jedenfalls immer genügend Zeit, dich mit dem Kind zu beschäftigen." Mit einem vielsagenden Blick wandte sie sich wieder Fuß und Wagner zu. „Im Sommer hat er sie nämlich ab und zu mit in die Metro nach Koblenz genommen", posaunte sie.

„Das war nur in den Ferien, weil die Kleine sonst alleine zu Hause gesessen hätte. Ihre Schulkameradinnen waren meist mit den Eltern in Urlaub weggefahren und da habe ich halt das Kind mit in die Stadt genommen, damit sie auch etwas Abwechslung hatte …"

„Und bist mit ihr Eis essen gegangen!", trumpfte seine Frau auf.

„Ist etwas dabei gewesen?" Herr Marsak schaute Fuß fragend an. „Brigitte hat leidenschaftlich gern Eis gegessen und bekam von ihrer Mutter kein Taschengeld. Da sind wir nach der Metro zum Wingen gefahren, in die Löhrstraße. Und dann haben wir uns Eis schleckend ein paar Schaufenster in der Fußgängerzone angeschaut. Das hat ihr unheimlich Spaß gemacht. Hier auf dem Dorf bekam sie doch nichts zu sehen. Und manchmal sind wir dann noch auf der Schlossstraße zu McDonald's gegangen. Das war dann für die Kleine wie Weihnachten und Ostern an einem Tag. Finden Sie etwas dabei, meine Herren?"

Fuß schüttelte schmunzelnd den Kopf. Er konnte sich die Ehe der beiden lebhaft vorstellen … „Kommen wir jetzt auf den gestrigen Abend zu sprechen. Konnten Sie beobachten, mit wem das Mädchen nach dem Gottesdienst den Heimweg angetreten hat oder ist sie alleine gegangen?"

Frau Marsak lachte schrill auf. „Heimweg?! Erstens sind mein Mann und ich gleich nach Hause gegangen und zweitens ist das Kind sicherlich nicht gleich nach Hause. Was verwahrloste Mädchen heute so treiben, das weiß man ja. Immerhin kam ihre Mutter erst nach Mitternacht."

Wagner schaute erstaunt von seinen Notizen auf. „Woher wissen Sie das denn?"

Frau Marsak lächelte und zog eine Augenbraue triumphierend hoch. „Es hat die letzten Tage häufig geregnet und da hat sich ein kleiner See hinter unserem Laden gebildet. Der drohte in unser Warenlager einzudringen. Und nachdem im Radio für das Wochenende wieder Regen gemeldet worden war, hat sich mein Mann gleich nach dem Gottesdienst umgezogen und fast den ganzen Abend einen kleinen Graben ausgehoben, damit das Wasser abfließen konnte. Als er damit fertig war, können Sie sich vorstellen, wie er aussah. Dreckig wie ein Schwein."

Ihr Mann verdrehte hinter ihrem Rücken die Augen und Fuß musste sich beherrschen, um nicht laut loszulachen. Was würde diese Frau sagen, wenn sie ihn sehen würde, wie er bei Wind und Wetter aus seinem Weinberg kam? Bei diesem Gedanken fiel ihm glühend heiß ein, dass seine Frau am Ostersonntag Geburtstag und er noch kein Geschenk hatte.

„Da habe ich erst einmal seine ganzen Klamotten in die Waschmaschine gesteckt, die steht in dem ehemaligen Stall. Und als ich zurückkam, da sah und hörte ich, wie der Wagen von Frau Mallmann vorbeifuhr."

„Und Sie sind ganz sicher, dass das der Wagen von Frau Mallmann war?", fragte Wagner nach.

„Absolut sicher. Der Auspuff von der alten Karre knattert so laut, dass das ganze Dorf wach wird, wenn die Mallmann nachts nach Hause kommt."

„Die Zeitangabe deckt sich mit der Aussage von Brigittes Mutter", bestätigte Fuß. „Was vermuten Sie denn, wo Brigitte nach der Kirche hingegangen ist oder sich aufgehalten hat?"

Frau Marsak setzte wieder ihr wissendes Lächeln auf und genoss es, dass die Augen beider Kripobeamten auf sie gerichtet waren. „In der Regel ging die Kleine, wenn sie die Messe gedient hatte, mit den anderen Messdienern nach Hause, wenn es nicht gerade die Iris Steils war."

„Und warum nicht mit der?", wollte Fuß wissen.

Frau Marsak warf einen kurzen Blick hinter sich in die Gaststube, um sich zu überzeugen, dass niemand sie hören konnte. Dann beugte sie sich über den Tisch zu den Kripobeamten und antwortete erstaunlich leise: „Ich weiß ja nicht, ob es stimmt. Aber man munkelt, dass der alte Steils, also der Vater von der Iris, und der älteste Sohn, der Günter, die Kleine schon öfter arg bedrängt haben. Mal auf der Kirmes oder im Bus oder so. Und dieses Jahr, bei dem Abendumzug zu Karneval in Boppard, da sollen sie sogar versucht haben, das Mädchen unter Drogen zu setzen, um sie gefügig zu machen."

Herr Marsak stieß einen Seufzer aus. „Also Helene, jetzt gehst du aber zu weit. Ich habe auch nicht viel für die Steils übrig, aber ich war an dem Abend mit in Boppard. Der Willi hat ihr lediglich eine Cola mit Cognac spendiert. Und das war wahrscheinlich auch nur ein Versehen, weil er schon ganz ordentlich geladen hatte und nicht mehr so recht wusste, was er bestellte. Brigitte hat das Zeug sofort ausgespuckt, als sie merkte, dass Schnaps darin war, und ich habe ihr eine neue Cola bestellt."

„So, hast du?", meinte Frau Marsak spitz. „Dann hast du sie also aus den Klauen dieses Säufers gerettet."

„Sie sagten eben, Brigitte sei immer mit den anderen Messdienern nach der Messe nach Hause gegangen. Wer hat denn gestern Abend die Messe noch gedient?", wechselte Wagner ungeduldig das Thema.

Frau Marsak gab keine Antwort. Sie griff nach dem Glas Mineralwasser, das vor ihr stand, leerte den Rest mit einem Schluck und stellte das Glas schweigend ab.

„Haben Sie nicht gehört, was mein Kollege Sie gefragt hat?", meinte Fuß.

„Dieser Itaker, dieser Carlos Razzmonta!", war die schnippische Antwort.

„Ein netter Junge!", fügte Herr Marsak schnell hinzu.

Kommissar Fuß nahm wieder die Wanderkarte zur Hand und breitete sie vor Frau Marsak aus. „Wo wohnt dieser Ramazotti?"

„Razzmonta!", korrigierte Herr Marsak und deutete eifrig auf eine Stelle am Ortsausgang in Richtung Laudert.

Fuß markierte die Stelle mit seinem Kugelschreiber und winkte einen der uniformierten Beamten zu sich, der gerade Pause machte. „Fragen Sie bitte nach dem Einsatzleiter der Spurensicherung und geben Sie ihm diese Karte. Vielleicht suchen wir zurzeit an der falschen Stelle. Er soll auch alles zwischen der Kirche und dieser markierten Stelle hier absuchen."

Nachdem der Uniformierte gegangen war, flüsterte Kommissar Fuß seinem Kollegen Wagner etwas zu, erhob sich und verließ ebenfalls die Gaststube.

Wagner übernahm alleine das Verhör. „Haben Sie sonst irgendwelche Erkenntnisse, die auf den Mörder von Brigitte Mallmann hinweisen könnten?“

Hans Marsak schüttelte den Kopf und blickte seine Frau fast ängstlich an. Er wusste, dass sofort alle Männer im Dorf auf der Liste der Verdächtigen standen, einschließlich seiner Person.

„Also, wenn Sie mich so fragen, kann es jeder gewesen sein.“

Hans Marsak sackte in sich zusammen. Er hatte es geahnt!

„Alle Männer hier im Dorf sind scharf auf die jungen Dinger. Ob das die Brigitte war oder die Iris Steils, die Kathi Mehrkatz oder all die anderen. Da macht auch mein Mann keine Ausnahme. Was ich da oft in unserem Laden zu hören bekomme … Ich könnte ganze Bücher voll schreiben. Aber die jungen Dinger sind es auch selbst schuld. So aufreizend, wie die rumlaufen. Kurze Röcke, durchsichtige Blusen. Und immer die Pille, einen Spray oder ein Kondom in der Tasche!“

„Sprechen Sie da aus Erfahrung?“, konnte Wagner sich nicht verkneifen zu fragen. Er genoss förmlich den tötenden Blick von Frau Marsak, der ihn traf.

„Was fällt Ihnen ein?“, kreischte sie. „Unsere Generation …“

Wagner versuchte ernst zu bleiben und winkte ab. „Verzeihung, ich dachte natürlich an Ihre Tochter!“

„Wir haben keine Kinder. Gott sei Dank! Da bleibt uns so etwas wenigstens erspart“, antwortete Frau Marsak kühl.

„Sie sagen also, wenn ich Sie richtig verstehe, jeder Mann hier im Dorf kann es gewesen sein?“

„So ist es!“, bestätigte Frau Marsak, sichtlich erleichtert, endlich verstanden worden zu sein.

7.

Das Wohnzimmer der Razzmontas war äußerst klein und dazu noch mit Möbeln überladen. Über den wuchtigen Sesseln und dem Sofa lagen bunte Schondecken, auf dem Sideboard reihten sich pseudoreligiöser Kitsch und Souvenirartikel aneinander. Carlos, im eleganten Hemd und überweit geschnittener Hose, schien es peinlich zu sein, als er sah, wie Kommissar Fuß die Ansammlung auf dem Board eingehend betrachtete.

„Darf ich mich setzen?“, fragte Fuß und nahm, ohne eine Antwort abzuwarten, in einem der riesigen Sessel Platz.

Auch Carlos setzte sich in einen Sessel und ließ die Beine lässig über die Lehne baumeln. Doch diese Lässigkeit schien dem Kommissar gespielt zu sein. Carlos hatte beim Eintreffen des Kommissars angeblich von Brigittes Tod noch nichts gewusst. Er machte einen äußerst betroffenen Eindruck. Fuß hatte sogar das Gefühl, dass der Junge beim Überbringen der Todesnachricht leicht zu zittern begann. War dies aber eine echte Reaktion auf die Nachricht selbst oder wusste Carlos etwas, hatte er sogar selbst etwas mit dem Verbrechen zu tun?

„Wann kommen deine Eltern wieder?“, wollte der Kommissar wissen und zog sein Notizbuch aus der Tasche.

„Ich weiß es nicht genau. Sie sind nach Düsseldorf zu dem Bruder meines Vaters gefahren. Wahrscheinlich kommen sie erst am späten Abend oder in der Nacht zurück. Es wird auch sie furchtbar treffen, das mit der Brigitte. Beide haben sie sehr gemocht und Brigitte war auch oft bei uns, wenn ihre Mutter mal länger arbeiten musste.“

„Ihr habt gestern gemeinsam die Messe in St. Anna gedient“, begann Fuß mit dem Verhör. „Habt ihr auch gemeinsam die Kirche verlassen?“

Carlos nickte. „Nachdem wir die Sakristei verlassen hatten, sind wir auf dem direkten Weg hierher.“

„Und wie lange war Brigitte hier bei dir?“

„Überhaupt nicht. Wir haben uns vor der Haustür getrennt. Das war schon recht merkwürdig, wenn ich mir das jetzt überlege. Denn sie wusste, dass ihre Mutter erst spät abends kommen würde. Das hat sie mir selbst erzählt. Aber sie wusste auch, dass meine Eltern gestern bei Bekannten in Emmelshausen waren. Vielleicht wollte sie deshalb nicht ..." Er brach ab.

Fuß schaute den Jungen forschend an. „Gab es dazu einen Grund? Ich meine, war ihre Befürchtung berechtigt, es könnte nicht gut sein, mit dir alleine hier in der Wohnung zu sein?"

Zum ersten Mal huschte ein Lächeln über Carlos' Gesicht. „Nein, überhaupt nicht." Er überlegte einen Moment, dann meinte er: „Brigitte war schon oft hier bei mir, wenn meine Eltern nicht da waren. Aber gerade gestern Abend war die Situation etwas merkwürdig. Vielleicht deshalb ..."

„Was heißt merkwürdig?"

„Wäre sie doch nur mit mir gekommen, dann würde sie jetzt sicherlich noch leben!" Er machte eine Pause und überlegte. Erst als er die abwartenden Blicke des Kommissars auf sich gerichtet sah, wurde ihm bewusst, dass er immer noch eine Erklärung schuldig war. „Ich hatte den Eindruck, als hätte sie Stress."

„Stress? Wieso?"

„Ich weiß es nicht. Stress ist vielleicht auch das falsche Wort. Wir hatten da gestern so ein kleines, lustiges Erlebnis. Ich weiß nicht, wie ich mich ausdrücken soll ..."

Fuß schob den Block beiseite und schlug die Beine übereinander. Offenbar war dem Jungen dieses kleine Erlebnis unangenehm. Vielleicht aber war es der Schlüssel zur Aufklärung des Falles oder zumindest ein erster Schritt dahin?

„Lass dir ruhig Zeit mit dem Erzählen und auf Worte und Formulierungen brauchst du bei mir nicht zu achten. Ich werde versuchen zu verstehen, was du mir sagen willst", meinte er väterlich.

Carlos nahm die Beine von der Lehne und stützte die Ellenbogen auf seine Knie. „In der Kirche ...", begann er unsicher. „Ich meine, es begann eigentlich schon während des Gottesdienstes. Brigitte ist sehr hübsch ... gewesen." Er stockte und schien für einen Moment erneut zu begreifen, weswegen der Kripobeamte ihm gegenübersaß.

„Was war in der Kirche?"

„Nun, einige Männer aus dem Dorf haben natürlich auch gemerkt, dass Brigitte hübsch war, und sie ließen das deutlich erkennen."

„In der Kirche?"

„Klar, wie geile Böcke starrten sie sie die ganze Zeit an. Ich meine, dass sie ihr im Dorf hinterhergeschaut haben ... aber im Gottesdienst, ich weiß nicht."

„Und du?", hakte Fuß nach.

Carlos Gesicht lief knallrot an, seine Augen suchten irgendwo im Raum Zuflucht. „Ich?", stotterte er.

„Also gut", beruhigte ihn Fuß, der sich an seine erste Jugendliebe erinnert fühlte. Alles war ziemlich harmlos gewesen, aber man träumte halt und malte sich manches aus, ohne dass es jemals stattgefunden hatte. „Du warst also auch verknallt in das Mädchen. Oder war da mehr?"

Carlos reagierte sofort. „Nein, bestimmt nicht. Aber dem Pastor war aufgefallen, dass die Männer ... und auch ich ... sie angeschaut haben."

„Und dann?", forschte Fuß heimlich amüsiert weiter. „Was war dann?"

„In der Sakristei hat er Brigitte, der die Blicke manchmal unangenehm waren, darauf angesprochen und versucht, ihr das alles zu erklären. Aber er sprach nicht von ihren Ti..., ihrem Busen oder ihrer Figur, sondern von ihren schönen, langen, braunen Haaren, die so anziehend seien ... Vielleicht wollte er das andere, ich meine, Brigittes Figur, nicht noch mehr in den Vordergrund stellen oder wusste oder ahnte, dass es Brigitte peinlich war ..."

„Wer hat denn außer dir die Brigitte so angestarrt?"

Wieder ging ein kurzes Lächeln über Carlos Gesicht. „Fast alle. Selbst der Ortsbürgermeister. Und nachher auch der Pastor!"

„Der Pastor?", platzte Fuß heraus und schlug sich vergnügt auf den Oberschenkel. Für einen Moment vergaß er, dass Brigitte ermordet worden und er dabei war, diesen Mord zu untersuchen. Aber schließlich war er ja nicht nur ein Kriminalbeamter, sondern auch Mensch und ein Mann.

„Klar! Nachdem der Pastor gemerkt hatte, dass wieder wie so oft alle Männer auf Brigitte starrten, hat er auf dem Rückweg von der Kommunion zum Altar auch einen deutlichen Blick riskiert – natürlich nicht so wie die anderen!"

Fuß konnte sich das Ganze gut vorstellen. Was unterschied auch einen Priester von anderen Männern? Er nahm sich vor, den Geistlichen einmal diesbezüglich zu befragen.

„Und dann sind Brigitte und ich abgezogen. Ich habe sogar den Arm um sie gelegt. Warum, weiß ich nicht einmal. Es war das erste Mal.

Aber vielleicht wollte ich damit … alles ungezwungener machen. Ich weiß nicht, ob Sie mich verstehen."

Der Kommissar murmelte etwas vor sich hin und nahm wieder sein Notizbuch zur Hand. „Was hast du gemacht, nachdem ihr euch hier vor der Haustür getrennt habt?"

„Ich habe gelernt. Mein Vater ist Spanier und wünscht, dass ich seine Muttersprache beherrsche. Über Ostern fahren wir zu den Großeltern, also zu seinen Eltern. Da soll ich mich mit ihnen auf Spanisch unterhalten können."

„Hast du gesehen, in welche Richtung Brigitte gegangen ist oder ob noch jemand in der Nähe war, der ihr gefolgt sein könnte?"

Carlos dachte eine Zeit lang nach, schüttelte dann aber den Kopf. „Ich glaube, da war niemand. Und Brigitte ist, soviel ich gesehen habe, die Straße weiter nach Hause gegangen. Abends hat sie niemals die Abkürzung genommen."

„Aber es muss doch um die Uhrzeit noch hell gewesen sein."

„Trotzdem … sie ist die Straße weitergegangen, da bin ich mir sicher."

„Bis wann hast du dann gelernt?"

„Das kann ich Ihnen genau sagen", antwortete Carlos. Er griff vom Fernseher eine Programmzeitschrift und hielt sie dem Kripobeamten entgegen. „Das war gegen zweiundzwanzig Uhr. Als meine Eltern kamen, fing gerade im ZDF das Sport-Studio an, das mein Vater unbedingt sehen wollte! Vor allem wegen der Fußball-Bundesliga."

„Deine Eltern waren gemeinsam unterwegs und sind auch gemeinsam nach Hause gekommen?"

Carlos bestätigte mit einem Kopfnicken. „Was geschieht jetzt mit Brigitte?", fragte er leise.

„Sie wird zunächst zur Obduktion gebracht, damit man feststellen kann, wie sie umgebracht wurde", antwortete Fuß wahrheitsgemäß.

„Hat man sie … ich meine, wurde sie …" Carlos Gesicht lief wieder knallrot an.

„Man hat sie wahrscheinlich nicht vergewaltigt, wenn du das meinst", beruhigte ihn der Kommissar. „Aber könntest du dir jemand vorstellen, der auf die Brigitte eine solche Wut oder Hass gehabt haben könnte, dass er sie umbringt?"

„Die Brigitte?!", rief Carlos empört.

Fuß musste wieder innerlich lachen. Der junge Mann hatte richtig feurige Augen bekommen. Er konnte das spanische Blut in seinen

Adern nicht verleugnen und ebenso wenig, dass er das Mädchen heimlich geliebt hatte.

„Nun, ohne Anlass bringt man wohl kaum einen Menschen um. Aber vielleicht fällt dir ja irgendetwas ein, wenn wir wissen, wie sie umgebracht wurde. – Wann fahrt ihr nach Spanien?“

„Ich weiß es nicht. Es hängt davon ab, wie mein Vater mit seiner Arbeit fertig wird. Er arbeitet für eine Installationsfirma und muss noch vor Ostern mit einem Neubau irgendwo in St. Goar fertig werden.“

8.

Unterdessen hatte Wagner die Marsaks verabschiedet und saß in der Gaststube der Alten Mühle nun dem Ehepaar Liffka gegenüber.

Es war wieder etwas mehr Ruhe im Raum eingetreten. Die meisten Polizisten hatten ihre Pause beendet und der Wirt hatte sich in die Küche zurückgezogen, um das Geschirr abzuspülen, denn er besaß keine Spülmaschine. Nur von Zeit zu Zeit warf er einen Blick in die Gaststube, um zu schauen, ob noch alle mit Getränken versorgt waren. Die Gelegenheit, einmal unerwartet kräftig Umsatz zu machen, wollte er sich nicht entgehen lassen. Da war es ihm ziemlich egal, ob der Anlass eine Taufe oder ein Mord war, zumal die meisten Dorfbewohner ihre Familienfeiern ohnehin zu Hause ausrichteten.

Wagner begriff bereits nach den ersten Sätzen des Verhörs, dass Familie Liffka, die in Bayberg eine Bäckerei betrieb, im Dorf so etwas wie der Umschlagplatz von Neuigkeiten, Gerüchten und Getratsche sein musste. Die Bäckerei ging gut. Sie belieferten, wie Herr Liffka immer wieder versicherte, auch Geschäfte in anderen Ortschaften und hatten dadurch sogar noch weitreichendere Informationen zu bieten. Beide gaben, wie Wagner sehen konnte, ihren geschäftlichen Erfolg durch teure Kleidung und auffallenden Schmuck zu erkennen: Frau Liffka trug ein Kostüm mit einem rotbraunen Fuchs als Kragenbesatz, der ihre breiten Schultern noch breiter und ihren üppigen Busen noch üppiger wirken ließ. In ihrem Dekolletee baumelten an einer Goldkette unterschiedlich große Kugeln in verschiedenen Farben.

Herr Liffka hatte einen eleganten Zweireiher mit Nadelstreifen an. „Ich geh' mal davon aus, dass Ihnen sehr daran gelegen ist, einiges hier über die Leut' zu erfahren", sagte er und lockerte seine dezente graue Krawatte, wobei das breite Goldarmband an seinem Handgelenk klirrte. „Meine Frau und ich, wir kennen sie all'. Und nicht nur hier im Dorf. Immerhin haben wir die Bäckerei schon in der dritten Generation. Mein Großvater selig, der hat bereits in der Backstube gebacken, in der wir jetzt auch noch backen. Und unser Hausbrot zum Beispiel, der Hunsrücker Bauernlaib, ist weit über den Ort hinaus bekannt und beliebt. Mir liefern zum Beispiel bis nach Kirchberg, Boppard und sogar auf die andere Rheinseit'. Da kommen sogar …"

Frau Liffka legte ihre Hand auf den Arm ihres Mannes. „Paul, das interessiert doch den Kommissar gar nicht!"

„Kriminalhauptmeister!", korrigierte Wagner.

„Ist auch was Schönes, oder?", antwortete Frau Liffka mit breitem Lächeln und Wagner wusste nicht, wie sie das meinte.

„Also, in der Kirch'", fuhr Liffka unbeirrt fort, „da waren sie all' angetan von der Brigitte …"

„Richtig, alle!", bestätigte Frau Liffka und lächelte dabei ihren Mann spöttisch von der Seite an.

Der beachtete die Zwischenbemerkung überhaupt nicht. „Allen voran der Kaiser", fuhr er fort. „Dem genügt seine junge Freundin nicht. Der ist fast doppelt so alt wie sie. Und sie hat eine Tochter, die Katharina. Die ist knapp so alt wie die Brigitte. Muss wohl auch sehr früh schwanger gewesen sein, die Frau. Die sollte mal ganz schön aufpassen auf ihre Tochter, sag' ich immer, sonst wird die auch so früh schwanger. Die wohnen übrigens genau gegenüber der Familie Mallmann, das heißt, jetzt wohnt nur noch die Frau Mallmann mit ihrer Tochter …"

„Die arme Frau Mallmann!", rief Frau Liffka aus und verzog theatralisch ihr Gesicht. „Jetzt ist sie ganz allein, nachdem ihr Mann vor einiger Zeit von heut' auf gleich ausgezogen ist."

„Und ganz schlimm ist auch der Marsak. Seine Frau ist ein Drachen, sag' ich immer. Aber ich hab' eben gesehen, die waren schon hier, dann haben Sie sie genießen gelernt. Und dann ist da noch der Steils Willi, also der Vater, und seine beiden Söhne Günter und Horst. Der Horst ist mehr so ein Muttersöhnchen, wird wohl mal den Hof vom Vater übernehmen. Der Günter, der ist bei der Bundeswehr in Koblenz. Ein ganz Durchtriebener, ganz der Vater. Der hat auch schon etliche Vorstrafen. Automatenaufbrüche, Autos klauen und so. Dass sie den überhaupt bei der Bundeswehr behalten! Und so einer soll unser Land verteidigen?"

„Und wegen sexueller Belästigung war da auch mal was!", ergänzte Frau Liffka empört und tastete den Sitz ihres hochaufgetürmten schwarz gefärbten Haars ab.

Wagner, der eifrig mitgeschrieben hatte, blickte neugierig auf.

„Keine Verdächtigung, Klara, keine Verdächtigung!", zischte Liffka.

„Das wird der Herr Kriminalmeister schon selbst herausbekommen. Aber es ist wahr. Mit dem Günter, da war mal etwas in dieser Richtung."

„Und dann der Persch!" Klara Liffka drehte sich zum Wirt um, der gerade wieder in die Gaststube hineinschaute. „Gell, Erwin, der Persch, das ist auch so ein Hallodri?", rief sie ihm laut zu.

Theis zuckte nur mit den Schultern und zog sich schnell wieder in die Küche zurück. Was sollte er über den zweiten Wirt hier im Dorf herziehen? Außerdem traute er dem Kerl alles Schlechte zu. Wenn der erfuhr, dass er abfällig über ihn geredet hatte, wusste man nicht, wie er reagieren würde.

„Doch, doch! Der läuft jedem Rock nach, je jünger, je besser, je lieber!", wiederholte Frau Liffka.

„Wo waren Sie beide eigentlich nach dem Gottesdienst gestern?", fragte Wagner, um wieder zu dem eigentlichen Verhör zurückzufinden.

Zu seinem Erstaunen erhielt er keine Antwort. Das Ehepaar blickte sich nur irritiert an. Herr Liffka zuckte nervös mit dem Mundwinkel, während seine Frau verlegen nach dem Bier griff, das vor ihr stand und inzwischen schal geworden war.

„Sie waren doch beide in der Kirche, oder?", erkundigte sich Wagner.

„Natürlich waren wir in der Kirch'", beeilte Liffka sich zu beteuern. „Wir gehen jeden Samstag in die Kirch'. Ich war anschließend hier, hier in der Alten Mühle." Er blickte sich zur Theke um. Doch Erwin Theis ließ sich nicht blicken. Liffka sprang auf und eilte um die Theke herum in die Küche. „Erwin, komm noch mal und bestätige, dass ich gestern Abend hier bei dir war!"

Es dauerte eine Weile, bis der Wirt aus der Küche kam. Er trocknete sich die Hände an seiner Halbschürze ab und stemmte dann beide Arme gegen den Tresen. „Ja, ich kann bestätigen, dass der Paul gestern hier war. Aber das kann auch der Markus bestätigen."

„Markus?", fragte Wagner sofort zurück. „Wer ist bitte Markus?"

Die Antwort kam von Liffka, der sich, immer noch nervös, wieder auf seinen Stuhl setzte. „Markus Herdegen. Der, seine Frau und seine Tochter waren auch hier, aber nicht in der Kirch'. Das heißt, wenn ich genau überlege, kam der Markus erst später. Als ich hier ankam, waren nur seine Frau und seine Tochter hier. Sie warteten offenbar auf ihn."

„Sie müssen wissen, der Herdegen ist Vertreter. Der kommt immer zu unterschiedlichen Zeiten zurück", ergänzte Frau Liffka.

„Und Sie waren auch hier, Frau Liffka?“, erkundigte sich Wagner weiter.

„Nein, ich bin sofort nach der Kirch’ nach Hause gegangen. Mir war nicht so recht.“ Sie nestelte wieder an ihrer Frisur.

„Sie haben sich sofort hingelegt?“

„Nee, ganz so schlimm war es nicht. Ich war noch bis etwa elf Uhr auf. Ich habe gelesen. Mir bekommen doch den Lesezirkel, so hat man was zum Lesen im Haus.“

Wagner versuchte immer noch herauszubekommen, warum das Ehepaar sich bei der Frage nach dem Gottesdienst so irritiert angeschaut hatte. „Ist Ihnen vor, während oder nach dem Gottesdienst etwas aufgefallen, was möglicherweise in Zusammenhang mit der Ermordung von Brigitte Mallmann zu bringen wäre?“

Paul und Klara Liffka schüttelten fast gleichzeitig mit dem Kopf. „Mir haben uns gleich vor der Kirchtür getrennt. Von da geht es zur Alten Mühle dorfauswärts und nach Hause umgekehrt.“

„Sie kannten Brigitte Mallmann näher?“, bohrte Wagner weiter. Er hatte das Gefühl, wieder einen empfindlichen Punkt erwischt zu haben, denn wieder kam keine Antwort, das Ehepaar blickte sich nur wortlos an.

„Ich meine, wir haben gehört, die Brigitte hat sich oft in anderen Familien aufgehalten, wenn ihre Mutter auf der Arbeit war“, half Wagner nach.

„Tja, da mögen Sie Recht haben“, antwortete Klara Liffka nach reiflicher Überlegung. „Aber da haben mir uns immer rausgehalten. Nicht, dass mir das Kind nicht gemocht hätten, aber mir müssen ja so viel arbeiten, da kann man nicht auch noch auf fremde Kinder aufpassen.“

In diesem Moment öffnete sich die Tür zur Gaststube und ein alter, dürrer Mann in einem viel zu weiten Anzug kam herein, am Arm eine nach vorne gebeugte und einen ganzen Kopf kleinere Frau. Beide sahen sich fast ängstlich in der Gaststube um.

„Das ist die Liesenthal“, flüsterte Liffka dem Kriminalhauptmeister erleichtert zu. „Die Frau hat die Leich’ gefunden.“

Wagner stand auf, ging auf das Paar zu und streckte Frau Liesenthal die Hand zur Begrüßung entgegen. „Mein Name ist Walter Wagner, Kripo Koblenz. Danke, dass Sie gekommen sind. Nehmen Sie bitte mit Ihrem Mann dort am Tisch Platz. Ich bin gleich fertig und werde dann zu Ihnen kommen.“

Er wollte sich wieder Familie Liffka zuwenden, doch die alte Frau hielt ihn am Ärmel fest. „Das ist nicht mein Mann, das ist mein Bruder, der Norbert. Ich bin Witwe und er war nie verheiratet“, meinte sie tonlos. Man sah ihr den Schock vom Morgen noch deutlich an.

Wagner nickte nur und ging zu Liffkas zurück. „Ich glaube, das war wohl das Wesentliche. Es sei denn, es fällt Ihnen noch etwas ein, von dem Sie glauben, dass es zur Aufklärung beitragen könnte.“

Liffkas schauten sich kurz an und schüttelten den Kopf. „Sie wissen ja, wo Sie uns finden, wenn Sie noch etwas wissen wollen. Unsere Bäckerei ist täglich außer sonntags ab sieben Uhr geöffnet.“

Frau Liffka erhob sich und griff dem Kripomann vertraulich um die Hüfte. „Und wie gesagt, denken Sie an unser gutes Hausbrot, den Bauernlaib, wenn Sie Ihrer Frau mal etwas Leckeres mitbringen wollen.“

„Ich bin nicht verheiratet“, antwortete Wagner kühl und löste sich mit einem Hüftschwung aus ihren Fängen. Er ließ das Ehepaar stehen und nahm gegenüber von Frau Liesenthal und ihrem Bruder am Tisch Platz.

„Wollt ihr was trinken oder essen?“, rief der Wirt von der Theke herüber.

Norbert Stiehl, der gut zehn Jahre jünger als seine Schwester, aber nicht weniger gebrechlich wirkte, bestellte für sich eine trockene Schorle und für seine Schwester ein Mineralwasser. „Aber ohne Zitrone!“ Seine Wangen waren eingefallen, seine Nase schmal und seine Hände abgearbeitet. Die Augen lagen tief in den Höhlen, doch sie schauten lebhaft.

Wagner sah, dass die Augen der alten Frau hingegen geschwollen und rot unterlaufen waren. Sie hatte offenbar seit dem Morgen viel geweint. Ihre Haut war aschfahl und ihre Hände zitterten.

Ihr Bruder schien wesentlich gefasster zu sein. Er deutete auf das Tonbandgerät, das Wagner vor ihnen aufbaute, schubste seine Schwester mit dem Ellenbogen und meinte: „Das muss sein, Hedwig. Da musst du dich nicht aufregen.“

„Ich weiß, Frau Liesenthal, dass Sie heute schon einiges haben verkraften müssen. Ich hoffe, Sie konnten sich zwischendurch etwas ausruhen?“, begann Wagner.

„Hedwig hat bis eben gelegen. Der Arzt hat ihr eine Tablette gegeben. Aber geschlafen hat sie sicher nicht.“ Norbert Stiehl richtete das Revers an seinem Jackett, das er draußen hochgeschlagen hatte. Dabei fiel

Wagner auf, dass an einem Ärmel ein Knopf fehlte. „Man findet nicht alle Tage eine Leiche und dann auch noch gleich gegenüber dem Friedhof!"

„Damit wären wir schon beim Thema, Frau Liesenthal. Wann etwa sind Sie heute Morgen zum Friedhof gegangen?"

Die Antwort kam so leise, dass Wagner unwillkürlich das Tonbandgerät näher zu der Befragten hinschob. „Das war so gegen sieben Uhr in der Früh'."

„Ist Ihnen auf dem Hinweg jemand begegnet oder irgendetwas aufgefallen, was ungewöhnlich war?"

Hedwig Liesenthal schüttelte heftig den Kopf. Wieder lief ihr eine Träne über die Wange.

„Waren Sie gestern auch in dem Gottesdienst?"

Norbert Stiehl gab ein komisches Geräusch von sich, das in einer anderen Situation wohl ein Auflachen geworden wäre. „Natürlich war Hedwig in der Kirche. Sie spielt doch das Harmonium. Und das seit über fünfzig Jahren. Sie ist sehr musikalisch, meine Schwester, müssen Sie wissen. War früher Musiklehrerin in Boppard." Er rieb sich das schlecht rasierte Kinn und schaute an Wagner vorbei, als würden seine Gedanken in Bilder der Vergangenheit eintauchen. „Hedwig spielt schon immer das Harmonium ..."

„Was haben Sie nach dem Gottesdienst gemacht?"

Frau Liesenthal musste nicht lange überlegen. Sie war wie immer gleich nach der Rückkehr aus der Kirche ins Bett gegangen. Lieber stand sie morgens früh auf, genoss den Sonnenaufgang und machte sich dann auf den Weg zum Grab ihres Mannes. Ihr Bruder, der im gleichen Haus wohnte, schlief vor allem sonntags etwas länger, seit sie beide nach dem Tod ihres Mannes die Landwirtschaft aufgegeben hatten.

Kommissar Fuß betrat die Gaststube. Er machte seinem Kollegen unauffällig ein Zeichen. Wagner entschuldigte sich bei den beiden und ging zu dem Tisch, an dem Fuß Platz genommen hatte.

„Kommst du weiter?", erkundigte sich der Kommissar.

„Mühsam", antwortete Wagner. „Sehr mühsam. Meist nur eine Menge Dorfklatsch und keiner will etwas wissen, gehört oder gesehen haben, was uns weiterhelfen könnte. Außer bei dem Bäcker. Da stimmt etwas nicht. Die haben zwei Mal recht komisch reagiert. Aber ich hab' es mir notiert. Da werden wir nochmals nachhaken müssen."

Kommissar Fuß blickte sich kurz um und beugte sich dann zu seinem Kollegen vor. „Pass auf! Auf dem Weg von dem Spanier ..."

„Italiener!“, korrigierte Wagner.

„Spanier! Bei den Marsaks sind wohl alle Ausländer Itaker. Carlos ist aber Spanier. Also, auf dem Weg von ihm zum Haus der Toten gibt es noch eine Abkürzung, haben die Kollegen festgestellt. Die ist nicht in der Wanderkarte eingezeichnet. Ein kleiner, äußerst schmaler Trampelpfad. Haben die Kollegen von der Spurensicherung durch Zufall entdeckt und damit wahrscheinlich den Tatort. Eindeutige Schleifspuren und niedergetretenes Buschwerk, abgeknickte Äste und ...“, Fuß zog eine kleine Plastiktüte aus seinem Jackett und hielt sie Wagner verdeckt hin, „diesen Knopf!“

Wagner starrte gebannt den Knopf an. Mit einer raschen Bewegung riss er dem verblüfften Kommissar die Tüte aus der Hand und eilte damit zum Tisch der Geschwister zurück. Er packte den rechten Arm von Norbert Stiehl und hielt die noch am Ärmel des Jacketts verbliebenen Knöpfe neben den gefundenen. Sie waren identisch! Wagner schaute Stiehl abwartend an, doch der machte keine Anstalten zu reagieren, sondern starrte nur wortlos auf den Knopf in der Plastiktüte.

Wagner ging langsam wieder zum Tisch seines Kollegen zurück. „Du wirst es nicht glauben“, sagte er und machte plötzlich ein fröhliches Gesicht. „Mit etwas Glück haben wir den Täter bereits gefunden.“ Er machte eine Kopfbewegung zum Tisch der Geschwister hin. „Da drüben sitzt die Frau, die die Leiche gefunden hat – oder muss ich jetzt sagen, gesucht hat? Denn neben ihr sitzt der Mann, an dessen Jackett dieser Knopf fehlt, ihr Bruder. Noch Fragen, Kienzle?“

„Frontal gibt's nicht mehr, leider!“, antwortete Fuß und blickte zu dem Tisch gegenüber. „Das wäre der erste Mordfall, in dem ich ermittle, der sich so einfach und schnell aufklären lässt.“

Er stand auf, nahm seinem Kollegen wortlos die kleine Plastiktüte aus der Hand und trat an den Tisch, an dem Frau Liesenthal und ihr Bruder saßen. Er überzeugte sich selbst noch einmal davon, dass die Knöpfe am Jackett mit dem am Tatort gefundenen identisch waren.

„Frau Liesenthal, Herr Stiehl. Ich muss Sie leider beide bitten, mit nach Koblenz aufs Präsidium zu kommen. Ich nehme Sie vorläufig wegen Mordverdachts und dem Verdacht auf Mitwisserschaft fest.“

„Das ... ist doch nicht ... Ihr Ernst?“, stammelte Hedwig Liesenthal und schaute sich Hilfe suchend in das Gaststätte um.

Aber da war niemand, der ihr zur Hilfe hätte kommen können. Selbst Erwin, der Wirt, war nicht im Raum. Norbert Stiehl starrte nur den Knopf in der Plastiktüte an.

9.

Kriminalhauptmeister Wagner zog sich im Präsidium Koblenz sofort mit Norbert Stiehl in ein Vernehmungszimmer zurück, während Kommissar Fuß die Schwester zur Vernehmung in sein Büro bringen ließ.

Hedwig Liesenthal hatte auf der ganzen Fahrt von Bayberg bis Koblenz ununterbrochen vor sich hin geschluchzt. Sie hielt auch jetzt ihr Taschentuch in der zitternden Hand und starrte hilflos auf den Fußboden. Fuß hatte zwar Mitleid mit der alten Frau, war sich aber bewusst, dass er es möglicherweise mit der Mitwisserin, wenn nicht sogar einer Mittäterin in einem Mordfall zu tun hatte. Nachdem er schweigend einige Zeit hatte verstreichen lassen, fuhr er seinen Rollsessel näher an Frau Liesenthal heran, um ihr die Vernehmung durch die körperliche Nähe etwas zu erleichtern. Irgendwie hatte er plötzlich das Gefühl, auf dem Holzweg zu sein, auch wenn die Indizien eindeutig gegen Norbert Stiehl sprachen. Konnte diese alte Frau an einem Mord beteiligt sein? Kaum! Aber wie verhielt man sich, wenn man entdeckte, dass der eigene Bruder einen Mord begangen hatte? War es nicht zu verständlich, dass sie ihn jetzt deckte, ihm vielleicht sogar half, die Tat zu verschleiern?

„Mein Bruder war es bestimmt nicht!“, jammerte die alte Frau plötzlich. „Er ist doch nach dem Gottesdienst mit mir nach Hause gegangen. Ich war müde und bin dann gleich ins Bett und er hat noch Fernsehen geguckt, da war doch die Lottoschau, die er immer schaut. Dann ist auch er ins Bett gegangen. Bitte glauben Sie mir doch!“

Kommissar Fuß verzichtete vorerst bewusst darauf, sich Notizen zu machen. Ihm schien ein einfaches Gespräch ohne Vernehmungscharakter erfolgversprechender. „Woher wollen Sie das wissen, wenn Sie gleich ins Bett gegangen sind?“, fragte er. „Da Sie müde waren, sind Sie doch sicherlich auch gleich eingeschlafen.“

Frau Liesenthal nickte. „Aber heut’ früh war alles so wie immer, wenn Norbert abends noch Fernsehen geschaut hat. Der Sessel stand so wie immer, weil er die Füße hochlegt, und schmutziges Geschirr stand auf dem Tisch. Denn Norbert schmiert sich immer noch ein Brot, bevor er ins Bett geht."

„Aber es könnte doch sein, dass Ihr Bruder Fernsehen geschaut hat, kurz weggegangen ist und nach seiner Rückkehr das Brot gegessen hat? Immerhin ist unbestritten, dass der Knopf seines Jacketts am Tatort gefunden wurde ..."

Hedwig Liesenthal fuchtelte heftig mit der Hand, in der sie ihr Taschentuch geknüllt hatte, in der Luft herum. „Nein, nein, Herr Kommissar. Das hätte ich gehört, ich habe einen leichten Schlaf, und außerdem ...", sie schnappte nach Luft, „außerdem hatte ich die Jacke in mein Schlafzimmer mitgenommen, weil eben der Knopf fehlte. Ich wollte ihn gleich am nächsten Morgen annähen. Dann hab' ich es allerdings vergessen. Aber die Jacke, die hing morgens noch am gleichen Platz, da bin ich mir ganz sicher."

„Das würde bedeuten, der Knopf fehlte Ihrer Aussage nach bereits unmittelbar nach dem Gottesdienst", stellte Fuß fest und wartete auf einen Einwand, der auch sofort kam.

„Der Knopf fehlte schon am Freitag oder sogar am Donnerstag, ach Gott, ich weiß es nicht mehr genau. Ich bin alt und vergesslich. Auf jeden Fall, er fehlte."

„Und wie kommt der Knopf an den Tatort?", fragte Fuß unerwartet scharf, so dass er selbst erschrak. Beherrschter fügte er hinzu: „Vergessen wir diese Tatsache einmal. Wo müsste sich dann Ihrer Meinung nach der Knopf des Jacketts Ihres Bruders jetzt im Moment noch befinden?"

„Er hat den Knopf in seine Seitentasche gesteckt, nachdem er abgefallen war. Das hat er mir gesagt, als ich die Jacke mit ins Schlafzimmer nahm."

Der Kommissar stand auf und ging langsam einmal um seinen Schreibtisch herum. „Sie wissen, Frau Liesenthal, dass Sie Ihren Bruder mit Ihrer Aussage möglicherweise erheblich belasten?"

„Ich?", entfuhr es der Frau, denn sie glaubte, mit ihrer Aussage genau das Gegenteil bewirkt zu haben. „Wer sagt Ihnen denn, dass es genau der Knopf ist, den Sie gefunden haben? Solche Knöpfe gibt es doch zu Tausenden. Wahrscheinlich ist der Knopf meines Bruders jetzt noch immer in seiner Tasche. Aber danach hat bisher keiner gefragt. Sie nicht und Ihr Kollege auch nicht."

Wagner hatte sich gleich an den Computer gesetzt und Stiehl über seine Rechte aufgeklärt. Nachdem dieser ihm alle Angaben zur Person gemacht hatte, bot Wagner ihm nochmals an, einen Anwalt hinzuzuziehen, falls er dies wolle.

Doch Stiehl lehnte ab. „Ich brauch' keinen Anwalt. Ich weiß nicht, was das alles soll. Ich hab' mit dem Mord nix zu tun", beteuerte er immer wieder. Er machte eine unwirsche Handbewegung und warf dem Kriminalhauptmeister einen verächtlichen Blick zu. „Das ist doch alles Blödsinn, junger Mann, mit dem Knopf und so. Und welchen Grund sollte ich gehabt haben, die Kleine umzubringen? Die war doch im ganzen Dorf beliebt."

„Nun, sie war auch recht reizvoll, vielleicht auch für einen älteren Mann wie Sie. Vielleicht sogar aufreizend. Ich unterstelle sogar, dass sie es vielleicht sogar darauf angelegt hat. Und Sie wollten gern wieder mal Ihre Manneskraft ausprobieren. Da hat sie sich gewehrt, weil sie plötzlich merkte, dass das neckische Spielchen ernster wurde, als sie es erwartet hatte."

„Brigitte!", rief Stiehl empört aus. „Das war ein anständiges Mädchen. Versündigen Sie sich nicht! Außerdem, wer sagt Ihnen denn, dass der Mord deshalb geschah, weil sie hübsch ausschaute? Vielleicht hat der Mörder ein ganz anderes Motiv gehabt. Eifersucht zum Beispiel, was weiß ich?"

„Aber man hat Ihren Knopf am Tatort gefunden. Jetzt erklären Sie mir mal, wie er dorthin gekommen ist. Und wenn Sie von Eifersucht sprechen, worauf waren Sie denn eifersüchtig?"

Norbert Stiehl zuckte nur mit den Schultern.

„Dazu wollen Sie also nichts sagen", fragte Wagner und machte sich daran, das Vernehmungsprotokoll aufzunehmen.

„Ich kann dazu nichts sagen!", betonte Stiehl und verschränkte seine Arme vor dem Oberkörper.

Ohne anzuklopfen betrat Kommissar Fuß das Vernehmungszimmer. Er zwinkerte hinter Stiehls Rücken seinem Kollegen zu und sagte: „Herr Stiehl! Leeren Sie doch einmal die Taschen Ihres Jacketts."

Erschrocken drehte Stiehl sich um. Er hatte den Kommissar nicht hereinkommen hören. Langsam nickte er und begann etwas umständlich seine Taschen zu leeren. Zum Vorschein kamen ein kleines Taschenmesser, ein Stück Kordel, eine Geldmünze und ein abgebrochener Bleistift. Als alles auf dem Tisch lag, schaute er Kommissar Fuß erwartungsvoll an.

„Mehr nicht?“, fragte dieser.

„Nee, mehr nicht. Was haben Sie denn erwartet?“

„Zum Beispiel einen Knopf“, antwortete Fuß grimmig.

Norbert Stiehl starrte den Kommissar an und griff noch einmal in beide Taschen. „Stimmt, der war hier drin. Aber vielleicht hat ihn Hedwig rausgenommen …“

„Oder er ist Ihnen herausgefallen, Herr Stiehl, als Sie Brigitte umgebracht haben!“ Fuß fühlte sich von Bruder und Schwester auf den Arm genommen. „Ich lade Sie zu einer Übernachtung auf der Karthause ein. Morgen werden wir Sie dem Haftrichter vorführen.“

„Das kann doch alles nicht wahr sein“, jammerte Stiehl und sackte in sich zusammen.

„Für die Schwester reichen die Verdachtsmomente nicht aus, um sie hier zu behalten“, stellte Fuß fest, als er wieder mit Wagner alleine war. „Die soll einer von der Bereitschaft nach Hause fahren.“

„Habe ich schon veranlasst.“ Wagner sicherte das Protokoll im Computer und druckte es aus. „Wann haben wir ihn weich?“

Fuß zögerte. „Also, wenn ich ehrlich bin, ist mir das alles zu glatt. Natürlich kann niemand bestreiten, dass der Knopf irgendwo auf dem Trampelpfad lag. Aber wir wissen noch nicht genau, ob das auch der Tatort ist. Und wenn der Knopf wirklich schon am Freitag abgerissen war, wie kommt er dann dorthin?“

Wagner zuckte mit den Schultern. „Da werden wir die Ergebnisse des Labors abwarten müssen.“

„Vor allem die Obduktion müssen wir abwarten. Da gibt es auch noch erhebliche Fragen. Es gibt bisher keine äußeren Anzeichen für Gewalt. Das ist doch alles recht rätselhaft. Und ob der Haftrichter morgen nur wegen des Knopfes den Alten auf der Karthause belässt, weiß ich auch nicht.“

10.

Am nächsten Morgen fiel zwischen Mosel und Rhein ein unangenehmer Nieselregen. Fuß eilte fluchend über den großen Parkplatz des Kemperhofes, eines der großen Koblenzer Krankenhäuser, in dem Obduktionen vorgenommen werden. Er hasste es, hierhin gehen zu müssen. Obduktionen waren für ihn ein Gräuel. In all den Jahren hatte er sich nicht an den Anblick und den Geruch gewöhnen können und empfand große Hochachtung vor den Medizinern, die Obduktionen vornahmen. Schließlich musste es oft sein, um die Wahrheit zu finden.

Zu seiner Freude traf er im Vorzimmer des Sezierraums die Gerichtsmedizinerin Dr. Alice Kaufmann an, die aus Bonn gekommen und mit Brigittes Obduktion beauftragt worden war. Frau Dr. Kaufmann wirkte neben dem knapp Zweimetermann wie eine Zwergin. Sie war kaum einsfünfundfünfzig groß, zierlich, um nicht zu sagen dürr, und hatte ganz kurze, schwarze Haare. Zur Begrüßung hielt sie dem Kommissar einen vorläufigen Bericht entgegen.

„Donnerwetter", stieß Fuß aus. „Hast du die Nacht durchgearbeitet?"

„So ähnlich. Da steht aber noch nicht allzu viel drin." Während sie sprach, sprangen ihre lustigen Augen hinter der Halbbrille ständig hin und her. „Trotzdem wirst du staunen, wenn du liest, was ich bisher schon alles herausgefunden habe!", lachte sie. „Ein äußerst ungewöhnlicher Fall. Komm mal mit!"

Sie betraten den kühlen Sezierraum, wo Brigittes Leiche unter einem Laken lag. Dr. Kaufmann warf das Laken zurück. Der Kommissar schluckte heftig, was der Medizinerin ein verständnisvolles Lächeln entlockte. Sie zog Latexhandschuhe über, griff dem nackten Mädchenkörper zwischen die Schenkel und spreizte sie leicht.

„Genitalien altersgemäß normal, normale Schambehaarung, keine Vulvareizung, unbeschädigtes Hymen, auch keine Anzeichen einer Gewaltanwendung oder eines Vergewaltigungsversuchs außerhalb des Genitalbereichs, keine Anzeichen von Gewaltanwendung oder Gegenwehr am restlichen Körper." Sie ging ans Kopfende des Tisches und hob den linken Arm der Leiche an. „Außer deutlichen Druckspuren in den Achselhöhlen, die der Täter dem Opfer wahrscheinlich post mortem zugefügt hat, als er die Leiche vom Tatort wegzerrte und unter den Baum schleppte.“ Frau Dr. Kaufmann deutete durch eine Handstellung an, wie die Leiche vermutlich transportiert worden war.

„Kannst du das alles für einen einfachen Kommissar auch mal auf Deutsch sagen?“ Fuß versuchte trotz der Umgebung locker zu wirken.

„Also, die Kleine hatte noch nie Geschlechtsverkehr, war also noch Jungfrau. Es hat auch niemand vor ihrem Tod versucht, in sie einzudringen oder irgendetwas in der Richtung zu machen. Aber jetzt kommt es!“

Sie schob mit zwei Fingern die Lippen der Toten auseinander, drückte die Zunge etwas beiseite und deutete auf den Schnitt, den sie am Hals entlang zwischen den Brüsten bis fast hinunter zum Nabel vorgenommen hatte.

Fuß drehte sich zur Seite. Er spürte, wie sich sein Magen meldete. „Sei ein Schatz, mach es kurz!“, murmelte er.

„Gut, ich sag’ dir, was ich gefunden habe, Fuß: Sperma im Mund, Sperma in der Speiseröhre, nicht aber im Magen des Opfers. Also Coitus per os, Fellatio oder zu Deutsch: Mundverkehr. Da keine Spermien den Magen erreicht haben, gehe ich davon aus, dass der Tod, wie auch immer, während des Oralverkehrs eingetreten sein muss.“

„Todesursache – erstickt?“, fragte Fuß kurz. Er schluckte wieder, ergriff von der Seite einen Zipfel des Lakens, schlug es über den toten Körper und drehte sich wieder zu der Medizinerin um.

Dr. Kaufmann lachte kurz auf. „An Sperma erstickt man nicht, Herr Kommissar!“ Sie zog die Latexhandschuhe aus und zögerte einen Moment. „Ich bin mir da noch nicht ganz sicher, was und wie es passiert ist. Lass mir bitte noch etwas Zeit.“

„Also unter Umständen kein Mord?“, fragte Fuß nachdenklich. Er sah das leichte Kopfnicken der Gerichtsmedizinerin und fügte hinzu: „Vielleicht hilft es dir … Ihre Mutter hat mir beiläufig erzählt, dass ihre Tochter einen Herzfehler gehabt hat. Sollte sogar operiert werden. Allerdings mehr weiß ich nicht.“ Er schaute die Ärztin immer noch an, wartete aber vergeblich auf eine Reaktion. Dann fragte er: „Todeszeit?“

Dr. Kaufmann wiegte den Kopf hin und her. „Ich würde auf zweiundzwanzig Uhr tippen, plus/minus eine halbe Stunde. Ich muss noch die Temperaturmessungen auswerten.“

„Gibt es noch etwas, was du mir zu den Umständen ihres Todes sagen kannst?“

Dr. Kaufmann zog sich einen Hocker heran und blätterte in ihren Unterlagen. „Ich vermute, dass die Sache etwa wie folgt abgelaufen ist: Da es keine Anzeichen von Gewalt oder sexueller Ekstase gibt, muss alles recht harmonisch, um nicht zu sagen zärtlich abgelaufen sein. In jedem Fall also von Seiten des Opfers freiwillig, ohne jede Gegenwehr. Und wenn du sagst, die Kleine hatte einen Herzfehler, was sich sehr schnell feststellen lässt, war es vielleicht die innere Erregung der sexuellen Handlung, die zum Exitus führte. Ein Exitus letalis, also kein Mord, sondern der Tod als Folge ihrer Erkrankung. Ich werde die Theorie auf jeden Fall verfolgen. Melde dich doch heute Nachmittag nochmals bei mir. Oder schau vorbei.“

Besorgt blickte sie den reichlich blassen Kommissar an. „Nee, besser nicht. Ruf mich also an. Möchtest du einen Schnaps?“, fragte sie. „Du siehst aus, als könnte ich dich gleich hier behalten.“

„Nein, danke!“, würgte Fuß und verließ schleunigst den Sezierraum.

„Hast du schon die Rhein-Zeitung gelesen?“, fragte Wagner, als Fuß durchnässt vom Sprühregen und immer noch mit einem leichten Ekel im Hals sein Büro betrat.

„Dazu hatte ich noch keine Zeit. Was meinst du, wie ich im Stress bin!“, stöhnte der Kommissar. „Meine Frau hat seit Silvester gefastet und ausgerechnet heute will sie von Alken nach Koblenz marschieren. Zu Fuß! Ich konnte sie nicht davon abhalten.“ Er schaute auf die Uhr. „Jetzt, in diesem Moment, wird sie losmarschieren. Ich habe zu ihr gesagt, dass sie spinnt! Das sind rund fünfundzwanzig Kilometer, immer der Mosel entlang. Aber red’ du einer Frau mal etwas aus, was sie sich in den Kopf gesetzt hat. Und am Donnerstag macht meine Chefin die Straußwirtschaft wieder auf, wahrscheinlich fußkrank mit einer dicken Erkältung und völlig erschöpft. Außerdem haben wir Besuch von einer Griechin, bei deren Tochter wir vor kurzem in Urlaub waren und unsere Freundin aus Polen kommt auch noch in den nächsten Tagen. Sie hilft meiner Frau immer in der Küche. Und dann hat die Chefin auch noch ausgerechnet am Ostersonntag Geburtstag. Aber das ist alles mein Privatvergnügen, bin ich alles selbst schuld.“ Er rieb sich vergnügt die Hände und war plötzlich wieder bester Laune.

Abrupt beugte er sich zu seinem Kollegen vor und erhob den Zeigefinger. „Aber ich war heute Morgen schon im Kemperhof und weiß etwas, was du nicht weißt ... Eine Doktor Kaufmann von der Uni Bonn macht die Obduktion. Die wirst du noch kennen lernen. Eigentlich eine ganz Süße, klein und handlich. Dass so jemand seziert ..." Er schüttelte sich und warf Wagner den kurzen Obduktionsbericht auf den Schreibtisch.

Dann überflog er den Artikel in der Rhein-Zeitung. „Da geht bei den Dorfbewohnern aber ganz schön die Fantasie durch", murmelte er beim Lesen. „Die Kaufmann glaubt, es könnte sich durchaus auch um einen natürlichen Herztod handeln. Aber wir werden auf keinen Fall voreilig bekannt geben, dass möglicherweise gar kein Mord vorliegt. Auch nicht gegenüber der Staatsanwaltschaft, sonst versauen die uns wieder alles mit irgendwelchen Presseverlautbarungen. Wie es bis jetzt für uns ausschaut, war sie dem alten Stiehl mit dem Mund gefällig." Er machte eine kurze erklärende Geste mit dem Daumen. „Warum und wieso, müssen wir noch rauskriegen. Vielleicht hat sie es für Geld gemacht, um der Mutter finanziell zu helfen. Oder es gab etwas, womit Stiehl sie erpressen konnte. So ohne weiteres kommt doch eine Vierzehnjährige nicht auf die Idee, an einem alten Mann herumzulutschen. Und wenn es der Stiehl wirklich nicht war, kriegen wir den Täter in jedem Fall über eine DNA. Denn wenn es keine Vergewaltigung war, sondern ein zärtliches Techtelmechtel mit Anfassen, kann es nur einer aus dem Dorf gewesen sein, den die kleine Mallmann gut kannte. Vielleicht hatte sie doch einen heimlichen Freund, der jetzt Schiss hat ..."

„Was ist mit dem Carlos oder einem der Steils-Buben?", fragte Wagner sofort.

„Möglich!", brummte Fuß und goss sich eine Tasse Kaffee ein. „Aber die hätten doch wahrscheinlich auch an ihr fummeln wollen. Denk mal an den Pioniergeist in deiner eigenen Jugend ... Und danach sieht alles wirklich nicht aus. Auf jeden Fall fahren wir gleich wieder raus und knöpfen uns den Rest der Leute vor. Vor allem diesen Persch, der jedem Rock hinterherläuft. Umgarnt so ein junges Mädchen ... und dann passiert's."

„Apropos, Stiehl sitzt ein. Der Haftrichter hat gleich heut' früh entschieden. Aber du glaubst nach der Obduktion nicht mehr so recht, dass es der Stiehl war, und tippst mehr auf Jüngere, wenn ich dich so höre?"

Fuß strich sich über seinen Bart. „Ich möchte im Moment noch niemanden ausschließen."

11.

Den Dorfkrug fand Kommissar Fuß ungemütlich und abstoßend. Als Winzer, dessen Frau eine Straußwirtschaft betrieb, hatte er ganz andere Vorstellungen von Gemütlichkeit. Ihn schauderte. Tische mit hellbraunen Resopalplatten, darauf Väschen mit verstaubten Plastikblumen und am Kopfende des Lokals ein Flipper und zwei ständig blinkende Spielautomaten an der Wand. Über zwei Billiglautsprecher krächzte unentwegt das schlecht eingestellte SWR-4-Programm.

Der einzige einigermaßen erfreuliche Anblick war Ingrid Barden. Fuß schätzte sie auf höchstens Anfang zwanzig. Sie war zierlich und klein, trug deshalb Plateauschuhe mit zusätzlich sehr hohen Absätzen. So wirkte sie wie knapp einssiebzig, obwohl sie wohl kaum wesentlich über einsfünfzig groß sein konnte. Ein viel zu kurzer Rock und ein aufreizend enger Pullover, der die Spitzenstruktur ihres prall gefüllten BHs deutlich erkennen ließ … kein Wunder, dachte Fuß, dass dieses Mädchen mancher Frau in dem kleinen Dorf Bayberg ein Dorn im Auge ist. Sie passte so gar nicht in diese Landschaft.

Der Kommissar warf seine nasse Jacke über einen Stuhl, bestellte einen Kaffee zum Aufwärmen und nahm auf einem der Barhocker an der Theke Platz. Um diese Uhrzeit war das Lokal leer, die meisten Dorfbewohner waren zur Arbeit. Fuß fragte sich insgeheim, warum so ein Lokal überhaupt tagsüber geöffnet hatte.

„Also, det kann ick dir sajen, ohne Namen nennen zu wollen“, erzählte Ingrid freimütig, noch bevor Fuß eine Frage gestellt hatte. „Hier sind fast alle Mannsbilder so spitz wie Nachbars Lumpi. Von meenem anjefangen bis hin zum aalen Stiehl, den ihr verhaftet habt. Det liecht offenbar an der juten Hunsrücker Luft, wa?“

Abrupt setzte Fuß die Kaffeetasse ab. Beinahe hätte er sich verschluckt. „Der alte Stiehl auch?“

Ingrid verzog ihr stark geschminktes Gesicht zu einer Grimasse. „Ob er et noch treibt oder treiben kann, weeß ick nischt, aber hinschauen und mir in den Arsch kneifen, det tut er oft jenuch.“

Fuß schaute sich in dem ungemütlichen Lokal um. „Sie sind hier so etwas wie …“

„Det Kleene zum Aufjeilen und det Dorfpuff in eener Person? Det meenste doch. Aber du kannst janz beruhicht sein. Ick bin zwar keen Engel, aber mit der Sitte will ick nischt zu tun haben. Ick nehm ooch keen Jeld, et muss Spaß machen, weesde. Mal spendiert mir eener ’n Sekt oder führt mir ooch mal janz jroß aus in Mainz, Frankfurt oder Wiesbaden, wenn hier Ruhetag is.“

„So spendabel sind hier die Leute?“, lachte Fuß und erwischte sich dabei, dass auch er wohlwollend die Kurven seines Gegenübers betrachtete. „Und was sagt Ihr Freund, der Herr Persch, dazu?“

„Der?“ Ingrid lachte schrill auf. „Dazu hat mir der Kalle doch von Baalin hierher jeholt. Nur um det Lokal voll zu bekommen. Und seine Rechnung jeht off. Det Lokal is bis auf weniche Tage im Jahr fast jeden Abend voll. Vielleicht jetzt jerade in der Fastenzeet nischt“, sie kicherte, „det verstehen die Leute hier im Hunsrück ooch als Fasten! Aber dann kommen se wieder, nach Ostern. Und nischt nur hier ausm Dorf, weeßde!“

Fuß zog sein Notizbuch aus der Tasche und blätterte darin. „Dann war am Samstagabend also typische Fastenzeit, oder?“

„Möglich! Vielleecht aber ooch, weil et die letzten Tache jerechnet hatte und et wieder nach Regen aussah. Da waren nur die Lehrerin und der Kaiser mit seiner Tussi und deren Tochter da. Zwischendurch is der sogar ooch mal wegjejangen, da saß ick hier mit denen drei Tussis alleene herum. Echt ätzend!“

„Und wo war Herr Persch?“

„Wo wird der schon jewesen sein. Ick kann nur meene Hand dafür ins Feuer lejen, dass er weder bei mir noch der Mehrkatz oder bei der Siewert war. Denn die beeden saßen hier bei mir.“

„Kann man die Möglichkeiten, wo Persch gewesen sein könnte, trotzdem etwas genauer eingrenzen?“ Fuß beobachtete, wie Ingrid sichtlich nervös wurde. Offenbar war sie sich über die Folgen klar, wenn sie zu viel erzählte. „Ich kann schweigen wie ein Grab, wenn es das ist“, meinte er und lächelte ihr verständnisvoll zu.

„Na ja, im Moment is det kleene Schmelzeisen aktuell und diese Kolumbianerin aus dem Kloster.“

„Adressen?“

Ingrid winkte ab. „Vorsischt, ick hab nischt jesacht, det haste mir versprochen. Det Schmelzeisen is jerade emal sechzehn und die Kolumbianerin is so wat Ähnliches wie eene Nonne. Sie trächt so eene Uniform oder wie man det nennt."

„Also, was ist mit Adressen?", wiederholte Fuß etwas ungeduldig.

„Ick weeß wirklich nischt. Ick glaube, beede wohnen in Oberwesel. Det Ramona Schmelzeisen hilft ab und zu in der Historischen Weinwirtschaft aus und die Nonne arbeetet wohl im Seniorenheem, wat zu dem Kloster jehört."

Fuß notierte sich die Namen und blickte auf seine Armbanduhr. „Hat die Weinwirtschaft jetzt auf?"

„Glaub ick nischt. Die machen erst nachmittags off. Ick habe mal jesehen, dat det mit Kreide an der Tür jeschrieben steht."

„Wie von den drei Königen", grinste Fuß, zog sein Handy aus der Tasche und wählte. Am anderen Ende meldete sich seine Frau. „Hallo! Wo bist du jetzt?", wollte er wissen.

„Mann, Wilfried. Das ist vielleicht schön!", hörte er ihre überglückliche Stimme aus dem Hörer. „Was meist du, wer schon alles angehalten hat und mich mitnehmen wollte?" Sie lachte und schien außer Atem. „Ich bin jetzt kurz vor Dieblich. Also, das ist ganz toll. Und schöne Fotos habe ich schon gemacht. Harry und Barbara haben mich auch gerade angerufen und wollten sich erkundigen."

Er spürte ihre Begeisterung förmlich durch das Handy hindurch.

„Bussi!", rief er in den Hörer. „Pass auf, dass du nicht überfahren wirst. Ich melde mich wieder, wenn ich Zeit hab'." Schnell steckte er sein Handy ein. „Was bin ich schuldig?"

„Nischt, find lieber schnell den Mörder. Man kann ja nie wissen, ob et eenen sonst nischt ooch noch erwischt."

Der Kommissar zog widerwillig seine nasse Jacke an. Auf halbem Weg zur Tür drehte er sich nochmals um. „War eigentlich Brigitte Mallmann mal hier als Gast?"

„Nischt, dat ick wüsste. Ick hab' die immer nur off der Straße jesehen. Die war echt hübsch."

„Und am Samstag im Laufe des Tages war auch kein Fremder hier?"

„Et kommen zwar oft ooch Fremde hierher. Aber am Samstag war keen Aas nischt hier, wat ick nischt jekannt hätte."

Wagner hatte seinen Kollegen in Bayberg abgesetzt und war weiter nach Oberwesel gefahren, um sich mit Pastor Bergheimer in Verbindung zu setzen. Der Pastor war immerhin einer der Letzten, die Brigitte gesehen hatten, und sicherlich kannte er seine Messdiener und Messdienerinnen gut. Im Pfarramt St. Martin-Liebfrauen erfuhr Wagner, dass Pastor Bergheimer im Seniorenheim wohnte und dort auch so etwas wie ein kleines Büro hatte, in dem er Ratsuchende empfing.

Der Kripobeamte stellte sein Fahrzeug unten am Rhein ab, da er innerhalb der alten Stadtmauer keinen Parkplatz gefunden hatte, und lief die wenigen Meter zum Seniorenheim zu Fuß. Die Arbeit im Heim wurde teilweise von Ordensschwestern des benachbarten Klosters und teilweise von Zivilangestellten ausgeführt, wobei sich die Schwestern mehr um die Pflege und Betreuung der Bewohner kümmerten und die Angestellten in der Verwaltung und der Küche tätig waren.

Eine Schwester begleitete Wagner in den ersten Stock. Das Besprechungszimmer von Pastor Bergheimer befand sich am Ende eines dunklen, langen Flurs.

„Ich werde Herrn Pastor Bergheimer sagen, dass Sie da sind“, sagte die Schwester.

Wagner bedankte sich und trat ein. Das Zimmer war eine Mischung aus Arbeits- und Wohnzimmer, und das auf kleinstem Raum. Mittelpunkt war ein großer Bücherschrank, dessen Einlegeböden sich unter dem Gewicht der Bücher durchbogen. Daneben gab es einen kleinen Schreibtisch mit einem Computer und eine Besprechungsecke. Über dem Sideboard hing ein Foto des Papstes und des Trierer Altbischofs Spital, der erst vor wenigen Tagen in den Ruhestand gegangen war. Eine aufgeschlagene Bibel und ein schlichtes Brillenetui lagen auf dem Board. Wagners Aufmerksamkeit wurde von einem Bilderrahmen angezogen, in dem das Foto einer Frau, Mitte vierzig, mit streng zurückgekämmten Haaren, zu sehen war. Am Bildrand war ein kleiner Trauerflor befestigt, daneben stand eine Vase mit frischen Osterglocken, rechts und links jeweils ein silberner Kerzenleuchter.

Der Kriminalhauptmeister hatte genügend Zeit alles zu betrachten, denn der Pastor, der im Seniorenheim unterwegs war, ließ sich offenbar Zeit. Doch endlich hörte Wagner feste Schritte auf dem Flur. Dann öffnete sich die Tür und ein großer, hagerer Mann mit weißen Haaren betrat den Raum. Nur ein kleines silbernes Ansteckkreuz am Revers seines dunklen Anzugs ließ erkennen, dass er Priester war.

„Sie sind von der Kriminalpolizei?“, fragte Bergheimer und streckte Wagner die Hand entgegen.

„Wagner!“, stellte sich der Kripobeamte vor und folgte der Geste von Bergheimer, in einem der Sessel Platz zu nehmen.

„Sie kommen sicher wegen Brigitte Mallmann – eine schreckliche Sache! Ich kann mir immer noch nicht vorstellen, dass dieses Mädchen tot ist. Überhaupt ist es schwer zu begreifen, was alles geschehen ist. Weiß man inzwischen etwas Genaueres über die Umstände?"

Wagner war versucht zu verraten, dass man möglicherweise von einem Herzversagen ausgehen konnte. Aber er und Fuß hatten vereinbart, dies vorerst zurückzuhalten, und auch dem Geistlichen gegenüber galt wohl diese Absprache. „Sie hatte kurz vor ihrem Tod eine intime Beziehung mit einem Mann ..."

Wagner sah, dass Pastor Bergheimer bleich wurde und seine Nasenflügel leicht zu zittern begannen. „Weiß man schon etwas über diesen Mann?"

„So weit sind wir noch nicht. Aber wir wissen, dass es sich weder um eine Vergewaltigung noch um gewöhnlichen Geschlechtsverkehr gehandelt hat, sondern um Oralverkehr." Wagner räusperte sich verlegen. Er war sich im Klaren, wie sehr einen katholischen Priester eine solche Nachricht treffen musste.

„Mein Gott, es ist alles so schrecklich", klagte Bergheimer und seine Stimme zitterte leicht. „Wie konnte das nur geschehen? Nach einem Akt der Liebe und Zärtlichkeit ..."

„Was war diese Brigitte Mallmann für ein Kind?", lenkte Wagner ab.

„Kind ist ein völlig falscher Begriff", korrigierte ihn der Pastor. „Auf Grund der familiären Umstände war Brigitte mit ihren vierzehn Jahren schon sehr selbstständig und erwachsen. Sie werden die Mutter sicherlich schon gesprochen haben, denke ich. Dann wissen Sie, dass Brigittes Vater die Familie vor einiger Zeit verlassen hat, worunter das Mädchen stark litt."

„Die Umstände sind uns bekannt. Kann man daraus auch ableiten, dass Sie eine andere Bindung gesucht hat?"

Bergheimer überlegte einen Moment, bevor er antwortete. „Sie meinen, dass sie einen Freund hatte? Das glaube ich nicht. Sie hatte viele Freunde. Alle im Dorf mochten sie, soweit ich das beurteilen kann. Und dass sie natürlich die Nähe zu anderen Menschen suchte, nachdem ihre Mutter tagsüber arbeiten musste, steht außer Zweifel. Aber wie gesagt, wir alle liebten sie."

„Auch dieser Carlos ...?"

„Carlos Razzmonta? Nein, ich glaube nicht, dass Brigitte mit ihm oder irgendeinem anderen Jungen liiert war. Es waren Freundschaften, ja, aber mehr nicht.“ Das Gesicht des Priesters hatte wieder etwas an Farbe gewonnen.

„Aber was glauben Sie dann, wie es zu dem Oralverkehr kam?“

Pastor Bergheimer starrte nachdenklich vor sich hin. Er hatte die Handflächen aufeinander gelegt und es sah fast aus, als betete er. Nach einiger Zeit der Besinnung richtete er seinen Blick auf und schaute an Wagner vorbei in den Raum.

„Es muss sich um einen außergewöhnlichen Umstand gehandelt haben. Es muss sehr viel Liebe mit im Spiel gewesen sein, Liebe und Zärtlichkeit und die Sehnsucht danach. Ich weiß nicht, wie ich es erklären soll. Man müsste so viel mehr von dem Mädchen wissen …“

„… und von dem Mann“, ergänzte Wagner.

Bergheimer schrak aus seinen Gedanken und blickte mit einem Ruck zu dem Kriminalhauptmeister. „Natürlich, auch von dem Mann!“

„Was können Sie mir zum Gottesdienst vorgestern Abend sagen? Es soll da ein paar Männer gegeben haben, die Brigitte wegen ihrer aufreizenden Figur ständig angestarrt haben. Vielleicht war es ja einer von denen?“

Pastor Bergheimer lachte etwas verlegen und wehrte mit beiden Händen ab. „Aufreizend, das wäre viel zu viel gesagt. Mein Gott, natürlich waren einige Blicke auf sie gerichtet. Sie war auch sehr hübsch anzuschauen, aber von einer aufreizenden Figur kann wirklich nicht die Rede sein. Ihre langen Haare, ihr zartes Wesen, das war es, was die Aufmerksamkeit erregte. Ich sehe sie immer wieder vor mir, wie die Sonne durch die Kirchenfenster fiel …“

Er nahm seine Goldrandbrille ab und schloss die Augen, als stünde er im Schein der Sonne, von der er gerade sprach. Dabei entdeckte Wagner eine Träne, die dem Mann über die Wange lief.

„Ich sehe sie immer noch neben dem Altar in ihrem grauen oder weißen Kittel. Sie sah fast aus, wie man sich einen Engel vorstellt. Nur die Flügel fehlten ihr. Die Haare über den Schultern und dieses erfrischende, unschuldige Lächeln in ihren Augen, wenn sie einen anschaute …“

Wagner musste innerlich lachen, wie der Pastor da ins Schwärmen kam. Auch nur ein Mann, dachte er. Laut sagte er: „Einige aus dem Dorf sehen das aber ganz anders.“

Bergheimer wischte sich verstohlen die Träne aus dem Gesicht und setzte wieder seine Brille auf. „Es kommt immer auf den Standpunkt an“, meinte er mit einem tiefen Seufzer.

„Sie haben sozusagen als einer der Letzten Brigitte vor ihrem Tod gesehen. Wann genau war das?“

„Das kann ich Ihnen ziemlich genau sagen. Der Gottesdienst war kurz vor neunzehn Uhr zu Ende. Brigitte, Carlos und ich haben noch ein paar Worte in der Sakristei miteinander gewechselt und dann sind die beiden gemeinsam fortgegangen. Das wird etwa Viertel nach sieben gewesen sein. Mehr weiß ich nicht.“

„Und Sie haben an dem Abend weder Brigitte noch Carlos einzeln oder gemeinsam noch einmal gesehen?“

„Nein.“

Wagner stand auf. „Dann habe ich im Moment keine weiteren Fragen mehr. Aber ich darf Sie nochmals aufsuchen, wenn ich glaube, dass Sie mir weiterhelfen können?“

„Aber sicher. Ich werde heute Mittag nach Bayberg fahren und die Mutter von Brigitte aufsuchen. Haben Sie schon eine Vorstellung, wann die Leiche zur Beerdigung freigegeben wird?“

Noch bevor Wagner antworten konnte, setzte Pastor Bergheimer mit Wehmut in der Stimme hinzu: „Es ist schrecklich, wenn man einen Menschen verliert, der einem nahe steht.“

Wagner erinnerte sich an das Foto auf dem Sideboard und den Trauerflor. Er deutete im Vorbeigehen auf das Bild. „Eine Verwandte?“, fragte er behutsam.

„Eine Schwester!“, antwortete Bergheimer und öffnete Wagner die Tür.

12.

Fuß und Wagner hatten sich vor der kleinen Kirche von Bayberg verabredet, um gemeinsam den Weg abzugehen, den die Tote am Samstagabend gegangen sein könnte. Bis zum Haus der Familie Razzmonta waren es knapp zwei Minuten. Danach verlor sich Brigittes Spur. Sie schlugen den Weg über die Straße zur Neubausiedlung ein und bogen dann bei dem schmalen Pfad ab, der dem Mädchen offenbar zum Verhängnis geworden war. Sie mussten hintereinander gehen und trotzdem berührten sie da und dort die Äste der Büsche und Sträucher.

„Freiwillig ist die aber den Weg in der Dämmerung nicht gegangen", meinte der Kommissar.

An der Stelle, wo einige Äste abgebrochen und auch das Gras immer noch etwas niedergetreten war, blieben sie kurz schweigend stehen. Irgendwie hing jeder seinen Gedanken nach. Plötzlich gab Fuß sich einen Ruck und setzte den Weg fort. Ihre Mäntel waren nass von den Sträuchern, außerdem hatte es wieder zu regnen angefangen.

Am Ende des Pfades stießen sie auf eine Lichtung. Von hier aus konnten sie zur Linken in geringer Entfernung die drei Häuser der Neubausiedlung sehen. Rechter Hand führte ein Weg in den Wald hinein. Fuß drehte sich noch einmal um. „Ein Ortsunkundiger findet diesen Pfad niemals, zumal nicht in der Dämmerung oder im Dunkeln."

„Wieso dunkel? Zwischen Viertel nach sieben und halb acht war doch noch kaum Dämmerung", meinte Wagner.

„Doktor Kaufmann geht aber von einer Todeszeit von etwa zweiundzwanzig Uhr aus, frühestens einundzwanzig Uhr dreißig."

„Aber was hat dann das Mädchen die zwei Stunden dazwischen gemacht?"

„Gute Frage!"

Fuß und Wagner schauten sich eine Zeit lang schweigend um, als müsste irgendetwas auf eine Antwort hindeuten.

„Von den Männern aus dem Dorf, die wir bisher befragt haben, hat kaum einer ein stichfestes Alibi. Überall gibt es kleine Lücken für die Tatzeit." Wagner blickte zu den drei neuen Häusern hinüber und zog sein Notizbuch aus der Tasche. „Anton Schuck, der Waldarbeiter, wohnt mit seiner Mutter dort drüben in einem der Häuser. Der könnte es natürlich auch gewesen sein. Immerhin war er in der Kirche."

„Dann lass uns die Gelegenheit nutzen. Gehen wir zu ihm!", beschloss Fuß und steuerte zielstrebig auf das Haus zu.

Doch trotz mehrfachen Läutens öffnete ihnen niemand die Tür. Enttäuscht machten sie sich wieder auf den Rückweg.

„Vielleicht sollte man mal etwas essen", meinte Wagner, dem bereits der Magen knurrte.

Also gingen sie den schmalen Pfad zurück ins Dorf, stiegen ins Auto und fuhren runter ins Rheintal nach Oberwesel. Fuß nutzte die Gelegenheit, an der Historischen Weinwirtschaft vorbeizufahren. Tatsächlich hing am Gartentor eine alte Bratpfanne auf der mit Kreide „ab sechzehn Uhr uff" stand.

„Weißt du was", schlug Fuß vor, „lass uns einfach in einer Bäckerei etwas kaufen und dann gehen wir um sechzehn Uhr hierhin einen Schoppen trinken. Ich muss nur heute irgendwann zum Deutschen Eck, wenn meine Chefin dort ankommt."

Er grinste spitzbübisch über das ganze Gesicht. Langsam fand er die Idee seiner Frau nicht mehr ganz so abartig. Er begann sogar stolz auf ihre Leistung zu werden. Hoffentlich regnete es nicht zu sehr an der Mosel.

Wagner war mit allem einverstanden, was möglichst schnell seinen Magen füllte. An der Liebfrauenkirche kehrten sie um und machten sich auf die Suche nach einer Bäckerei. Fuß bekam große Augen, als er sah, was Wagner sich alles in die Tüte packen ließ.

Auf dem Rückweg bogen sie kurz vor Bayberg in einen gesperrten Waldweg ein, um ungestört Mittagspause machen zu können. Sie hielten vor der Schranke an. Im gleichen Moment erblickten sie einen Mann im blauen Overall, der aufgeregt gestikulierend auf sie zustakste.

„Do wolln Se doch nit steh bliewe?! Do kummet aba en Trecker gleich, do müsset Se weggert!", rief der Mann aufgeregt. Er trug eine schwarze Schirmkappe, unter der lange, strähnige Haare hervorschauten, und hatte klobige, halbhohe Arbeitsschuhe an den Füßen.

Instinktiv rief Fuß ihm entgegen: „Sind Sie zufällig Herr Schuck?"

Der Mann blieb grinsend stehen und nickte eifrig. „Dat isser, dä Schuck Toni, gell!"

Der Kommissar und sein Kollege stiegen aus und gingen auf den Mann zu, der hinter der Schranke stehen geblieben war. Fuß wies sich als Kriminalbeamter aus und stellte seinen Kollegen Wagner vor.

„Aha, aha, gell. Ihr kummet us der Stadt, gell?"

Die beiden Kripoleute schauten sich an. Wahrscheinlich hatte Schuck gar nicht realisiert, wen er vor sich hatte. Er grinste weiter vor sich hin und Fuß sprach besonders langsam, in der Hoffnung, dass Schuck ihm geistig folgen konnte. „Sie waren doch am Samstagabend in der Kirche, stimmt das?"

Schuck grinste noch mehr. „Klar, gell. Mann, hat dat geregnet! Mer warn nass bis uff de Hoos." Er strich zur Verdeutlichung über seine beiden Oberschenkel.

„Dann haben Sie doch auch die kleine Brigitte Mallmann gesehen, die die Messe gedient hat, oder?"

Schuck wurde blass und sein Grinsen verschwand schlagartig aus dem Gesicht. „Aha, aha, gell. Die arm Leich unner dä Hunsrückeich, ja die, gell. Schuck hat se gär gehat."

„Warum haben Sie Brigitte gern gehabt?", fragte Wagner.

„Se hat so scheen lang Haar gehat, die Brigitt, wie ä Pupp. Schuck spielt gär mit dä Pupp." Er streichelte sich mit seiner grobschlächtigen Hand über den behaarten Unterarm und hatte plötzlich ein fast verträumtes Lächeln im Gesicht, als schwelgte er in Erinnerungen. „Zart Haut, scheen Haar hat se gehat."

„Woher wissen Sie denn, dass Brigitte eine zarte Haut hatte", herrschte Wagner ihn an und merkte im gleichen Moment, dass er sich im Ton vergriffen hatte, denn Schuck zuckte erschrocken zusammen.

Er nahm fast in Zeitlupe die Kappe von seinem Kopf und starrte Wagner an. „Aha, aha, gell. Schuck hat oft mit dä Brigitt gespillt, wie mit dä Pupp." Dabei fuhr er sich mit der linken Hand über sein unrasiertes Kinn. „Schuck gefühlt, zart Haut, scheen Haar, gell."

Wagner schaute seinen Kollegen verzweifelt an. Als Fuß den Blick sah, übernahm er wieder die Befragung. Er sprach langsam und legte immer wieder Pausen ein, bis er den Eindruck hatte, dass Schuck den Inhalt der Worte begriffen hatte. „Nach der Kirche … am Samstag … haben Sie danach mit Brigitte noch einmal gespielt … oder sie gesehen?"

Man merkte Schuck an, dass er ernsthaft versuchte, sich zu erinnern. Er schaute an den Kripobeamten vorbei, sein Blick ruhte irgendwo in der Ferne. „Schuck denkt nach", meinte er. Doch dann kam plötzlich Bewegung in seinen Körper. Er richtete sich auf und stützte sich auf die Schranke. „Nee, wird nich gewes sein!"

Fuß machte einen Schritt vor und stellte sich auf der anderen Seite der Schranke dicht neben den Waldarbeiter. Er roch Schucks leichte Bierfahne.

„Wo sind Sie nach dem Gottesdienst hingegangen?", fragte Fuß mit eindringlicher Stimme und wiederholte die Frage noch einmal, als Schuck nicht sofort antwortete.

„Zu mei Mama, do drusse." Schuck zeigte in die Richtung der Neubausiedlung.

Fuß klopfte ihm freundschaftlich auf die Schulter. „Dann einen schönen Tag noch, Herr Schuck. Wir fahren weg, bevor der Trecker kommt."

Schuck begann wieder zu grinsen, setzte seine Kappe auf, tippte zum Abschied mit dem gestreckten Zeigefinger gegen den Kappenschirm und stakste wieder in den Wald zurück.

Fuß drehte sich zu seinem Kollegen um. „Lass uns mal schnell was essen und dann gehen wir die Mutter besuchen. Vielleicht ist sie inzwischen zu Hause."

Im gleichen Moment piepste im Wagen das Telefon. Wagner eilte zum Auto. Als er zurückkam, hatte er die Tüte vom Bäcker in der Hand. „Der Richter hat die DNA-Probe von Stiehl angeordnet."

Während Wagner drei Rosinenschnecken und einen Bienenstich verputzte, telefonierte der Kommissar wieder mit seiner Frau, die ihn noch ausgelassener begrüßte als beim ersten Mal.

„Stell dir vor", keuchte sie ins Handy, „ich bin von Straßenarbeitern angesprochen worden, als ich an ihnen vorbeikam. Die kannten sogar meinen Namen! Und dann hab' ich überall an den Leitplanken Blätter entdeckt mit ‚Hallo Erika' und ‚Weiter so!' draufgeschrieben und dann standen der Ekki und die Emmi plötzlich am Straßenrand. Hatten einen Tisch aufgebaut, mit Sekt und Gläsern und Obst und was weiß ich nicht noch alles!" Sie lachte und schnappte nach Luft. „Und stell dir vor, eben ist auch noch Shoon Ok vorbeigekommen, nur um mich zu fotografieren! Kannst du dir das vorstellen?"

Und ob der Kommissar das konnte! Ekki Priebe, der erst vor knapp einem Jahr geheiratet hatte, besaß in Alken eine Galerie mit Antiquitäten, außerdem stellte er wunderschöne bleiverglaste Lampen her. Mit ihm waren Fuß und seine Frau schon seit einer halben Ewigkeit befreundet. Und immer hatten sie gehofft, dass er mal wieder heiraten würde. Aber auch Emmi kannten sie schon seit einigen Jahren; sie war bei der Debeka in Koblenz beschäftigt. Es hatte recht lange gedauert, bis die beiden sich endlich gefunden hatten. Die Idee mit Sekt und Obst am Straßenrand passte so recht zu ihnen! Und dass Shoon Ok von Essen, die rührige Apothekerin aus Emmelshausen, extra über dreißig Kilometer an die Mosel gefahren war, nur um ein Erinnerungsfoto zu machen, bewies, dass ein guter Rebensaft mindestens ebenso verbinden konnte wie eine Handschelle. Nur dass diese Verbindung freiwillig war und Freude machte.

„Mach's gut, grüß mir alle, ich melde mich wieder!", beendete Fuß das Gespräch, als er sah, dass Wagner seine leere Tüte aufblies und knallen lassen wollte. „Lass sein!", lachte er, „nicht, dass meine Frau denkt, es hätte mich einer erschossen, und sich schon auf die Auszahlung der Lebensversicherung freut! Bei einem Kriminalbeamten kann man ja nie wissen …"

Sie fuhren wieder in die Neubausiedlung. Diesmal trafen sie Frau Schuck zu Hause an. Sie lächelte ihnen freundlich entgegen. Eine hagere Frau in bunter Küchenschürze, die ihre krausen braunen Haare einfach nach hinten gekämmt hatte.

„Mögen Sie einen Kaffee? Ich habe mir selber gerade einen gemacht, aber er reicht auch für drei."

Sie stellte zwei weitere Tassen auf den Küchentisch und schenkte ein.

„Wir haben zufällig Ihren Sohn im Wald getroffen und zur Brigitte Mallmann befragt. Er meinte, er habe oft mit ihr gespielt, wie mit einer Puppe."

Frau Schuck nickte und setzte sich gegenüber den beiden Herren an den Tisch. Ihre Hände wirkten sehr gepflegt, auch wenn man ihnen ansah, dass sie schon oft grobe Arbeit verrichtet hatten. „Sie haben es wahrscheinlich bemerkt, Anton ist geistig stark zurückgeblieben. Bei der Geburt hatte sich die Nabelschnur um seinen Hals gewickelt, er wäre beinahe erstickt. Die Folge ist eben seine geistige Behinderung. Aber er hat Kraft, deshalb konnte ich ihn auch beim Forstamt unterbringen. Was er Ihnen erzählt hat, wegen der Puppe, das müssen Sie nicht falsch verstehen oder überbewerten. Er ist irgendwie immer ein Kind geblieben. Als Kind hatte er immer Puppen und einige haben sogar die Jahre überlebt. Er liebt sie immer noch und unterhält sich mit ihnen. Sie tun ihm nichts Böses, verstehen Sie? Das Gleiche galt für die kleine Mallmann. Ihre Mutter hat mich manchmal gebeten, sie nachmittags zu beaufsichtigen. Sie wohnen ja hier gleich nebenan. Und wenn Anton von der Arbeit kam, haben die beiden wunderbar miteinander gespielt, bis Brigitte von ihrer Mutter abgeholt wurde. Anton hat oft stundenlang ihr Haar kämmen dürfen, so wie er es bei seinen Puppen immer tat. Ich glaube, er sah in Brigitte eine Art lebende Puppe."

„Auch als Brigitte älter wurde?", warf Fuß ein.

„Sie meinen, als Brigitte in die Pubertät kam? Anton unterscheidet nicht zwischen den Geschlechtern. Wenn Sie in diese Richtung denken, dafür kann ich meine Hand ins Feuer legen."

„Was war am Samstag? Ihr Sohn war in der Kirche. Wann ist er nach Hause gekommen?"

„Ich habe mit dieser Frage gerechnet", gestand Frau Schuck. „Ich mache Ihnen da auch gar nichts vor. Am Samstag hat mich meine Schwester aus Bardenhard mit dem Auto abgeholt. Sie hatte Geburtstag und wir waren bis etwa Mitternacht zusammen. Als ich nach Hause kam, lag Anton im Bett und schlief." Sie schaute den Kommissar eindringlich an. „Glauben Sie mir, hätte Anton an diesem Abend Kontakt mit Brigitte gehabt, er hätte es mir am nächsten Morgen gleich erzählt. Als wir mittags erfuhren, was geschehen war, hat er sich in sein Zimmer gesetzt und es den Puppen erzählt."

„Es bleibt aber offen, was Anton in der Zeit zwischen neunzehn Uhr und Mitternacht gemacht hat", stellte Fuß fest.

„Nicht ganz", berichtigte ihn Frau Schuck. „Herr Kaiser, der Getränkehändler von nebenan, erzählte mir, dass Anton sich bei ihm zwei Flaschen Bier geholt hätte. Ich habe daraufhin Herrn Kaiser am Montag das Bier bezahlt. Anton glaubt nämlich immer, man bekommt alles geschenkt."

Wagner klappte sein Notizbuch zu. „Hatte Ihr Sohn jemals in seinem Leben Kontakt zu einer Frau?"

Mit Frau Schuck ging eine Veränderung vor sich. Zum Erstaunen der beiden Beamten rief sie, plötzlich beinahe wütend, aus: „Was soll die Frage? Wenn Sie es bereits wissen, hätten Sie es auch gleich sagen können!"

Fuß räusperte sich und wechselte einen verwunderten Blick mit seinem Kollegen. „Nichts wissen wir!", entgegnete der Kommissar irritiert. „Vielleicht erklären Sie uns, worum es geht."

Frau Schuck spürte, dass Fuß ihr die Wahrheit sagte, und atmete erleichtert auf. „Also gut. Aber glauben Sie mir, es hat nichts mit Brigitte zu tun." Sie atmete tief durch und wartete eine Weile, bis sie sich wieder beruhigt hatte. „Wir sind nicht freiwillig hier nach Bayberg gezogen. Anton, mein Mann und ich haben früher in der Nähe von Stuttgart gewohnt. Damals musste Anton wegen eines Unfalls für viele Monate ins Krankenhaus. Eine der Schwestern hat sich rührend um ihn gekümmert. Das hat er wohl falsch verstanden. Auf jeden Fall muss es zu einer Situation gekommen sein, die die Schwester nicht wollte. Genaues war nie herauszubekommen. Sie hat ihn irgendwie weggestoßen. Da hat Anton sie ... niedergeschlagen. Und er hat solche Kraft!" Sie machte eine Pause und versuchte sich zu beherrschen. Doch es war deutlich zu erkennen, dass sie mit den Tränen kämpfte. „Die Schwester war schwer verletzt und starb wenige Tage später an Gehirnblutungen. Es ging alles durch die Presse, mit Fotos. Sie kennen das. Mein Mann hat sich daraufhin auf dem Speicher erhängt."

Betroffenes Schweigen trat ein.

Es dauerte eine ganze Weile, bis der Kommissar wieder das Wort ergriff. „Deshalb sind Sie hierher gezogen?"

Frau Schuck nickte. „Meine Schwester hat mir großen Halt geben. Wir dachten, hier in ihrer Nähe ein neues Leben anfangen zu können. Und jetzt ... Man wird wieder alles aufrollen wollen ..."

Kommissar Fuß stand auf. „Wir werden diese Information zwar auswerten müssen, aber ich verspreche Ihnen, wir werden dies mit dem notwendigen Fingerspitzengefühl machen. Und wenn sich bezüglich der damaligen Tat keine Rückschlüsse auf den jetzigen Fall bestätigen, wird niemand hier im Dorf etwas davon erfahren."

Wie zu einem Versprechen hielt er ihr die Hand entgegen. Sie drückte sie fest und er sah ihre feuchten und dankbaren Augen.

Klaus Kaiser, drahtig und trotz kühler Witterung nur mit Jeans und T-Shirt bekleidet, war dabei, leere Bierkästen zu stapeln. Als er die beiden Kripobeamten erblickte, die gerade in ihren Wagen einsteigen wollten, kam er an das Hofgitter seines Getränkedepots geeilt.

„Wie ich gehört habe, hat einer von Ihnen bereits mit meiner Lebensgefährtin gesprochen, der Frau Mehrkatz."

„Das war ich", bestätigte Fuß und trat von der anderen Seite an das Gitter.

„Sie wissen, dass ich kurze Zeit den Dorfkrug verlassen habe und hier war. Ich wollte unbedingt im Fernsehen die Sendung ‚Wer wird Millionär' sehen, wissen Sie, die mit dem Jauch."

Fuß konnte sich spontan kaum vorstellen, dass ein Mann wie Kaiser wegen einer solchen Sendung so rannte, dass er anschließend duschen musste. Außerdem fand er es merkwürdig, dass Kaiser sie von sich aus angesprochen hatte. Irgendetwas schien an der Sache nicht zu stimmen.

„Von wann bis wann waren Sie denn hier zu Hause?“, erkundigte er sich, in der Hoffnung, einen Widerspruch zu erkennen.

„Die Sendung geht immer von Viertel nach acht bis Viertel nach neun. Und dann habe ich noch schnell geduscht. Ich werde also gegen halb zehn wieder im Dorfkrug gewesen sein.“

„Das war's?“, fragte Fuß knapp.

Kaiser wusste nicht so recht, wie er auf die Frage reagieren sollte. Er zuckte wortlos mit den Schultern und war froh, als sich der Kommissar umdrehte und in den Wagen stieg.

Fuß blickte auf seine Armbanduhr und lachte. „Jetzt muss meine Alte etwa in Ley sein. Eigentlich wollte ich mal vorbeifahren, um zu schauen, ob sie das schafft.“

„Warum macht sie denn so einen Gewaltmarsch?“

Fuß stöhnte leise. „Versteh du mal die Frauen! Aber du wirst sie ja kennen lernen. Seit Silvester hat sie auf schlank gemacht und ihr krönender Abschluss ist dieser Marsch. Ich habe versucht ihn ihr auszureden, aber sie meint, früher sind alle immer von Alken nach Koblenz zu Fuß gegangen, das muss sie auch schaffen.“

Wagner schaute seinen Kollegen von der Seite an und meinte anerkennend: „Wenn ich mich zu so etwas mal überwinden könnte! Ich bewundere solche Leute.“

„Wenn ich ehrlich bin, ich auch!“ Der Kommissar brach in fröhliches Gelächter aus. „Aber das darf man ihr nicht sagen, sonst wird sie übermütig und läuft das nächste Mal bis Trier!“

Es entstand plötzlich eine kurze Pause, in der beide Kripoleute ihren unterschiedlichen Gedanken nachhingen. Dann startete Wagner den Motor.

„Lass uns mal zu den Steils fahren“, schlug er vor. Er hatte während des kurzen Gesprächs zwischen seinem Kollegen und Herrn Kaiser in seinen Notizen geblättert. „Der und einer seiner Söhne sollen ja auch in der Messe gewesen sein und die Kleine angestarrt haben.“

Nachdem Fuß keinen Einwand erhob, gab der Kriminalhauptmeister Gas.

13.

Der Bauernhof der Steils lag am Ortsrand in Richtung Laudert. Von ihm aus war die Hunsrückeiche bereits zu sehen. Immerhin ließ sich daraus die Möglichkeit ableiten, dass man von hier etwas beobachtet hatte, zumal auf einem Hof früh aufgestanden wird. In jedem Fall musste die Tote vom Tatort zur Hunsrückeiche an dem Hof vorbeigebracht worden sein.

Als das Fahrzeug der Kripo auf den Hof fuhr, kroch Willi Steils mit verschmiertem Gesicht unter dem Traktor hervor, an dem er gerade repariert hatte. Er putzte sich die Hände an einem alten Lappen ab.

„Ich hab' mir gedacht, dass ihr auch zu uns kommt." Er kratzte sich über den fast kahl geschorenen Schädel. „Habt ja schon fast alle Kirchgänger vernommen, wie ich gehört hab'. Aber ich muss euch gleich enttäuschen, mir waren alle brav hier auf dem Hof. Das können euch meine Kinder allesamt bestätigen."

Fuß empfand es zum zweiten Mal innerhalb weniger Minuten als merkwürdig, wie bereitwillig und ungefragt man ihm Alibis für eine Tatzeit anbot, die von den Dorfbewohnern noch keiner genau kannte. Außerdem verfolgte er mit seinem Blick Günter Steils, der offensichtlich bei der Reparatur geholfen hatte, jetzt aber sofort hinter dem Rücken seines Vaters ins Haus eilte. Fuß gab seinem Kollegen Wagner ein Zeichen zum Haus hin, worauf der im Laufschritt dem Steils-Sohn in das Bauernhaus folgte.

„Wo war denn Ihre Frau am Samstagabend?", wollte Fuß wissen.

„Meine Frau?" Steils schien überrascht. Dann begann er zu grinsen und ließ dabei zwei Zahnlücken im Oberkiefer sichtbar werden. „Wisst ihr nicht, dass meine Frau seit über fünf Jahren tot ist? Ist von der Leiter gestürzt, Genickbruch. War sofort tot!"

Fuß entschuldigte sich. Solche Momente waren ihm peinlich, aber wie sollte man auch alles wissen oder ahnen? „Also gut, was haben Sie und Ihr Sohn nach der Messe genau gemacht?"

„Mir sind hier nach Hause gegangen. Horst und Iris waren noch im Stall. Mir sind dann allesamt in die Küche gegangen und haben zu Abend gegessen. Iris hat dann abgespült und aufgeräumt, Günter und ich haben uns einen Kriegsfilm im Fernsehen angeschaut ...“

„Wer hat die Hauptrolle gespielt?“, unterbrach ihn der Kommissar sofort.

Wieder kratzte Willi Steils sich nachdenklich am Hinterkopf. „Das waren der Fonda, Henry heißt der, glaube ich, und der Schauspieler, der den Mann mit der Harmonika gespielt hat, in dem der Fonda auch die Hauptrolle spielte ...“

„Charles Bronson?“

Steils nickte zustimmend und kratzte sich nunmehr ungeniert im Genitalbereich. „Bronson, so kann er heißen. Der Film hat ewig gedauert. Ich bin nachher eingeschlafen und Günter hat mich geweckt. Aber da hatte er den Fernseher schon abgeschaltet. Das muss so gegen Mitternacht gewesen sein.“

Fuß erinnerte sich an die Aussage von Norbert Stiehl. Angeblich hatte der doch auch diesen Film gesehen und war zum Schluss eingeschlafen. Merkwürdig! Er notierte sich ein paar Stichworte. „Was haben Ihre anderen beiden Kinder gemacht?“

„Ich hab’ doch gesagt, die Iris hat gespült und aufgeräumt.“

Fuß schaute sein Gegenüber gequält an. „Das wird sie wohl nicht den ganzen Abend gemacht haben! Außerdem haben Sie doch noch einen Sohn?“

„Weiß nicht“, brummte der Bauer. „Oben lief sehr laute Musik, als ich mal pinkeln ging. Wahrscheinlich hat der Horst CDs gehört und die Iris war bei ihm.“

„Das ist aber nur eine Vermutung“, stellte Fuß fest und blickte Steils durchdringend an.

„Das ist eine Vermutung!“, wiederholte Steils mürrisch. „Aber wir können die beiden ja sofort fragen.“

Er wollte sich zum Haus umdrehen, doch Fuß hielt ihn am Arm fest. „Wie lange braucht man von hier bis zum Friedhof?“

Steils grinste. „Das kommt darauf an, wie schnell man geht. Die gute Hedwig braucht vielleicht vier bis fünf Minuten, ich mach’ den Weg in der halben Zeit.“ Plötzlich wurde er ernst und starrte Fuß an. „Ihr glaubt doch nicht, dass einer von uns ...“

„Wir glauben gar nichts, wir ermitteln. Und dazu gehört auch diese Frage.“

Fuß ließ Steils stehen und ging zum Wagen zurück. Er hatte Frau Dr. Kaufmann versprochen, sie nochmals im Kemperhof anzurufen. Nach dreimaligem Versuch gab er auf. Sie schien nicht an ihrem Platz zu sein. Außerdem sah er Wagner aus dem Haus kommen.

„Und?“, fragte er, nachdem sich sein Kollege angeschnallt hatte.

„Irgendetwas stimmt da nicht. Der älteste Sohn hat mit dem Vater ferngesehen, das Mädchen behauptet, bei ihrem anderen Bruder gewesen zu sein, der aber erzählt nichts davon, sondern hat angeblich gelesen.“

„Dann lügen alle“, stellte Fuß fest, „denn nach Aussage des Vaters hat der jüngere Sohn oben Musik gehört.“

„Das würde für die Version des Mädchens sprechen. Warum lügt aber dann ihr Bruder?“

Fuß zog die Schultern hoch und schnallte sich ebenfalls an. „Lass uns noch zu den Herdegens fahren, dann haben wir die wichtigsten Zeugen hinter uns.“

Karla Herdegen war gerade dabei ihren Koffer zu packen, als es an der Wohnungstür läutete.

„Kim, machst du mal auf?“, rief sie ins Kinderzimmer.

Fuß und Wagner schauten verwundert drein, als sie einem etwa zehnjährigen Mischlingsmädchen gegenüberstanden. „Ist der Papa oder die Mama da?“, fragte der Kommissar und lächelte die Kleine freundlich an.

Kim machte einen leichten Knicks und gab den Weg frei, so dass die Kripobeamten die Wohnung betreten konnten. „Die Mama ist da hinten im Schlafzimmer.“

Fuß ging voran in die kleine Diele, um das Schlafzimmer zu suchen. Doch im gleichen Moment tauchte Frau Herdegen auf. Fuß stellte sich und seinen Kollegen vor und beide wurden ins Wohnzimmer gebeten.

„Sie müssen entschuldigen, aber wir wollen über Ostern verreisen“, erklärte die Frau.

Auf dem Sofa lag, fein säuberlich sortiert, die frisch gebügelte Wäsche ihres Mannes und ihrer Tochter zum Packen bereit. Frau Herdegen räumte rasch das Bügelbrett und das Eisen aus dem Weg.

„Wir wollen Sie auch gar nicht lange aufhalten“, versicherte der Kommissar. „Könnten Sie uns kurz erzählen, wie Sie den vergangenen Samstagabend verbracht haben? Es geht um die kleine Brigitte Mallmann, wie Sie sich sicherlich denken können.“

„Eine schreckliche Geschichte." Frau Herdegen blickte zu Kim, die schüchtern hinter den beiden Männern ins Wohnzimmer gekommen war.

„Vielleicht ist es besser …", begann Wagner.

Frau Herdegen verstand sofort. „Kim, sei so lieb und mal drüben weiter, damit das Bild für die Oma fertig wird." Als ihre Tochter außer Sichtweite war, rückte sie etwas pedantisch ihren Rock und das Kostümjackett zurecht und fuhr fort: „Da gibt es nicht allzu viel zu erzählen. Ich war mit meinem Mann in der Alten Mühle zum Essen verabredet. Er musste ausnahmsweise an diesem Samstag zu einem Kunden an die Mosel fahren, ich glaube nach Bernkastel. Da weiß man nie, wie spät es wird. Ich bin mit Kim bereits gegen sieben Uhr zur Alten Mühle gegangen. Die Samstagabendmesse war gerade aus. Herr Liffka kam uns aus der Kirche entgegen und traf zur gleichen Zeit wie wir in der Alten Mühle ein. Mein Mann kam erst gegen acht, vielleicht auch halb neun. Dann haben wir gegessen und sind so gegen zehn Uhr nach Hause gefahren."

„Haben Sie auf der Heimfahrt irgendetwas im Dorf bemerkt, was sich in Verbindung mit dem Fall Brigitte Mallmann bringen lässt?"

Frau Herdegen schüttelte energisch den Kopf. „Nein, nichts. Außerdem war es inzwischen dunkel draußen und ich war müde, da achtet man nicht so genau darauf. Aber mein Mann und ich haben uns am Sonntag über den Mord unterhalten. Immerhin haben wir auch eine Tochter. Er hätte mir bestimmt gesagt, wenn er etwas Verdächtiges gesehen hätte."

„Kim ist nicht Ihre leibliche Tochter?"

Frau Herdegen musste lachen. „Wie man deutlich sieht, nein. Wir haben sie adoptiert. Ihre Mutter soll Deutsche gewesen sein, der Vater ein dunkelhäutiger amerikanischer GI, der nach der Wende wieder rüberging und das Mädchen mit dem Kind hat sitzen lassen. Sie wissen, wie das geht …"

Die beiden Kripobeamten nickten. „Dann war's das schon!", meinte Fuß, stand auf und sie verabschiedeten sich.

„Die Küche ist aber noch nicht auf!" Iris Marx, die schlanke Inhaberin der Historischen Weinwirtschaft, empfing die ersten Gäste an diesem Nachmittag mit einem charmanten Lächeln. „Dafür haben Sie aber freie Auswahl, was die Plätze betrifft!"

Fuß und Wagner staunten nicht schlecht, als sie sich umblickten. Von dem Schankraum, in dem sich auch eine kleine Theke befand, wurden sie ein paar Stufen hoch in eine komplett eingerichtete Bauernküche geführt.

„Oder sitzen Sie lieber im Schrank oder Bett?“, fragte die Inhaberin mit pfiffigem Gesichtsausdruck.

„Bett?“, fragte Wagner ungläubig.

Die beiden wurden durch ein ebenfalls komplett eingerichtetes Wohnzimmer geführt, bevor sie zu ihrer Verwunderung das Schlafzimmer gezeigt bekamen.

„Sie waren noch nie hier?“ Frau Marx amüsierte sich sichtlich über die beiden Kriminalbeamten, die alles genau betrachteten. „Aber Sie kenne ich irgendwoher!“, sagte sie an Fuß gewandt.

Der zog wortlos seinen Dienstausweis, worauf die Wirtin auf die Knie fiel und laut zu jammern anfing: „Sind Sie gekommen, um mich zu verhaften, dann bitte ich um Gnade!“

Fuß und Wagner schauten sich verwirrt an.

Lachend erhob sich die Wirtin wieder. „Nee, mit der Kripo hatte ich noch nichts zu tun!“, rief sie und schüttelte mit Nachdruck ihren schwarzen Pagenkopf.

„Vielleicht waren Sie mal in seiner Weinstube“, meinte Wagner.

„Straußwirtschaft!“, verbesserte Fuß.

Iris Marx klopfte Fuß burschikos auf die Schulter. „Klar, in Alken! Jetzt weiß ich, wo ich Ihr komisches Gesicht hintun muss. Kommen Sie, um mir Wein zu verkaufen, oder dienstlich?“

„Dienstlich“, brummte Fuß. „Meinen Wein verkaufe ich schon selbst bei mir.“

„Was darf ich Ihnen denn anbieten? Und wenn Sie dienstlich hier sind, was kann ich für Sie tun?“

„Bringen Sie uns mal zwei Schoppen von dem Wein, von dem Sie glauben, den Geschmack eines Moselwinzers zu treffen.“

„Sie wollen also von all meinen Weinen ein Glas!“, lachte die Wirtin kess. „Ich habe nämlich nur Spitzenweine und für jeden Geschmack.“

„Dann lass mal schmecken!“ Fuß stieg über die Bettkante und ließ sich auf der eingebauten Bank nieder. „Mal was anderes!“, stellte er fest, blickte sich in dem Raum um und entdeckte alle möglichen alten Dinge, die hier dekoriert waren und die er noch aus seiner Jugendzeit kannte.

Auch Wagner hatte in dem Bett Platz genommen und wartete nun gespannt auf den Wein.

Mit den Schoppen brachte Frau Marx einen kleinen Brotkorb und ein Gefäß mit Schmalz. „Damit ihr im Dienst nicht gleich besoffen in die nächste Polizeikontrolle geratet.“

Sie stellte alles auf den Tisch, hob ihren weiten Rock etwas an und setzte sich rittlings auf einen Stuhl, den sie sich vom Nachbartisch herbeigezogen hatte. „Also, zum Dienstlichen. Worum geht es?"

„Bei Ihnen soll eine Ramona Schmelzeisen beschäftigt sein", begann Fuß.

„Stopp!", unterbrach die rührige Wirtin sofort. „Erstens war Ramona nie bei mir beschäftigt, sondern hat im vergangenen Sommer nur ab und zu stundenweise ausgeholfen, und zweitens habe ich mich von ihr getrennt, sie wird nicht mehr für mich arbeiten."

„Darf man fragen, warum?", gab Wagner kauend von sich.

„Darf ich fragen, warum Sie das wissen wollen?", entgegnete Frau Marx argwöhnisch.

„Sie soll da einen Freund haben, einen gewissen ..."

„Karl-Heinz Persch! Dann kennen Sie ja meinen Grund bereits!"

Die beiden Männer blickten die Wirtin erwartungsvoll an.

„Als ich mitbekommen habe, dass die Kleine mit dem Persch aus Bayberg ein Verhältnis hat, musste ich mich von ihr trennen. Das hätte sonst dem Ruf meiner Wirtschaft geschadet."

„So schlimm?", wollte Fuß wissen.

„Na, hören Sie mal, der Kerl ist doch bekannt wie ein bunter Hund. Vor dem ist doch kein Rock sicher. Jetzt sagen Sie bloß, Sie sind wegen des Mordes an dem Mädchen in Bayberg unterwegs, von dem heute in der Zeitung stand? Dann sage ich Ihnen gleich, da sollten Sie den Persch mal schnellstens überprüfen. Dem trau' ich alles zu!"

„Auch einen Mord?", fragte Fuß wie aus der Pistole geschossen.

Frau Marx wollte sofort antworten, hielt sich dann aber zurück und meinte zögernd: „Also gut, einen Mord vielleicht nicht gerade. Aber jede andere Schweinerei."

„Übrigens, der Wein ist gut!" Fuß hob das Glas gegen das Licht und ließ die Farbe auf sich wirken. „Aber im nächsten Jahr wird der noch besser sein, wenn er richtig gelagert ist."

Als Fuß und Wagner die Historische Weinwirtschaft verließen, griff der Kommissar wieder zum Handy. Seine Frau war inzwischen bei einer Bekannten in Ley eingekehrt, erfuhr er.

Er hielt kurz die Hand vor den Apparat. „Machen wir für heute Schluss?", fragte er seinen Kollegen.

Wagner, der bereits festgestellt hatte, dass sie mal wieder Überstunden machten, nickte zustimmend.

„Bleib in Ley. Ich komme!"

„Aber ich geh' auf jeden Fall bis zum Deutschen Eck!", hörte er seine Frau noch ins Handy rufen.

Beim Schreibwarengeschäft Hermann ließ Fuß kurz anhalten. Er sprang raus und kaufte eine lustige Geburtstagskarte für seine Frau.

„Dann gib mal Stoff, als wenn wir zum Einsatz müssten!", lachte er, wieder im Wagen, und lehnte sich zufrieden in den Sitz zurück.

Nachdem er seine Frau kurz in Ley bei ihrer Bekannten besucht hatte und alles fotografisch festgehalten worden war, fuhr er schnell nach Alken, um noch ein paar Freunde und Bekannte für das Empfangskomitee am Deutschen Eck abzuholen. Als sie dort eintrafen, standen bereits weitere Bekannte in begeisterter Erwartung an das Geländer gelehnt, denn Erikas Marsch hatte sich im Freundes- und Bekanntenkreis wie ein Lauffeuer herumgesprochen.

„Lo hinne kimmt se!", war der Startschuss, der alle automatisch entlang des Moselufers in Richtung Koblenzer Altstadt und Balduinsbrücke blicken ließ.

Und tatsächlich, noch kaum größer als ein Punkt, aber trotzdem deutlich am Gang zu erkennen, war Erika im Anmarsch. Auch sie hatte die Wartenden bereits entdeckt, ein Halstuch als Fahne an einen Stock gebunden und begann zu winken.

Kommissar Fuß entkorkte die ersten Flaschen und verteilte Gläser unter den Wartenden. Aber es dauerte noch eine ganze Weile, bis Erika, trotz der verlorenen Pfunde immer noch durchaus ansehnlich, mit feuerroten Wangen und total verschwitzt, aber vor Glück strahlend auf den Vorplatz zum Deutschen Eck einmarschierte. Alle wollten sie als Erste umarmen und beglückwünschen. Fuß musste hinten anstehen.

„Wie immer!", kommentierte er, überreichte seiner Frau ein gefülltes Weinglas und stieß mit ihr an. Stolz war er, auch wenn er es noch nicht so recht zugeben konnte.

Am liebsten hätte Erika sich hingesetzt und wäre an diesem Tag nicht mehr aufgestanden, aber erst mussten noch ein paar Fotos gemacht und die Flaschen geleert werden. „Ich nehme doch keine vollen Flaschen mehr mit zurück!", rief Fuß ausgelassen in die Runde.

Erst nach einer guten halben Stunde löste sich das Begrüßungskomitee auf und Fuß fuhr mit Katharina, dem griechischen Gast, und seiner Frau nach Hause, wo an diesem Abend noch kräftig nachgefeiert wurde.

14.

Am Dienstag herrschte zwischen Mosel und Rhein ausgesprochenes Aprilwetter – Regen und Sonne im launischen Wechselspiel. Am Spätnachmittag gewann die Sonne endlich die Oberhand und tauchte die Landschaft in leuchtende Frühlingsfarben.

Der Kommissar und der Kriminalhauptmeister saßen zusammen über dem Ortsplan von Bayberg und spielten das Geschehen vom Samstagabend noch einmal gedanklich durch. Dazu hatte Wagner kleine Zettel mit den Namen der männlichen Beteiligten auf Stecknadeln gespießt und diese jeweils dorthin auf die Karte gesteckt, wo sich die betreffende Person aufhielt.

„Herdegen können wir vorerst einmal vergessen. Das Alibi scheint wasserdicht. Der Pastor war wieder in Oberwesel und Liffka in der Alten Mühle, auch das ist sicher. Den Schuck lassen wir auch zunächst einmal beiseite. Wenn das alles stimmt, was wir über ihn wissen, hat er zwar wahnsinnige Kräfte, aber weiß nicht, was Sex ist. Bleiben also nur der Getränkehändler Kaiser, der Marsak vom Dorfladen, der Razzmonta, Vater und Söhne Steils und dieser Persch."

„Und Muders, der Ortsbürgermeister!", ergänzte Fuß. „Immer vorausgesetzt, es war einer aus dem Dorf, wovon wir aber ziemlich sicher ausgehen dürfen."

„Wir haben den Stiehl vergessen!", rief Wagner erschrocken aus. „Was ist mit ihm?"

„Ganz einfach, wir bitten die Herren alle zur Speichelanalyse; die für Stiehl ist bereits angeordnet. Wer sich versucht zu drücken, rückt die Verdachtstufe eine Etage höher. Stiehl ist schon heute dran. Fällt der Test negativ aus, lassen wir morgen die DNA der anderen Herrschaften anordnen und tauchen damit unerwartet in Bayberg auf."

Noch bevor Fuß den Hörer abheben konnte, um den Speicheltest der Männer vorsorglich zu beantragen, klingelte das Telefon. Der Kommissar meldete sich. Nach wenigen Sekunden schlug er mit der flachen Hand wütend auf seinen Schreibtisch.

„Scheiße!“, zischte er und legte auf. „Eine junge Ordensschwester ist verschwunden.“

„Und, was haben wir damit zu tun?“

„Aus dem Seniorenheim in Oberwesel!“, brüllte Fuß. Dann wurde ihm klar, dass Wagner die Zusammenhänge natürlich nicht ahnen konnte. „Das heißt“, lenkte er mit versöhnlicher Stimme ein, „dass wir möglicherweise einen zweiten Fall Bayberg haben.“

Eine halbe Stunde später saßen Fuß und Wagner im Seniorenheim Oberwesel bei Oberschwester Gabriele in der kleinen Teeküche. Sie hatten die Tür geschlossen, um ungestört sprechen zu können. Zunächst war die Oberschwester erschrocken, dass sich die Mordkommission mit dem Verschwinden ihrer Schwesternschülerin beschäftigte, sah aber sehr schnell die Zusammenhänge und Notwendigkeit ein.

„Pastor Bergheimer war dagegen, dass wir heute Morgen sofort eine Vermisstenanzeige erstattet haben. Er meinte, es sei noch viel zu früh, sich Sorgen zu machen. Ein junges Mädchen könne schon mal eine Nacht ...“ Sie lächelte. „Der Pastor ist sehr weltoffen, wie Sie sicherlich schon festgestellt haben. Manchmal kann man gar nicht glauben, dass man einen Priester vor sich hat. Dabei ist er einer der besten Seelsorger, die ich kenne.“

„Wenn alle so wären wie er, wären die Kirchen wahrscheinlich wieder etwas voller!“, kommentierte Fuß leicht bissig.

Die Oberschwester ignorierte die Bemerkung. „Schließlich habe ich mich dann doch durchgesetzt. Ich habe das Amt der Oberschwester erst vor ein paar Monaten übernommen und habe mich gefragt, wie Schwester Roswitha wohl entschieden hätte, meine Vorgängerin ...“

„Seit wann genau vermissen Sie die Schwesternschülerin?“ Wagner hatte es übernommen, Notizen zu machen.

„Ricarda wurde gestern Abend zum letzten Mal gesehen, als sie ihren Dienst beendete. Normalerweise geht sie dann immer direkt ins Schwesternheim rüber. Sie lebt etwas zurückgezogen, da sie die deutsche Sprache noch nicht perfekt beherrscht.“

„Was für eine Nationalität hat sie denn?“

„Sie ist Kolumbianerin, ein reizendes Ding, zierlich, fast zerbrechlich, intelligent und unheimlich hilfsbereit.“

Während die Oberschwester sprach, betrachtete Fuß ein Bilderpassepartout an der Wand. Es enthielt zehn oder zwölf Fotos von einer Feier im Seniorenheim. Darunter stand mit einem gelben Wachsstift geschrieben: „Oberschwester Roswitha zum 45. Geburtstag".

„Ist die Schwesternschülerin auch auf einem der Fotos zu sehen?", fragte der Kommissar unvermittelt.

Die Oberschwester stand auf und betrachte die Fotos. Plötzlich hielt sie inne und deutete auf eine Schwester in Tracht, die fröhlich in die Kamera lachte. „Das ist sie! Ricarda! Und neben ihr Oberschwester Roswitha."

„Ich dachte, sie ist erst Schülerin?" Fuß deutete erstaunt auf die Tracht.

„Im letzten Ausbildungsjahr dürfen die Schwesternschülerinnen bei uns bereits die Tracht tragen."

„Wir müssten aber von dieser Ricarda ein Foto ohne Tracht haben, denn es ist nicht unbedingt anzunehmen, dass sie außerhalb des Heimes in Tracht herumläuft, oder?"

Oberschwester Gabriele ging an einen Schrank und kramte in ihrer Tasche. „Ich müsste ein Privatfoto von ihr haben, das sie mir vor einiger Zeit einmal anvertraut hat."

Fuß wunderte sich über die merkwürdige Formulierung, erhielt aber sofort eine Erklärung, denn die Oberschwester hatte gefunden, was sie suchte. Sie reichte das Foto dem Kommissar. „Sie ist darauf mit einem jungen Mann zu sehen. Ricarda hat mir gestanden, dass sie sich in den jungen Mann unsterblich verliebt habe und deshalb wahrscheinlich den Orden verlassen und als Altenpflegerin weiterarbeiten will."

Der Kommissar starrte das Foto an. „Komm!", sagte er hastig zu seinem Kollegen. „Ich glaube, ich weiß, wo wir die Vermisste suchen müssen!"

Die beiden Kripobeamten ließen die überraschte Oberschwester in der Teeküche zurück. Fuß rannte den Gang des Seniorenheimes hinunter. Erst im Aufzug klärte er seinen Kollegen auf.

„Die Bedienung aus dem Dorfkrug hat mir gesagt, dass Persch ein Verhältnis mit einer Kolumbianerin in einer Uniform habe. Und der Kerl auf dem Foto könnte der Beschreibung nach Persch sein – die Uniform ist die Tracht!"

„Und wo willst du jetzt hin? Dorfkrug oder Wohnung von Persch?", keuchte Wagner, vom Laufen völlig außer Atem.

„Am besten beides. Du übernimmst den Dorfkrug und ich die Wohnung."

Im gleichen Moment öffnete sich die Aufzugstür und Fuß wäre im Herausstürmen beinahe über Pastor Bergheimer gestolpert, der auf den Aufzug wartete.

„Nicht so stürmisch“, lachte der Pastor. „Was machen Sie denn hier?“

„Das könnte ich Sie auch fragen“, antwortete Fuß.

Bergheimer lachte herzhaft. „Lieber Kommissar, Sie vergessen, dass ich hier arbeite und wohne. Außerdem besucht ein Priester auch schon mal seine Schäfchen, die nicht mehr zu ihm kommen können.“

Fuß schaute den Pastor verwirrt an, dann meinte er: „Und wir suchen ein junges Schäfchen, das verloren gegangen ist ...“

„Ricarda?“ Der Pastor trat wieder hastig einen Schritt vor, als die Aufzugstür sich automatisch zu schließen begann. „Warum aber die Mordkommission, was ist passiert?“

„Wir können nicht ausschließen, dass die Schwesternschülerin mit einem Mann befreundet ist, der zum engeren Kreis der Verdächtigen im Fall Brigitte Mallmann gehört.“

Die beiden Kripobeamten konnten beobachten, wie das Gesicht des Priesters an Farbe verlor. „Sie meinen ...?“, stieß er erschrocken hervor und faltete unwillkürlich die Hände, als wollte er für Ricarda beten.

„Ein gewisser Karl-Heinz Persch, der Wirt des Dorfkrugs in Bayberg. Noch wissen wir nichts Genaues. Aber immerhin ist sie vom Typ her der Brigitte Mallmann sehr ähnlich. Schlanke Figur, langes Haar ...“

„Ich kenne Persch. Und Sie meinen, er ...?“

Fuß drehte sich zum Gehen um. „Wir halten Sie auf dem Laufenden, Herr Pastor. Lassen Sie uns jetzt erst einmal Persch aufsuchen, vielleicht erfahren wir da mehr.“

Fuß hatte das Blaulicht aufgesetzt und das Martinshorn eingeschaltet, als er durch Oberwesel fuhr. Außerhalb der Ortschaft schaltete er das akustische Signal ab und gab den Berg hinauf Vollgas.

Wagner drückte sich ängstlich in den Beifahrersitz, obwohl sein Kollege das Fahrzeug sicher durch die Kurven lenkte. „Quietschende Reifen machen mich immer etwas nervös“, meinte er zu seiner Entschuldigung, die Fuß mit genüsslichem Grinsen kommentierte.

Kurz vor Bayberg schaltete der Kommissar auch das Blaulicht aus und reduzierte die Geschwindigkeit. „Es muss nicht gleich das ganze Dorf wissen, dass wir wieder da sind. Ich lass’ dich an der Kreuzung zur Neubausiedlung raus.“

Die schnelle Fahrt nach Bayberg erwies sich als überflüssig. Weder hatte der Dorfkrug geöffnet noch waren Persch und Ingrid Barden zu Hause.

„Der Kaiser hat gesagt, er habe den Persch heute noch nicht gesehen und die Barden sei in der Früh' mit dem Bus nach Koblenz gefahren", informierte der Kriminalhauptmeister den Kommissar. „Wir sollten nach beiden eine Fahndung herausgeben."

„Was willst du denn von der Barden? Die wird uns kaum weiterhelfen können."

„Ich dachte, sie kennt seine Gewohnheiten und kann uns vielleicht einen Tipp geben."

„Aber dafür musst du doch nicht gleich eine Fahndung nach ihr rausgeben. Die taucht auch so wieder auf. Außerdem glaube ich nicht, dass sie weiß, was Persch genau hinter ihrem Rücken treibt. Und ob es überhaupt eine Entführung ist, wissen wir auch nicht. Vielleicht ist die Schwester freiwillig mit dem Kerl durchgebrannt. Du hast doch gehört, was die Oberschwester gesagt hat. Die will sogar aus dem Orden austreten …"

Nach ihrer Rückkehr ins Präsidium fand Fuß auf seinem Schreibtisch den Bericht der Spurensicherung, den endgültigen Obduktionsbericht von Frau Dr. Kaufmann und die richterliche Anordnung einer DNA für weitere Personen aus Bayberg vor. Er las die Unterlagen und machte sich da und dort eine kleine Randnotiz, um bestimmte Passagen später schneller finden zu können. Dann rief er Wagner zu sich, der inzwischen die Fahndung nach Karl-Heinz Persch herausgegeben hatte.

Sie gingen noch einmal gemeinsam den Bericht der Spurensicherung durch. Am Fundort der Leiche hatte man Fußspuren entdeckt, die allerdings auf Grund der Witterung nicht sonderlich ausgeprägt waren. Es handelte sich aber eindeutig um profillose Herrenschuhe, Größe zweiundvierzig oder dreiundvierzig.

„Das passt auf viele!", kommentierte Fuß. „Wichtiger scheint mir, dass die Fingerabdrücke auf dem Knopf nicht von Norbert Stiehl stammen. Sein Anwalt hat für morgen einen Haftprüfungstermin beantragt, da sehe ich schwarz für uns. Vielleicht sollten wir ihn schon heute laufen lassen, wenn wir sowieso die Speichelprobe von ihm bekommen."

„Aber wie kommt sein Knopf an den Tatort?", meinte Wagner verzweifelt.

„Es gibt für alles eine Erklärung, man muss sie nur finden!", gähnte Fuß und reckte sich.

„Hast wohl schlecht geschlafen?", bedauerte ihn Wagner.

Fuß grinste. „Wenig! Meine Alte hat es doch tatsächlich geschafft, zu Fuß zum Deutschen Eck zu gehen. Ich hab' sie gestern dort noch mit ein paar Freunden eingefangen. Dann musste natürlich abends noch gefeiert werden." Er lächelte verschmitzt vor sich hin. „Eigentlich bin ich recht stolz auf meine Alte ..."

„Ich werde Ostern mal bei euch vorbeikommen ..."

„Verdammt!", entfuhr es Fuß und er richtete sich im Sessel auf. „Am Sonntag hat die Chefin doch Geburtstag und ich hab' immer noch nichts für sie!"

Er notierte sich eilig etwas und steckte den Zettel in seine Jacke. Dann widmete er sich dem Obduktionsbericht.

„Es war also tatsächlich kein Mord." Wagner hatte den Bericht bereits überflogen. „Brigitte Mallmann scheint während der Ejakulation einen Herzkasper bekommen zu haben. Der Mann hat dann die Nerven verloren und die Leiche unter die Eiche geschafft."

„Für mich fällt allein dadurch zum Beispiel dieser Spanier, der Carlos, durchs Raster", meinte Fuß. „Der wäre vor Schreck weggelaufen und hätte die Leiche liegen lassen, wo sie lag, oder hätte sogar einen Arzt gerufen. Außerdem lässt Oralverkehr, wie gesagt, eher Rückschlüsse auf einen älteren Mann zu, der sein Tun und Handeln verheimlichen will." Er lehnte sich in seinem Sessel zurück und faltete die Hände im Genick. „Aber wieso eine Vierzehnjährige? Solche Praktiken sind doch in diesem Alter eher ungewöhnlich und wenn, dann doch weniger aus Lust, sondern mehr auf Wunsch, Befehl, Bitte hin." Er dachte kurz nach und kam zu dem Entschluss: „Eher Bitte – es gab keine Spuren von Gewalt, also war ihr Tun freiwillig. Versetz dich mal in die Situation der Kleinen. Bei welchem der möglichen Verdächtigen würdest du das machen?"

„Bei keinem!", antwortete Wagner spontan und grinste.

Fuß meinte es ernst. Er schaute seinen Kollegen mit halb geschlossenen Augen an. „Siehst du, das ist auch mein Problem. Da der Mann keine Gewalt anwenden musste, muss es eine tiefe innere Beziehung zwischen ihm und dem Mädchen gegeben haben ..."

Wagner schnippte plötzlich mit den Fingern. „Der Vater?!"

Fuß richtete sich auf und blickte den Kriminalhauptmeister neugierig an. „Spuck aus, wie du das meinst!"

Wagner ließ sich Zeit. Der Gedanke war noch nicht ganz ausgereift. „Brigitte galt überall als schon sehr erwachsen. Vielleicht wusste oder ahnte sie, dass ihr Vater ihre Mutter verlassen hatte, weil sie sich ihm sexuell verweigerte oder nicht mehr genügte. Wir sollten einmal herausbekommen, warum der Mann seine Frau verlassen hat. Er kehrt an dem Abend nach Bayberg zurück. Warum? Vielleicht hatte er nur Sehnsucht nach seiner Tochter. Er fängt sie ab. Sie sprechen miteinander. Thema: Papa warum hast du uns verlassen? Er gesteht ihr, warum – und das Kind meint einen Weg finden zu müssen, den Vater zur Rückkehr zu bewegen, will seine Bedürfnisse an Stelle der Mutter befriedigen ..."

Fuß hatte, während sein Kollege sprach, die Augen geschlossen und sich die Situation vorgestellt. Langsam öffnete er sie wieder. „Kompliziert, aber die Richtung könnte stimmen. Zumindest, was Brigitte betrifft. Sie tut etwas bewusst und freiwillig, verfolgt also ein Ziel. Nur welches? Sie ist dabei erregt, vielleicht nicht nur sexuell erregt. Vielleicht steht sie zusätzlich unter dem Stress, ihr Ziel nicht zu erreichen. Und dann macht das kleine kranke Herz nicht mehr mit!"

Fuß stand auf und reckte sich erneut. „Walter, ich glaub', wir sind da auf einen wichtigen Aspekt gestoßen. Lass uns den nicht aus den Augen verlieren. Da war nicht nur Sex im Spiel!"

15.

Als Fuß am nächsten Morgen sein Büro betreten wollte, kam ein junger Kollege hinter ihm hergelaufen.

„Fuß, du hast Besuch." Er machte eine Handbewegung, als würde er Marilyn Monroe ankündigen. „Sie sitzt drüben im Besprechungsraum."

Aber ganz so üppig waren die Formen von Ingrid Barden nicht. Die junge Frau im Miniröckchen wartete schon seit geraumer Zeit geduldig auf den Kommissar.

„Nanu, was verschafft mir die Ehre in aller Frühe?", begrüßte der Kommissar sie. „Wir haben gestern nach Ihrem Freund eine Fahndung herausgegeben!"

„Eene Fahndung!", rief Ingrid schrill aus. „Seid ihr verrückt, wa? Warum det denn?"

Fuß beugte sich zu ihr und stützte sich dabei auf den Vernehmungstisch. „Oder wissen Sie etwa, wo sich Persch aufhält?"

„Klar weeß ick det! Zumindest isser meist dort, wenn er über Nacht die Flieje macht."

„Dann aber mal schnell raus mit der Sprache, wo ist er? Wir fahren sofort hin!" Fuß richtete sich wieder auf und griff bereits zum Telefonhörer.

„Ohne mir!", wehrte Ingrid ab. „Der is doch bestimmt nischt alleene in seenem Bumsnest."

„Wo ist das … Bumsnest?" Fuß' Stimme wurde plötzlich sachlich und … ungewöhnlich scharf.

Ingrid begann unverschämt zu grinsen. „Nee, so nischt, weeß'de. Erst müsst ihr mir sajen, worum et jeht und warum ihr ihn sucht. Ick werd' mir doch nischt wejen euch eene fangen."

Fuß legte den Hörer wieder auf und stand mit zwei Schritten dicht vor der Bedienung des Dorfkrugs. Er packte das Mädchen fest bei den Schultern. „So, jetzt will ich Ihnen mal etwas sagen. Bisher war das alles noch ein gemütlicher Plausch. Bei dringendem Tatverdacht jetzt in zwei Fällen hört aber der Spaß allmählich auf. Entweder Sie sagen mir jetzt sofort, wo ich diesen Persch finde, oder Sie können ebenfalls gleich hier bleiben. Dafür werde ich sorgen!"

Ingrid Barden war von dem unerwarteten Stimmungswechsel des sonst so ruhigen Kommissars irritiert. Sichtlich verunsichert griff sie in ihre kleine Handtasche und brachte nach kurzem Suchen ein Adressbüchlein zum Vorschein.

„Also?"

Nach hastigem Blättern fand sie endlich die Adresse. „Det is hier in Koblenz in der Schanzenpforte oder wie det heeßt."

Fuß wählte erneut eine Nummer. „Ich brauche ein paar Beamte für einen Einsatz in der Schanzenpforte, Verhaftung eines Tatverdächtigen in einer …", er warf einen kurzen Blick zu Ingrid hinüber, die mithören konnte, „Mordsache und einer eventuellen Entführung."

Auf dem Weg zur Tür blieb er noch einmal stehen. „Was war eigentlich der Anlass Ihres Besuchs?"

„Ick weeß jar nischt, ob ick noch mit der Polente zusammenarbeeten soll, wenn man mir so behandelt", schmollte sie und zog demonstrativ ihren Minirock etwas nach unten, was aber kaum möglich war.

Fuß drehte sich um und setzte leise fluchend seinen Weg zur Tür fort.

„Also jut!", rief Ingrid eilig hinter ihm her und sprang von ihrem Sessel auf. „Mir is da noch wat injefallen, in der Sache mit dem Mord an Brigitte."

Fuß blieb, hellhörig geworden, stehen. „Also los, aber bitte im Telegrammstil und ohne Lügen!"

„Okay, okay!" Ingrid lehnte sich neben Fuß an die Wand und nahm den Kaugummi aus dem Mund. „Also, am Samstachabend war doch die Siewert, die Lehrerin, bei mir im Dorfkrug. Sie ist erst jejangen, als ick die Bude discht jemacht habe. Der Mond schien recht hell und et war fast wolkenlos an dem Abend. Deshalb entschloss ick mir, noch etwas zu joggen, weeßde. Kurz vor der Kreuzung nach Laudert hör ick hinter so eener Hecke Stimmen. Die eene war die der Siewert …"

„Und, weiter!"

„Nischt, wat du jetzt vielleicht denkst. Die haben weder jevöjelt noch habe ick se belauscht. Et war eenfach so stille, dat et jeder hätt hören können, der wo da vorbeejekommen wäre. Also, das Mannsbild sachte: Wo bisde denn jewesen? Worauf die Siewert beleedischt antwortete: Ick habe den janzen Abend im Dorfkrug off dir jewartet. Darauf der Mann: Du hast nur Jaststätte geschrieben, ick war die janze Zeit in der Alten Mühle."

„Haben Sie die Stimme des Mannes erkannt?“, fragte Fuß hastig.

Ingrid schüttelte den Kopf und grinste wieder unverschämt. „Bee mir stöhnen de Männer immer nur, da hätt ick schon wat anderes sehen oder fühlen müssen, um ihn zu erkennen.“

Für den Kommissar war sofort klar, dass der Unbekannte nur Liffka sein konnte. Denn er war neben Herdegens der Einzige, der an dem Abend noch in der Alten Mühle gewesen war. Und Herdegen konnte es nicht sein, denn der war um diese Uhrzeit bereits mit seiner Frau und Tochter zu Hause.

Fuß und Wagner hatten es so eingerichtet, dass die Schanzenpforte sowohl von der Gymnasialstraße als auch von der Poststraße aus mit Streifenwagen angefahren wurde. Wenn Persch sich tatsächlich hier aufhielt, sollte er ihnen nicht entkommen. Mit drei uniformierten Beamten betraten die beiden Kripomänner das Haus. Die Tür stand offen. Da an der Klingeltafel die Namensschilder fehlten, blieben sie zunächst im Flur stehen, während Fuß an der Parterrewohnung läutete.

Es dauerte eine Weile, bis ein schmächtiger Mann im Unterhemd, offenbar ein Ausländer, die Tür einen Spalt öffnete.

„Ist Persch da?“, fragte der Kommissar leise, aber so, dass der Mann ihn verstehen konnte.

Der Mann schüttelte den Kopf und schloss die Tür wieder.

„Einer bleibt hier unten stehen, falls der uns verarscht!“, raunte Fuß und stieg mit den anderen die schmale, ausgetretene Treppe empor in den ersten Stock.

Hinter der Tür auf der rechten Flurseite war lautes Kindergeschrei zu hören, das von dem hysterischen Gebrüll einer Frau noch übertönt wurde. Fuß deutete zur gegenüberliegenden Tür hin. Wagner läutete, während sich die beiden Uniformierten mit gezückten Waffen rechts und links der Tür postierten. Erst nach dem dritten Läuten bewegte sich etwas in der Wohnung. Fast im gleichen Moment wurde die Tür geöffnet. Ein Mann erschien, Ende zwanzig, kurze blonde, wahrscheinlich gefärbte Haare, mit einem geblümten Morgenmantel bekleidet und einem Amulett an einer schweren Goldkette um den Hals. Kein Zweifel, es war Persch.

Als er Wagner und die vortretenden Polizeibeamten erblickte, versuchte er hastig die Tür wieder zu schließen, doch Wagner war schneller. Er warf sich mit aller Kraft gegen die Tür, so dass der Mann rückwärts stolperte. Einer der Uniformieren stürzte sich auf ihn, drehte ihm den Arm auf den Rücken und drückte ihn mit der nackten Brust gegen die Wand.

„Beine auseinander!“, herrschte Fuß ihn an, während Wagner sich die Schulter massierte, die er sich bei dem Angriff auf die Tür verrenkt hatte. Der zweite Beamte sicherte mit der Pistole zur Wohnung hin ab. Dann klickten die Handschellen.

„Sie sind vorläufig festgenommen“, zischte Fuß. „Wo ist sie?“

Nachdem von Persch keine Antwort kam, befahl er: „Durchsuchen!“

Der erste Raum war eine notdürftig eingerichtete Küche voll ungespültem Geschirr und Essensresten auf Tellern und in Töpfen. Fuß wandte sich angeekelt ab. Im nächsten Zimmer lagen zwei Matratzen auf dem Boden, daneben eine kleine Stehlampe, ein randvoller Aschenbecher und eine umgefallene Bierflasche. Danach folgte ein verschmutztes Gäste-WC. Die Klobrille fehlte und der Spiegel an der Wand war nicht nur blind, sondern ihm fehlte auch eine Ecke. Der nächste Raum war unerwartet sauber und fast exklusiv eingerichtet. Das Zimmer diente offensichtlich als Wohnzimmer, wenn Persch sich hier aufhielt. Der angrenzende Raum war ein kleines Badezimmer mit Toilette. Auch hier war alles aufgeräumt und passte so gar nicht zu den ersten Räumen. Das letzte Zimmer war ebenso sauber und elegant eingerichtet wie das Wohnzimmer. Auf einem hellen Teppichboden lagen Kleidungsstücke verstreut und in dem französischen Bett lag ein junges Mädchen oder eine Frau, zitternd, und hielt sich verschämt einen schnell herbeigezogenen lilafarbenen Morgenmantel vor den nackten Körper.

Beim Anblick des Häufchens Mensch im Bett meinte Fuß nur: „Ziehen Sie sich etwas über, wir warten draußen“, drehte sich um und machte den anderen ein Zeichen.

Im Spiegelbild des Glasrahmens um ein Aktfoto an der Wand konnte er schemenhaft verfolgen, wie sie aus dem Bett schlüpfte, sich ihre Kleider auf dem Boden zusammensuchte und hastig anzog. Als sich nichts mehr hinter ihm bewegte, drehte Fuß sich wieder um.

Ihr Alter war schwer zu schätzen, sie konnte ebenso siebzehn wie zweiundzwanzig sein, hatte lange braune Haare, einen dunklen Teint und wunderschöne große, leuchtende Augen, die allerdings im Moment recht ängstlich dreinschauten.

„Liege ich richtig, wenn ich vermute, dass Sie Ricarda sind?“, fragte Fuß und versuchte seiner Stimme etwas Väterliches zu verleihen.

Die immer noch zitternde kleine Person vor ihm nickte eifrig. „Ricarda Mesa!“

„Man hat sich im Seniorenheim und Kloster schon große Sorgen um Sie gemacht, wissen Sie das?“

Ricarda schüttelte den Kopf und eine paar dicke Tränen kullerten über ihre schmalen Wangen. „Ich nicht wollte. Karl hat wollen, ich bleibe – bleibe für immer. Wir uns lieben, sehr lieben.“

Fuß legte vorsichtig seine schwere Hand auf die schmale und zierliche Schulter der Kolumbianerin. „Der Karl-Heinz liebt viele Frauen, glaub mir. Der hat dich nicht verdient, Ricarda. Du musst dich nicht so wegwerfen. Verstehst du, was ich meine?“

Während Fuß sprach, wurde die junge Frau von einem Weinkrampf geschüttelt. Sie lehnte sich mit dem Kopf gegen die Brust des Kommissars, der beruhigend seinen Arm um sie legte. „Es wird alles nicht so schlimm sein. Wir bringen dich zu Oberschwester Gabriele und Pastor Bergheimer zurück. Die sind froh, wenn du wieder da bist. Einverstanden?“

Er wartete, bis sich die Kolumbianerin beruhigt hatte und wieder zu ihm aufschaute. Ihre Augenränder waren leicht gerötet. „Aber ich lieben ihn“, hauchte sie.

Fuß strich ihr unwillkürlich über das Haar. „Mädchen, es gibt so viele Männer auf der Welt, da musst du dich nicht in den Falschen verlieben. Ich verspreche dir, ich bringe dir in den nächsten Tagen einmal die Freundin von Persch ins Schwesternheim, dann wird sie dir erzählen, was das für ein mieser Kerl ist.“

„Freundin?“, fragte Ricarda ungläubig.

„Eine von vielen!“, stöhnte Fuß und nahm die Schwesternschülerin behutsam bei der Hand.

Während Fuß die Kolumbianerin nach Oberwesel ins Seniorenheim zurückfuhr, wurde Persch im Polizeipräsidium von Wagner verhört. Persch gab an, die ganze Nacht von Samstag auf Sonntag ebenfalls mit Ricarda zusammen gewesen zu sein, da sie am Sonntag dienstfrei gehabt hätte. Sie seien nach Koblenz gefahren, hätten im Buffalo-Steakhaus neben dem Stadttheater gegessen und wären dann in seine Wohnung in der Schanzenpforte gegangen, wo sie die Nacht verbracht hätten. Die unaufgeräumte Küche und das Matratzenlager erklärte er damit, dass er ab und zu die Zimmer an ein paar Türken vermiete, um die Wohnung zu finanzieren. Er bestritt, Ricarda aufgefordert zu haben, ihre Ausbildung als Schwesternschülerin aufzugeben und für immer bei ihm zu bleiben. Die Idee sei von dem Mädchen gekommen, das sich wohl in seiner Naivität in ihn verknallt habe.

Wagner unterbrach das Verhör und rief Fuß an. Tatsächlich bestätigte Ricarda dem Kommissar Perschs Aussage in Bezug auf die Nacht von Samstag auf Sonntag.

Wagner kehrte wieder ins Vernehmungszimmer zurück. „Wir werden ein Protokoll anfertigen, dann können Sie gehen!"

Persch grinste über das ganze Gesicht. „Was ist mit dem Geld?", fragte er von oben herab.

„Was für Geld?"

„Was mir Ricca zum Aufbewahren gegeben hat."

Der Kriminalhauptmeister schaute Persch ratlos an. Ricarda hatte diesem Halunken Geld anvertraut und der gab es auch noch zu?

„Wie viel hat sie Ihnen denn anvertraut?"

„Jetzt werden Sie staunen! Zehn Riesen!"

„Zehn…" Wagner hielt den Atem an. Wie kam eine Schwesternschülerin an so viel Geld? Er bat erneut einen Wachbeamten herein und rief, diesmal von seinem Schreibtisch aus, noch einmal den Kommissar an.

Fuß, der inzwischen mit Ricarda auf deren Zimmer im Schwesternheim angekommen war, antwortete nur mit Ja und Nein. Dann hängte er ein und blickte das Mädchen nachdenklich an. Sie hatte ihm gegenüber kein Geld erwähnt. Was hatte es damit auf sich und warum verschwieg sie etwas, was für sie ein unbeschreibliches Vermögen sein musste?

„Wovon wollten Sie eigentlich leben?", fragte er nach einer Weile. Er hatte bereits auf der Fahrt nach Oberwesel das vertrauliche Du wieder abgelegt, nachdem Ricarda sich beruhigt hatte.

Die Schwesternschülerin rutschte auf dem Stuhl hin und her, blickte unsicher an ihm vorbei aus dem Fenster und schwieg.

Also musste er deutlicher werden. „Woher hatten Sie so viel Geld?", fragte er direkt und stellte sich Ricardas Blick in den Weg, so dass sie ihn anschauen musste.

Doch sie wich gekonnt seinem Blick aus und schaute vor sich auf den Boden.

„Wenn Sie mir nicht sagen können, woher Sie das Geld haben, muss ich es einziehen und werde untersuchen müssen, ob Sie es gestohlen haben."

Bei dem Wort gestohlen zuckte Ricarda deutlich zusammen. Trotzdem schwieg sie beharrlich und starrte weiterhin auf den Boden.

„Es könnte ja sein, dass Sie es sich verdient haben oder es Ihnen jemand geschenkt hat", versuchte Fuß ihr eine Brücke zu bauen, aber auch dieser Versuch war vergeblich.

Er blickte zur Tür, als es leise klopfte. Ohne eine Antwort abzuwarten trat Pastor Bergheimer ein und steuerte gleich auf Ricarda zu. „Warum bist du zu diesem Mann gegangen? Du hättest mir das sagen müssen. Ich hätte dich davor gewarnt. Ich wusste ja gar nicht, dass ihr euch kennt ..."

„Tut mir viel Leid", unterbrach ihn Ricarda und fing wieder an zu weinen. „Er mir versprochen hat zu sorgen für mich. Ich ihm geben Geld ..."

Bergheimer stieß Ricarda erschrocken von sich. „Du hast ihm das Geld geben?", rief er empört.

„Was wissen Sie von dem Geld, Herr Pastor?", schaltete Fuß sich ein.

Erst jetzt schien Bergheimer bewusst zu werden, dass noch eine dritte Person in dem kleinen Schwesternzimmer war. Er griff sich irritiert an den Kopf und ging wieder auf Ricarda zu. „Lass uns bitte einmal allein. Vielleicht gehst du rüber zur Oberschwester Gabriele, ich komme dann gleich nach. Oder brauchen Sie Ricarda noch?"

Der Kommissar schüttelte den Kopf. „Fräulein Mesa muss nur morgen oder übermorgen noch ein Protokoll unterschreiben."

Pastor Bergheimer nickte der Schwesternschülerin aufmunternd zu, worauf sie mit gesenktem Blick und ohne sich von Fuß zu verabschieden ihr Zimmer verließ.

Es trat eine beklemmende Stille ein. Fuß war neugierig, was der Pastor von dem Geld wusste, und Bergheimer überlegte sich, wie er das Gespräch beginnen sollte. Er ließ sich auf einem Stuhl nieder und machte Fuß mit einer Handbewegung deutlich, dass auch er sich setzen solle.

Endlich blickte er auf und dem Kommissar direkt ins Gesicht. „Ich habe nicht gewusst, dass dieser Persch sich an Ricarda herangemacht hat. Aber ich war über den Tod der kleinen Brigitte so geschockt, dass ich plötzlich Angst um Ricarda bekam. Brigitte und Ricarda sind einander so ähnlich. Beide hübsch, lange braune Haare, große und wunderbare Augen. Ich hatte plötzlich Angst, es könnte ihr Ähnliches widerfahren wie Brigitte. Deshalb habe ich ihr das Geld gegeben und sie angefleht, für einige Zeit Oberwesel zu verlassen. Ich habe ihr ein paar Adressen von anderen Pflegeheimen gegeben. Es musste alles sehr schnell gehen, sehr schnell, bevor wieder so etwas Schreckliches geschieht."

Bergheimer hatte die Hände ineinander gelegt, trotzdem zitterten sie deutlich und Fuß bemerkte wieder, wie sehr die Geschichte mit Brigitte den Pastor mitgenommen haben musste. Aber es war kein Mord gewesen, alle Befürchtungen, Ricarda könnte das nächste Opfer sein, waren unbegründet! Fuß spürte, dass es an der Zeit war, wenigstens den Geistlichen aufzuklären.

„Ich sollte Ihnen vielleicht sagen, was die Obduktion ergeben hat", begann er. „Brigitte Mallmann wurde nicht ermordet. Sie hat während eines Oralverkehrs einen Herzanfall erlitten, an dem sie gestorben ist. Wahrscheinlich hätte ihr selbst ein sofort herbeigerufener Arzt nicht mehr helfen können."

Der Pastor nahm diese Information sehr gefasst zur Kenntnis. Nichts deutete daraufhin, dass er sich hierüber glücklich oder von seinen nun grundlos gewordenen Ängsten um Ricarda erlöst zeigte. Vielmehr nahm er die Nachricht so gelassen hin, dass Fuß instinktiv der Gedanke kam, der Pastor wusste, in wessen Armen Brigitte gestorben war. Und da es sich mit großer Wahrscheinlichkeit um einen Bayberger handelte, war ihm auch klar, dass dieses Wissen durch eine Beichte zustande gekommen sein musste. Es würde aber keinen Zweck haben, den Priester nach dem Namen des Mannes zu fragen. Er würde sich sofort auf das Beichtgeheimnis berufen.

Trotzdem wagte Fuß einen Versuch. „Für Sie war diese Information nichts Neues, nicht wahr?"

Bergheimer schreckte aus seinen Gedanken auf und brauchte einen Moment, um zu begreifen, was er gefragt worden war. Er schüttelte etwas unsicher den Kopf. „Ich kann darüber nicht sprechen. Es ist eine furchtbare Sache. Aber Gott hat es zugelassen und Gott wird verzeihen." Er warf einen Blick zu dem Kruzifix an der Wand und es schien dem Kommissar, als schickte der Priester ein Stoßgebet zum Himmel.

Also hatte Bergheimer dem Mann die Absolution erteilt, das stand nunmehr für den Kommissar fest.

16.

Nachdem Fuß nun schon einmal in Oberwesel war, entschloss er sich, nochmals nach Bayberg hinaufzufahren. Immerhin gab es noch einige Alibis zu untermauern. Dazu hatte er jetzt Gelegenheit, nachdem sich das Verschwinden der Schwesternschülerin relativ harmlos aufgeklärt hatte. Er rief Wagner an und teilte ihm mit, dass er erst später kommen würde.

Wagner hatte eine Neuigkeit zu berichten: Die DNA von Stiehl lag vor. Der alte Mann war nicht der „Samenspender", wie er sich ausdrückte. Man hatte Stiehl deshalb sofort wieder aus der Haft entlassen.

Fuß' erster Weg führte ihn zu der Lehrerin, die Ingrid Barden am Tatabend in der Dunkelheit gehört haben wollte.

Helene Siewert musste um die fünfzig sein. Sie war schlank, hatte die Haare zu einem Pferdeschwanz gebunden und oberhalb der Lippe ein kleines Muttermal. Insgesamt wirkte sie herb und farblos in ihrem hellgrauen Twinset, als sie dem Kommissar die Tür öffnete.

„Wie kann ich Ihnen helfen?", fragte sie erstaunt, nachdem Fuß sich zu erkennen gegeben hatte.

„Reine Routine", beruhigte Fuß sie. „Wir müssen nur alles verfolgen, was uns über den Weg läuft. So wie der Mann am Samstagabend Ihnen über den Weg gelaufen ist."

„Der Mann?" Die Lehrerin wurde fleckig rot im Gesicht. „Von was für einem Mann sprechen Sie?"

„Einer von Ihnen hat doch in der falschen Wirtschaft auf den anderen gewartet. Uns interessiert nicht, wer in der richtigen Kneipe saß, sondern wer an diesem Abend zunächst vergeblich auf Sie gewartet hat."

Die Lehrerin schluckte und fühlte sich ganz offensichtlich ertappt. „Woher glauben Sie, dass jemand auf mich gewartet hat?"

Fuß schloss für zwei oder drei Sekunden demonstrativ die Augen, dann sagte er ganz ruhig: „Machen Sie es sich und mir doch nicht so schwer, Frau Siewert. Ich weiß es und Sie sagen mir jetzt, wer es war, damit hat's sich und ich bin wieder weg."

Helene Siewert drehte an den Knöpfen ihres Twinsets und ihre Augen wanderten nervös umher. „Ja, wissen Sie, das ist nicht so einfach. Ich habe einen guten Ruf zu verlieren, immerhin bin ich …"

„Also?", herrschte der Kommissar sie an, der drauf und dran war, die Geduld zu verlieren. „Machen Sie keine langen Vorreden. Soweit es sich vertreten lässt, sind wir äußerst diskret. Außerdem ist uns längst bekannt, welches männliche Wesen am besagten Abend allein in der Alten Mühle war und auf Sie gewartet hat: Liffka!"

Erschrocken riss die Lehrerin die Hand vor den Mund.

„Eben, Liffka! Und uns interessiert, was Sie gemacht haben, nachdem Sie sich trafen. Ist jeder fein säuberlich zu sich nach Hause gegangen oder sind Sie hierher gegangen oder …"

„Wir waren hier", sagte Frau Siewert hastig, „aber bitte, das ist meine ganz private Sache und ganz anders, als Sie denken. Wir … wir unterhalten uns", stotterte sie, „… mit seiner Frau kann er … also, ich meine …"

„Schon gut", winkte Fuß ab. „Das ist Ihre ganz persönliche Sache, wie Sie schon sagten. Sollten wir das alles zu Protokoll nehmen müssen, dann wird sich die Geschichte allerdings nicht verheimlichen lassen. Aber vorerst – noch einen schönen Tag."

Etwas verärgert über die Haltung der Lehrerin stieg der Kommissar in seinen Wagen. Er machte sich auf den Weg zu Frau Mallmann, in der Hoffnung, dass sich ihre Psyche etwas stabilisiert hatte und er noch einiges erfahren konnte, was ihm bisher verborgen geblieben war.

Fuß läutete. Der Türdrücker wurde sofort betätigt und im gleichen Moment hörte der Kommissar Stimmen. Pastor Bergheimer war offenbar auch wieder nach Bayberg gefahren. Als Fuß die Treppe emporstieg, hörte er, wie Bergheimer sich gerade von Frau Mallmann verabschiedete.

„Wenn wir uns heute nochmals begegnen, müssen Sie aber einen ausgeben", lachte Fuß und der Pastor antwortete scherzhaft: „Dreimal ist auch göttlich."

Karin Mallmann wirkte gepflegt, im dunkelblauen Kleid und mit frisch gewaschenen Haaren, aber ihre Augen waren immer noch rot und hatten dunkle Schatten. „Kommen Sie herein. Ich habe gerade mit dem Pastor die Beerdigung von Brigitte besprochen. Sie soll noch am Karsamstag stattfinden."

Fuß folgte der Frau ins Wohnzimmer. Es wirkte unaufgeräumt. Alben, Schulhefte, Zeichnungen und Bastelarbeiten von Brigitte lagen herum und es sah aus, als habe Frau Mallmann in ihrer Trauer all diese Dinge noch einmal betrachtet, um ihrer Tochter nahe zu sein.

„Ich habe mir bis Osterdienstag freigenommen. Ob ich dann allerdings schon arbeiten kann, weiß ich noch nicht."

Auf dem Tisch standen zwei Kaffeetassen und eine Thermoskanne. Karin Mallmann bot auch dem Kommissar eine Tasse an, der aber dankend ablehnte. Er betrachtete ein Foto an der Wand, das Frau Mallmann mit ihrer Tochter und einem Mann zeigte.

„Ihr Mann?", fragte Fuß und deutete auf das Bild.

Frau Mallmann nickte nur und bot dem Kommissar mit einer Handbewegung einen Sessel an.

„Seit wann lebten Sie mit Ihrer Tochter allein?"

„Seit gut zwei Jahren. Er ist einfach nicht mehr nach Hause gekommen."

Kommissar Fuß zog wieder sein kleines Diktiergerät hervor. „Darf ich?", fragte er und stellte es auf den Tisch. „Wo war Ihr Mann beschäftigt?"

„Bei der Bomag in Buchholz."

„Und er hat sich nie wieder gemeldet?"

Frau Mallmann schüttelte den Kopf und strich sich die Haare aus dem Gesicht. „Ich erhielt einen Tag später einen Brief. Er war voller Vorwürfe. Ich habe ihn damals in meiner Wut gleich weggeworfen. Er ekelte mich an. Mein Mann und der Brief."

„Was waren das für Vorwürfe?"

Frau Mallmann nahm eine Schachtel Zigaretten vom Couchtisch und zündete sich eine an. Erst als sie einen ersten Zug getan hatte, antwortete sie leise: „Er hat alles in den Dreck gezogen. Es war furchtbar. Nichts habe ich ihm recht gemacht. Für ihn war ich eine Schlampe, die nichts konnte, weder im Haushalt noch im Bett."

Fuß spürte, wie wieder der alte Hass in ihr emporstieg. „Haben Sie mit Ihrer Tochter darüber gesprochen?"

„Zuerst nicht. Ich habe erst ein paar Monate gebraucht, bis ich darüber reden konnte. Dann ja."

„Und wie hat Brigitte darauf reagiert?"

Vor seinen Augen vollzog sich plötzlich eine Verwandlung der Frau. Ihre müden Augen begannen zu leuchten.

„Sie war ein außergewöhnliches Kind, die Brigitte", sagte sie und ein glückliches Lächeln ließ ihr Gesicht erblühen. „Gleich am ersten Tag, als

Wolfgang weg war, hat sie schon angefangen, mir zu helfen. Sie hat zusammen mit mir die Stellenanzeigen durchforstet. Und als ich anfing zu arbeiten, hat sie alles gemacht, was sie konnte oder was ich ihr beibrachte. Sie hat oft für uns gekocht, sie hat geputzt. Ich habe immer wieder versucht, sie davon abzuhalten. Ich habe die Nachbarn und Leute im Dorf gebeten, sich etwas um sie zu kümmern, damit sie nicht ständig zu Hause war und arbeitete. Aber wenn ich sie zur Elfriede gebracht habe und sagte, ich komme sie um sechs Uhr abholen, dann ging sie schon um fünf nach Hause und kochte für uns." Karin Mallmann lachte plötzlich über das ganze Gesicht. „Sie hat mich immer wieder ausgetrickst, meine kleine Große!"

Fuß nickte. Dass die Frau glücklich mit ihrer Tochter gewesen war, sah er ihr an. Aber wie hatte es um das Kind gestanden? „Wann haben Sie mit ihr das erste Mal über ihren Vater gesprochen?"

Frau Mallmann wurde wieder ernst, das Leuchten in ihren Augen verflüchtigte sich. „Nach etwa vier oder fünf Monaten."

„Sie haben ihr auch von dem Brief erzählt?"

„Ja, natürlich. Sie wollte wissen, warum ihr Vater uns verlassen hatte. Sie glaubte, mit schuld daran zu sein. Ich glaube, wenn sie gewusst hätte, wo sie ihn hätte suchen sollen, sie wäre ihn suchen gegangen. Aber der Dreckskerl hat sich niemals gemeldet."

„Haben Sie denn nicht das Jugendamt eingeschaltet?"

Karin Mallmann lachte auf. „Glauben Sie, die hätten etwas erreicht? Einmal habe ich dort angerufen. Die erste Frage war nach der Adresse meines Mannes ..."

Fuß glaubte, nun den passenden Moment für seine Frage erwischt zu haben. Er beugte sich leicht vor und wartete, bis Frau Mallmann ihre Zigarette im Aschenbecher ausgedrückt hatte. „Könnte es sein, dass Ihr Mann irgendwann versucht hat, Kontakt zu Ihrer Tochter aufzunehmen, ohne dass Sie es gemerkt haben?"

Die Frau schüttelte ganz energisch den Kopf. „Das hätte mir Brigitte sofort erzählt. Und sie hätte ihn an Händen und Füßen hierher gezerrt, damit er wieder bei uns ist!"

„Und wenn sie dazu keine Gelegenheit mehr hatte?"

Wieder vollzog sich in dem Gesicht der Frau eine Wandlung. Diesmal wurde es blass, die Augen verengten sich und die Mundwinkel gingen nach unten. „Halten Sie es für möglich, dass dieses Schwein seine eigene Tochter ..."

„Halten Sie es für möglich?", fragte Fuß vorsichtig.

Wie ein Blitz zischte ihm ein hasserfülltes „Ja!“ entgegen, dann brach sie zusammen.

Fuß verständigte den Notarzt, der Frau Mallmann eine Beruhigungsspritze gab. Als Elfriede Mehrkatz den Notarztwagen vorfahren sah, kam sie sofort herüber. Sie blieb auch bei ihrer Nachbarin, als der Kommissar das Haus verließ.

„Irgendwie habe ich das Gefühl, wir sind nahe dran und doch völlig auf dem Holzweg“, stöhnte Wagner, als er am Nachmittag wieder mit dem Kommissar in dessen Büro saß. „Wo ist die Schnittstelle, wo wir einen gedanklichen Fehler machen?“

„Du kannst durchaus Recht haben“, bestätigte Fuß, „ich werde heute Nacht einmal darüber nachdenken.“

Wagner lachte. „Nachts solltest du aber schlafen!“

„Das wird heute kaum möglich sein. Morgen macht die Chefin wieder ihre Straußwirtschaft auf, da rotiert sie die halbe Nacht vor lauter Begeisterung. Außerdem haben wir die Griechin zu Besuch. Die beiden haben immer Gesprächsstoff bis in den frühen Morgen.“

17.

Am Gründonnerstag leuchtete der Hunsrück zwischen Rhein und Mosel in hellem Sonnenlicht, obwohl der Wetterdienst Regen und sogar Schnee angekündigt hatte.

„Fuß!"

Der Ruf hallte über den leeren Flur im Polizeipräsidium. Der Kommissar drehte sich um und sah am Ende des Flurs einen Kollegen den Kopf aus der Tür stecken.

„Du brauchst dich gar nicht erst auszuziehen! Man hat euch in Bayberg eine neue Leiche hingelegt. Wieder an dem Friedhof. Die Nachtschicht ist schon vor Ort. Ihr sollt sie aber ablösen und übernehmen."

„Ist Wagner schon da?", rief der Kommissar eilig zurück.

Da keine Antwort kam, lief er zum Büro seines Kollegen. Weder Wagner noch Hauptkommissar Pistano waren bisher eingetroffen. Fuß warf einen Blick auf seine Uhr. Er war etwas früh an und entschloss sich, Wagner unterwegs abzufangen, um keine Zeit zu verlieren. Er eilte in sein Büro und raffte das Wichtigste zusammen. Im Treppenhaus stieß er auf Wagner. Auch er machte noch schnell den Umweg an seinem Büro vorbei, bevor er sich mit dem Kommissar am Fahrzeug traf.

„Weißt du schon Genaueres?", fragte er außer Atem.

Fuß schüttelte nur den Kopf, setzte das Blaulicht auf und gab Gas.

Die Kollegen der Nachtschicht hatten die Straße zwischen Laudert und Bayberg für den Verkehr voll gesperrt. Das Bild, das sich Fuß und Wagner bei der Ankunft bot, ähnelte nur wenig dem vom Sonntag. Von schaulustigen Dorfbewohnern war kaum etwas zu sehen, denn die Berufstätigen fehlten zwangsläufig. Auch war die Arbeit der Spurensicherung schon weiter fortgeschritten. Fuß parkte wieder auf dem Friedhofsparkplatz. Noch bevor er und Wagner den Fundort besichtigten, wurden sie von dem Schichtführer über die bisherigen Erkenntnisse informiert.

Bei der Toten handelte es sich um die sechzehnjährige Iris Steils, die Wagner noch am Montag verhört hatte. Ein Taxifahrer aus Emmelshausen hatte das Mädchen gegen vier Uhr morgens entdeckt und die Polizei verständigt. Soweit man bisher festgestellt hatte, war der Fundort wieder nicht der Tatort. Allerdings wies Christian Wendling, der Polizist aus Boppard, der auch am vergangenen Sonntag mit dabei gewesen war, daraufhin, dass es im Detail erhebliche Unterschiede gab.

„Zum einen konnte man auf den ersten Blick sehen, dass ein Kampf zwischen dem Mädchen und dem Täter stattgefunden haben muss. Die Kleidung war teilweise zerrissen, außerdem im Gesicht und an den Brüsten Kratzer, ebenso an den Oberschenkeln, am Hals deutliche Würgemale. Das Mädchen muss sich erheblich gewehrt haben. Und dann lag sie unter der Eiche, als habe man sie einfach hingeworfen, vielleicht sogar aus einem Auto heraus."

„Wo sind der Vater des Mädchens und die beiden Brüder?", wollte Fuß wissen.

„Der Vater und der älteste Sohn waren bis vor kurzem hier. Ich glaube, die haben gar nicht richtig begriffen, was geschehen ist. Sie haben einfach nur dagestanden und vor sich hin gestarrt. Plötzlich waren sie wieder weg."

Fuß schaute sich um. Es waren nur noch zwei Dorfbewohner am Tatort: Herr Muders, der Ortsbürgermeister, und der Wirt der Alten Mühle, Erwin Theis. Vielleicht hoffte er heute wieder auf einen guten Tagesumsatz. Außerdem entdeckte Fuß noch einen jungen Mann, den er nicht kannte.

Sein Kollege folgte seinem Blick. „Das ist ein Mann vom Südwestrundfunk. Der ist schon seit über einer Stunde da. Worauf er jetzt noch wartet, weiß ich nicht. Das Fernsehen und die Fotografen sind schon lange wieder weg."

„Habt ihr die Leiche schon abtransportieren lassen?", erkundigte sich Fuß mit einem Blick zur Eiche, wo immer noch die Kollegen von der Spurensicherung um einen kleinen Sichtschutz herum ihre Arbeit machten.

„Vor etwas mehr als einer Stunde", bestätigte der Kollege von der Nachtschicht müde. „Ein Arzt aus dem Krankenhaus Oberwesel war sehr schnell vor Ort. Aber es gibt genügend Fotos."

Fuß und Wagner überquerten die Straße und betrachteten den Fundort. Eigentlich schien alles so wie vier Tage zuvor. Das Gras war niedergedrückt, die Stelle fast identisch.

„Der Täter muss am Sonntag die andere Tote gesehen haben!“, vermutete Wagner.

„Vorsicht“, mahnte Fuß, „es gab auch Bilder in den Zeitungen und der Landesschau.“

„So exakt?“ Wagner schaute ihn zweifelnd an.

„Kann Zufall sein“, brummte der Kommissar.

Ihn beschäftigten andere Dinge. Er betrachtete die kleinen Zahlentäfelchen, die seine Kollegen von der Spurensicherung aufgestellt hatten. Es waren auffallend viele, im Vergleich zum Sonntag. Er sprach einen der Kollegen darauf an.

„Da will uns der Täter etwas türken“, meinte der und blickte kopfschüttelnd über seine Aufstellung. „Der hat zu viel Krimis gelesen oder denkt, wir sind blöd. Ein Taschentuch, Zigarettenkippen, Feuerzeug, Zigarettenschachtel, Apfelsinenschalen ... Alles Quatsch. Aber wir müssen halt alles festhalten. Vielleicht ist ein Teil echt.“

Auch der Kommissar schüttelte den Kopf. Trittbrettfahrer gab es immer wieder, aber so etwas Dämliches erlebte man selten. Er machte Wagner ein Zeichen und sie gingen zu ihrem Fahrzeug zurück. Unterwegs stieß Muders aufgeregt zu ihnen.

„Herr Kommissar, ich versteh’ die Welt nicht mehr. Seit Schinderhannes war alles hier so friedlich und jetzt zwei Morde in einer Woche, und das noch vor Ostern!“, jammerte er. „Haben Sie denn schon eine Spur?“

Fuß holte tief Luft. Eigentlich hatte er wenig Lust, sich jetzt mit Leuten zu beschäftigen, die nichts zur Aufklärung beitragen konnten. „Eines ist sicher, Brigitte wurde nicht ermordet, aber das hier ist ein Mord.“

„Dann sind Sie der zuständige Kripobeamte für diese beiden Verbrechen?“, sagte eine andere Stimme.

Der Kommissar drehte sich um und sah den jungen Mann, der ihm bereits bei seinem Eintreffen aufgefallen war. „Zuständig sind wir alle!“, antwortete Fuß abweisend, wusste aber auch, wie wichtig die Medien bei der Aufklärung eines Falles sein konnten. „Was kann ich für Sie tun? Vorausgesetzt, es dauert nicht lange.“

„SWR Mainz!“, stellte sich der Mann vor. „Ich soll ein Live-Interview mit dem Studio für unser erstes Programm arrangieren. Drüben in Mainz sitzt Michael Lueg im Studio und wartet auf meinen Anruf.“

Der Kommissar verdrehte die Augen, warf einen kurzen Blick zu Wagner und dann auf seine Uhr. „Also gut, aber bitte schnell.“

„Sie sind ...“

Fuß stellte sich vor und wartete, bis ihm der junge Mann das Handy reichte. „Sie hören jetzt noch Musik, die wird aber gleich ausgeblendet, dann sind Sie bereits live auf Sendung von SWR eins und Ihr Gesprächspartner ist Michael Lueg."

Fuß machte ein paar Schritte zur Seite und hörte sich geduldig die letzte Strophe Rudi Ratlos von Udo Lindenberg an. Es folgte ein Jingle „Eins gehört gehört, SWR eins", dann erkannte er die sonore Stimme von Michael Lueg.

„Wie wir heute bereits mehrfach in den Nachrichten gehört haben, wurde in den frühen Morgenstunden nahe dem kleinen Hunsrückdorf Bayberg zum zweiten Mal innerhalb von wenigen Tagen eine Mädchenleiche gefunden. Ich bin jetzt telefonisch verbunden mit dem zuständigen Kommissar der Kripo Koblenz am Tatort. Zunächst einmal Guten Tag nach Bayberg. Was kann man über die beiden Morde sagen? Gibt es bereits eine heiße Spur?"

Der Kommissar stellte erstmals öffentlich richtig, dass es sich bei dem ersten Fall nicht um einen Mord handelte, sondern, wie die Obduktion eindeutig ergeben habe, um einen natürlichen Herztod. Zum neuen Fall, meinte er, könne er noch nicht allzu viel sagen, vor allem nicht, ob tatsächlich ein Sexualverbrechen vorliege. Im Moment sei allerdings davon auszugehen.

„Sehen Sie zwischen den beiden Fällen irgendeinen Zusammenhang?", erkundigte sich Lueg weiter.

Auch das musste der Kommissar verneinen. Sein erster Eindruck sei, dass sich im heutigen Fall der Täter mit seinem Vorgehen hinter dem ersten Fall verstecken wolle, was ihm aber aus verschiedenen Gründen nicht gelungen sei. Es werde aber weitere DNA-Untersuchungen geben, die zumindest für den ersten Fall mit aller Wahrscheinlichkeit zum Täter führen würden.

Michael Lueg bedankte sich bei Fuß. Als wieder Musik zu hören war, reichte der Kommissar das Handy an den jungen Mann des SWR zurück und eilte Wagner hinterher, der bereits im Wagen saß und ungeduldig auf ihn wartete.

„Wohin?"

„Zum Hof der Steils!", brummte Fuß. „Die werden wohl zu Hause sein. Außerdem gab es doch merkwürdige Unstimmigkeiten bei den letzten Aussagen ..."

Er blätterte in seinen Unterlagen und legte an der gesuchten Stelle ein Lesezeichen hinein.

Niemand war weit und breit auf dem Hof zu sehen. Wagner fand keine Klingel und pochte deshalb kräftig an die Haustür. Keine Reaktion. Er öffnete die Tür und sie traten in einen schmalen Hausflur. Da Wagner bereits einmal in dem Haus gewesen war, ging er voran und klopfte an die Küchentür, worauf ein undeutliches „Herein" von innen zu hören war.

Steils saß mit seinen beiden Söhnen am Tisch.

„Zunächst einmal Ihnen allen unser herzliches Beileid", sagte der Kommissar. „Wir kommen gerade vom Fundort. Wir kennen uns ja schon vom Fall Brigitte Mallmann her. Allerdings darf ich Ihnen gleich sagen, dass beide Fälle nichts miteinander zu tun haben, soweit wir dies bisher beurteilen können."

Fuß nahm am Tischende Platz und betrachtete die drei Männer nacheinander. Horst, der jüngere Sohn, hatte offensichtlich geweint. Sein Gesicht war verquollen, die Augen rot umrandet. Sein eher schmächtiger Körper zitterte und das blonde, strähnige Haar stand wild in alle Himmelsrichtungen. Vater Willi hatte die Hände auf dem Tisch ineinander gelegt und starrte regungslos vor sich hin. Auch Günter, von der Figur her dem Vater ähnlich, mit einer deutlichen Narbe am Kinn, hatte die Hände ineinander gelegt. Er schaute an seinem Vater vorbei aus dem Fenster.

„Kann mein Kollege Wagner sich einmal das Zimmer Ihrer Tochter anschauen, während ich ein paar Fragen an Sie habe?"

Nachdem keiner der drei Angesprochenen eine Antwort gab, nickte Fuß seinem Kollegen zu, der daraufhin die Küche verließ.

Fuß zog sein Diktiergerät aus der Tasche, schaltete es ein und stellte es vor sich auf den Tisch. „Wann wurde Iris zum letzten Mal von Ihnen gesehen?"

„Sie ist gestern Abend gegen halb neun mit mir nach oben gegangen", sagte Horst mit zittriger Stimme. „Ich habe noch Musik gehört, was sie gemacht hat, weiß ich nicht. Ich habe sie dann nochmals gehört, als sie aufs Klo ging. Danach hat sie wohl geschlafen." Er bemühte sich, das Weinen zu unterdrücken.

„Wann war das?"

Der Junge überlegte. „Kurz nach zehn", meinte er dann.

Fuß blickte den Vater an. „Wo waren Sie zu dem Zeitpunkt?"

Willi Steils starrte weiter unbeteiligt vor sich hin, während Günter sich über das kurz geschnittene, dunkelbraune Haar strich und an seiner Stelle antwortete: „Wir haben hier unten gesessen. Mein Vater hat noch eine Abrechnung für die Molkerei gemacht und ich habe ferngesehen."

„Wann sind Sie und Ihr Vater zu Bett gegangen?"

„Etwa um halb elf. Mein Vater schläft hier unten. Ich schlafe oben im Zimmer neben Iris."

„Und Sie haben Ihre Schwester nicht mehr gesehen?"

Günter schüttelte den Kopf.

„Was war dann?" Fuß schaute erneut den Vater an, sah aber, dass es wenig Sinn hatte, ihn anzusprechen. Er schien mit seinen Gedanken völlig abwesend zu sein.

„Wie meinen Sie das?", wollte Horst wissen.

„Nun, Ihre Schwester muss ja wohl das Haus verlassen haben oder es ist jemand zu ihr gekommen. Das kann doch nicht geschehen sein, ohne dass jemand von Ihnen etwas gehört hat."

„Wir haben nichts gehört!", antwortete Günter energisch und warf seinem Bruder einen Blick zu, den Fuß sehr wohl registrierte.

Im gleichen Moment öffnete sich die Tür und Wagner steckte den Kopf zur Tür herein. „Kommst du mal?"

Der Kommissar stand auf und sein Kollege flüsterte ihm an der Tür etwas zu. Fuß nickte kurz. Dann kam er zum Tisch zurück und setzte sich wieder. „Es werden gleich ein paar Herren von der Spurensicherung und dem Erkennungsdienst kommen. Ich muss Sie auffordern, so lange diesen Raum nicht zu verlassen."

„Brauchen Sie dazu nicht einen Durchsuchungsbefehl?", fragte Günter herausfordernd.

Fuß schaute ihn lange an, dann meinte er nur: „Nein."

Horst hatte wieder zu weinen begonnen. Er hatte seine Arme vor sich auf den Tisch gelegt und verbarg den Kopf darin. So schluchzte er hemmungslos vor sich hin.

„Sie haben also nichts gehört!", stellte Fuß fest. Er wusste, dass er belogen wurde. Nur, wen wollte man decken oder was wollte man verheimlichen? „Hatte Iris einen Freund?"

„Nein!", kam es fast gleichzeitig aus dem Mund von Günter und seinem Bruder. Der Kommissar schaute erstaunt über die schnelle Antwort der beiden auf und wandte sich dann eindeutig dem jüngeren Sohn zu.

„Sie haben neulich beim Verhör zum Fall Brigitte Mallmann gesagt, dass Sie an diesem Abend allein auf Ihrem Zimmer waren. Hingegen hat Ihre Schwester behauptet, sie sei den ganzen Abend bei Ihnen gewesen. Was von beidem stimmt nun?"

Horst hob seinen Kopf aus den Armen und blickte zum Kommissar auf. „Ich weiß nicht mehr, was ich gesagt habe. Es kann auch sein, dass Iris an dem Abend kurz bei mir war."

„Kurz oder den ganzen Abend?"

Horst zuckte mit den Schultern und ließ den Kopf wieder auf seine Arme sinken.

„Also gut. Ich frage Sie nochmals, was ist heute Nacht geschehen?"

Er schaute die drei Männer der Reihe nach forschend an. Willi, der Vater, starrte weiterhin unbeweglich vor sich hin. Kannte er den Täter? Horst schluchzte immer noch. Was wusste er? Oder war sein Heulen echte Trauer? Günter schien nervös geworden zu sein, seit er gehört hatte, dass die Spurensicherung kommen würde. Was konnte man im Haus finden?

Unerwartet meldete Günter sich zu Wort. „Iris hatte da jemanden", sagte er bestimmt, worauf sein Bruder sich erschrocken aufrichtete und ihn anschaute. Selbst durch den Körper seines Vater schien ein Zucken zu gehen, wie Fuß sehen konnte.

„Weiter!"

„Wir kennen ihn nicht. Aber es gab da jemanden."

Fuß war es leid. Hier in diesem Dorf schien jeder seine eigene Wahrheit zu haben. Er schlug mit der Faust so fest auf den Küchentisch, dass irgendwo Gläser klirrten. „Erzählen Sie mir doch nicht, dass drei Leute hier wohnen und nicht mitbekommen, mit wem Iris befreundet war oder sogar mehr! Für wie naiv halten Sie mich eigentlich?", brüllte er und stand auf. „Entweder Sie sagen mir jetzt klipp und klar, was Sache ist, oder ich lasse Sie alle drei nach Koblenz ins Präsidium bringen!"

Durch das Fenster konnte er sehen, dass zwei Zivilfahrzeuge auf den Hof fuhren. Auch Günter hatte es offenbar bemerkt. Er warf seinem Bruder sofort einen Blick zu, woraufhin der ebenfalls seinen Kopf zum Fenster hin drehte.

„Wenn ich Ihnen nachweisen kann, dass Sie mich belügen, ist das Verschleierung einer Tat und das ist strafbar."

Fuß drehte sich auf dem Absatz um und verließ die Küche, um seine Kollegen von der Spurensicherung und dem Erkennungsdienst zu begrüßen und Anweisungen zu geben. Als er wieder die Küche betrat, bemerkte er deutlich, dass man ein gemeinsames Gespräch sofort abbrach und so tat, als habe man sich die ganze Zeit angeschwiegen.

„Haben Sie es sich inzwischen anders überlegt?", fragte er ungehalten.

Nachdem er keine Antwort erhielt, öffnete er wieder die Küchentür und machte einem älteren Mann, der im Flur wartete, ein Zeichen.

Der Kollege vom Erkennungsdienst betrat mit einem kleinen braunen Koffer den Raum. „Es werden jetzt von jedem von Ihnen eine Speichelprobe und Fingerabdrücke abgenommen."

Fuß drehte sich um und verließ die Küche. Draußen wartete Wagner auf ihn. „Und?"

„Die wissen was. Entweder sie kennen den Täter und wollen ihn decken oder es steckt noch etwas ganz anderes dahinter. Vielleicht hat alles sogar indirekt etwas mit dem Tod von Brigitte Mallmann zu tun. Ich bin mir plötzlich nicht mehr ganz sicher."

„Pastor Bergheimer wartet draußen auf dem Hof."

Der Kommissar schob wortlos seinen Kollegen beiseite und trat in den Hof, wo der Pastor sofort auf ihn zukam.

„Herr Kommissar, ist das nicht schrecklich?! Ich habe es in den Nachrichten gehört und konnte es kaum glauben. Ich bin gekommen, der Familie seelsorgerischen Beistand zu leisten. Kann ich mit ihnen sprechen?"

„Warten Sie noch ein oder zwei Minuten. Der Erkennungsdienst ist im Moment bei den dreien und nimmt Speichelproben und Fingerabdrücke."

„Um Gottes Willen, Sie verdächtigen doch niemanden aus der Familie?"

Fuß schüttelte den Kopf. „Es geht in erster Linie um den Fall Mallmann, aber vielleicht hilft uns die Speichelprobe auch beim Mord an Iris Steils weiter, wer weiß?"

„Sie sind sicher, dass Iris ermordet wurde?", fragte Bergheimer neugierig.

„Das steht, glaube ich, außer Zweifel. Ich glaube aber auch, dass der Täter noch nicht weiß, dass Brigitte nicht ermordet wurde, und er seine Tat dem vermeintlichen ersten Mörder anhängen will. Aber das ist schon im Ansatz kräftig danebengegangen."

Der ältere Herr mit dem kleinen braunen Koffer kam aus dem Haus und gesellte sich zu dem Priester und den beiden Kripobeamten.

„Sie können jetzt hineingehen", meinte Fuß. „Wir sehen uns vielleicht später noch einmal."

Pastor Bergheimer nickte und machte sich auf den Weg ins Haus.

„Und Sie nehmen jetzt bitte auch noch den anderen Verdächtigen

hier im Dorf die Speichelprobe ab und teilen mir das Ergebnis so schnell wie möglich mit."

Der Mann mit dem Koffer verabschiedete sich mit einem kurzen Nicken und Fuß nahm seinen Kollegen Wagner beiseite.

„Walter, ich muss mal für ein oder zwei Stunden verschwinden. Ich weiß, es ist der äußerst schlechteste Zeitpunkt. Aber ich muss für meine Frau noch ein Geburtstagsgeschenk kaufen. Wenn irgendetwas Wichtiges geschieht, ruf mich auf dem Handy an."

Kaum hatte Fuß mit dem Wagen den Hof verlassen, wurde Wagner von einem Kollegen der Spurensicherung in die obere Etage des Bauernhauses gerufen.

„Tut mir Leid, wir haben alles auf den Kopf gestellt. Weder in den Zimmern der Jungen noch in dem der Toten haben wir einen Hinweis auf eine Auseinandersetzung, auf einen Kampf oder Ähnliches gefunden. Alle haben offenbar heute Nacht in ihren Betten geschlafen. Auch das Mädchen muss zumindest kurze Zeit drin gelegen haben. Wir haben vorsorglich von den vorgefundenen Schuhen der Jungen Abdrücke genommen. Von dem Mädchen haben wir eine Art Tagebuch gefunden, das allerdings beim Durchblättern nichts Aufregendes dokumentiert hat, aber sicher ist sicher. Das Einzige, was aufgefallen ist: im Bettlaken des Älteren und des Mädchens sind etliche Flecken, vielleicht von Sperma. Wir werden die Laken mitnehmen und untersuchen."

„Inzest?"

Der Mann zuckte die Schultern. „Das wird sich schnell feststellen lassen. Aber immerhin steht fest, die Tote hat in ihrem Bett Geschlechtsverkehr gehabt."

„Was ist mit dem Schlafzimmer des Bauern?"

„Noch weniger, um nicht zu sagen: nichts. Offenbar war sein Zimmer früher ein Kinderzimmer und das der Jungen oben das Elternschlafzimmer. Wurde irgendwann durch eine Trockenmauer geteilt. Alles nicht aufregend."

Wagner verabschiedete sich, nachdem man ihm versicherte, dass sich auch am Fundort der Leiche nichts Wesentliches mehr ergeben hatte. Er ging in die Küche, wo Pastor Bergheimer gerade im Begriff war, sich zu verabschieden.

Da der Kriminalhauptmeister nicht wusste, was sein Kollege Fuß bereits von den drei Männern erfahren hatte, sprach er Horst nochmals auf die unterschiedlichen Aussagen von ihm und seiner Schwester zum vergangenen Samstagabend an. Der Junge hatte sich inzwischen etwas gefangen. Er saß zwar immer noch am Kopfende des Tisches auf seinem Platz und sein Gesicht war verquollen, aber er heulte nicht mehr und nahm auch an dem Geschehen um ihn herum teil. Als Wagner sich jedoch mit der Frage an ihn wandte, hatte es den Anschein, als wecke dies wieder unangenehme Erinnerungen in ihm.

Sofort kam ihm sein älterer Bruder zu Hilfe: „Die Frage wurde doch Ihrem Kollegen bereits beantwortet", meinte er verärgert. „Müssen Sie uns denn mit solchen Dingen belästigen? Immerhin ist unsere Schwester heute Nacht umgebracht worden. Das haben Sie wohl vergessen. Suchen Sie lieber den Täter!"

„Wir sind dabei", meinte Wagner ruhig, „deshalb sollten Sie uns auch unterstützen statt beschimpfen." Er setzte sich neben den Vater der beiden und glaubte eine leichte Alkoholfahne zu riechen. „Haben Sie etwas getrunken?"

Augenblicklich kam Günter auch seinem Vater zu Hilfe. „Ist doch wohl verständlich, oder?", keifte er los. „Am liebsten würde ich mir auch die Hucke voll saufen."

„Hat der Alte inzwischen etwas gesagt?", fragte der Kommissar als Erstes nach seiner Rückkehr.

Wagner verneinte und schaute neugierig auf das kleine Päckchen auf dem Beifahrersitz. Behutsam hob Fuß es auf. „Ich bin nur bis Boppard gefahren und habe meiner Chefin einen Duft gekauft. Nicht sehr einfallsreich, aber sie liebt Düfte."

Vorsichtig entblätterte er das seidene Geschenkpapier und zog ein kleines Kästchen hervor, das er öffnete. Zum Vorschein kam eine Flasche Hugo Boss Woman. Er schraubte sie auf und hielt sie Wagner unter die Nase. „Riecht gut?"

Wagner lachte. „Nix für Männer, aber mir willst du das Parfüm ja nicht schenken und deine Frau kenne ich nicht."

Fuß warf einen Blick durch die Frontscheibe und sah, dass Willi Steils das Haus verließ. Sie beobachteten, wie er im Stall verschwand. Plötzlich wurde die Haustür aufgerissen und Horst kam herausgerannt. Er schaute sich rechts und links um, dann schnappte er sich ein altes Fahrrad, das an einen Schuppen gelehnt war, und radelte los.

„Dann fahren wir doch einmal hinterher", meinte Fuß und startete den Motor.

Er konnte sich Zeit lassen. Horst verließ den Hof und bog in Richtung Dorf ab. Die Fahrt endete bereits nach knappen zweihundert Metern bei der Alten Mühle. Fuß und Wagner stellten ihren Wagen auf dem Parkplatz ab und suchten ebenfalls den Gasthof auf.

Horst hatte an einem kleinen Tisch im hinteren Teil der Gaststube Platz genommen. Vor ihm stand bereits ein leeres Schnapsglas und ein halb volles Glas Bier. Es schien Erwin Theis, dem Wirt, peinlich zu sein, dass man ihn dabei erwischte, einem Minderjährigen Alkohol ausgeschenkt zu haben. Er murmelte etwas von „Ausnahme in diesem Fall“, und erkundigte sich nach den Wünschen der Beamten. Fuß und Wagner winkten ab und verließen wieder die Gaststätte.

„Was machen wir jetzt?“, fragte Wagner etwas hilflos.

„Abwarten!“, brummte der Kommissar. „Am liebsten tät' ich nach Hause fahren, mich ins Bett legen und all den Schrott vergessen, den wir heute wieder erlebt haben.“ Er ließ sich in den Beifahrersitz fallen. „Soll ich dir etwas sagen?“ Er schaute seinen Kollegen plötzlich mit fast verklärtem Gesicht an. „Ich freue mich auf heute Abend. Da komme ich nach Hause, höre schon von ferne vertraute Stimmen und herzhaftes Lachen, der leicht säuerliche Weingeruch steigt mir in die Nase, ich mache die Tür auf und fröhliche Gesichter strahlen mir entgegen. Das ist Leben!“

„Wenn man dich so schwärmen hört, fragt man sich, warum du noch bei der Kripo bist“, lästerte Wagner. „Wie bist du eigentlich Polizist geworden?“

Fuß legte sein Gesicht in Falten und rieb sich mit der Hand über Stirn, Nase und Mundpartie. „Das ist eine lange Geschichte, die erzähle ich dir ein anderes Mal.“ Er stellte seinen Sitz zurück und schloss die Augen.

Wagner betrachtete seinen Kollegen von der Seite und schwieg. Dann lehnte auch er sich zurück und hing seinen Gedanken nach. Erst ein leichtes Schnarchen zu seiner Rechten ließ ihn wieder aufblicken. Kommissar Fuß war doch tatsächlich eingeschlafen.

Als die beiden Kriminalbeamten eine Stunde später wieder die Alte Mühle betraten, saß Horst immer noch da und starrte mit glasigen Augen vor sich hin. Er hatte inzwischen eine Menge Bier und Korn getrunken, wie Fuß mit einem Blick vom Bierfilz ablesen konnte.

Der Kommissar klopfte dem Jungen auf die Schulter. „So, dann fahren wir dich jetzt mal nach Hause, damit du deinen Rausch ausschlafen kannst. Mit dem Fahrrad wird das wohl nichts mehr.“

Er machte dem Wirt ein Zeichen, worauf der dem Jungen einen Zettel zuschob. Horst kramte schwankend in seinen Taschen und beförderte nach einiger Zeit eine Geldbörse ans Tageslicht. Er hielt sie wortlos dem Kommissar hin, der daraufhin die Zeche bezahlte und das Wechselgeld zurück in die Geldbörse des Jungen gab. Dabei entdeckte er ein Passfoto von Iris, das Horst bei sich trug. Fuß zögerte einen Moment, dann hielt er dem Jungen wortlos das Foto hin. Der starrte darauf und versuchte sichtlich, sich auf das Bild zu konzentrieren. Auf einmal schluchzte er laut auf und lallte: „Ich habe sie nicht beschützen können!“

Er schlug Fuß wütend die Geldbörse aus der Hand, so dass sie im hohen Bogen durch die Gaststätte flog und unter einem Tisch liegen blieb. Wagner hob sie auf und steckte sie dem Jungen in die Hosentasche, der sich daraufhin willenlos aus der Gaststätte führen ließ und in den Wagen einstieg.

„Wovor musstest du sie denn beschützen?“, fragte Fuß, als sie losgefahren waren.

Dann sah er aber, dass Horst die Augen geschlossen hatte. Offenbar war er unmittelbar nach dem Einsteigen eingeschlafen.

Günter Steils kam ihnen bereits entgegen, als sie zu zweit versuchten, Horst aus dem Auto zu heben. Er war unfähig zu stehen und schien von seiner Umwelt nichts mehr mitzubekommen. Sein stämmiger Bruder packte ihn über die Schulter und trug ihn ins Haus. Fuß und Wagner schauten ihm nach, dann stiegen sie ins Auto und fuhren in Richtung Autobahn.

Fuß lehnte sich auf dem Beifahrersitz zurück und schloss die Augen. „Wenn du anständig fährst, kann ich bis zum Präsidium noch mal ein bisschen schlafen.“

Im Polizeipräsidium wurden sie bereits von Kriminalhauptkommissar Pistano und Kriminalrat Geisler erwartet.

„Ich habe das Gefühl, Kollege Fuß, Sie kommen in Bayberg nicht so recht weiter.“ Pistano machte ein wichtigtuerisches Gesicht. „Jetzt haben wir noch eine zweite Leiche, was meinen Sie, was die Medien und die Bevölkerung wieder über uns herfallen! So kann das doch nicht weitergehen.“

Fuß, der alles mochte, nur nicht, wenn man sich wie ein Pfau aufführte, verlor plötzlich sein sympathisches Lächeln. Zum ersten Mal sah Wagner sein Gesicht voll Wut und aufgestautem Hass.

„Lieber Bernd“, begann Fuß mit ruhiger, aber messerscharfer Stimme. „Du kannst mich auch in Gegenwart von diesem Herrn im feinen Zwirn weiterhin duzen. Solange die Herrschaften von diesem Herrn in der Hierarchie aufwärts nicht in der Lage sind, uns mehr Leute zur Seite zu stellen, erübrigt sich jede Diskussion. Ich habe oft genug gesagt, ich tu, was ich kann! Und dass ich kann, was ich tu, steht wohl nach all den Jahren außer Zweifel. Was wir hier brauchen, sind keine schönen Reden mit leeren Luftblasen, sondern Leute, die so wie Wagner und ich tagtäglich in die Scheiße langen. Hier wird alles geregelt und verwaltet. Nur die, die regeln und verwalten, haben keine Ahnung von der alltäglichen Realität, aber davon jede Menge! Und dass es dann noch Kollegen auf unserer Ebene gibt, so wie du, die auf einen höheren Rang schielen und buckeln, statt einmal auf die Wunden zu deuten und etwas zu bewegen, finde ich zum ...“

„Aber meine Herren!“, schaltete Geisler sich indigniert ein, „was sind das denn für Lappalien?“

„Lappalien!“, griff Fuß das Wort auf. „Dass ich nicht lache! Was meinen Sie, warum vielen Kollegen in der Öffentlichkeit nachgesagt wird, sie seien korrupt, Alkoholiker, Psychopathen und was weiß ich noch alles? Prüfen Sie doch einmal nach, inwieweit das zutrifft, dann sind Sie auf dem richtigen Weg, etwas zu ändern.“

Fuß hatte begonnen, sich in Rage zu reden. Fast alle im Präsidium wussten, wie er über den Polizeiapparat dachte und oft genug auch ganz offen sprach. Dies hatte ihn schon mehrmals die Beförderung gekostet. „Aber deshalb mache ich noch lange nicht aus meinem Herzen eine Mördergrube!“, pflegte Fuß jedes Mal zu antworten, wenn man ihn darauf ansprach. „Als Kriminalbeamter habe ich aufzudecken und nicht zu vertuschen, und das gilt nicht nur, wenn ich Verbrecher jage, sondern auch, wenn es um uns geht. Wenn das nicht mehr möglich ist, dann habe ich ein Leben lang dem falschen Verein gedient!“

„Vielleicht ...“, begann Kriminalrat Geisler, „sollten wir einen Profiler einschalten? Es muss ja nicht gleich Professor Gallwitz von der Fachhochschule in Villingen-Schwenningen sein.“

Pistano sah sofort seine Chance, Fuß eins auszuwischen. Er setzte sich mit einem Hinterteil auf die Fensterbank. „Ich finde Ihre Idee ausgesprochen gut, Herr Kriminalrat. Vielleicht können wir uns dahingehend verständigen, dass wir sagen, wenn wir bis zum Wochenende keine eindeutigen Fahndungsergebnisse haben, lassen wir ein Täterprofil anfertigen.“ Mit einem überlegenen Lächeln wandte er sich an Fuß: „Bist du damit einverstanden?“

Wer das Gesicht von Fuß beobachtete und einen einigermaßen gesunden Menschenverstand besaß, brauchte keine Antwort mehr von ihm. Und er gab auch keine, sondern warf Pistano nur einen verächtlichen Blick zu.

„Das war es dann wohl, meine Herren“, meinte er. „Wir wollen doch die wertvolle Zeit nicht dahinstreichen lassen.“

Er setzte wieder sein sympathisches Lächeln auf und verließ ohne weitere Verabschiedung den Raum.

„Puuh!“, stöhnte Wagner vor der Tür. „Das klang aber nicht sehr freundschaftlich.“

„Den Herren hätte ich noch manches andere gesagt, wenn du dann nicht mit dringehangen hättest“, brummte Fuß.

Plötzlich blieb er mitten im Gang stehen und strahlte über das ganze Gesicht. „Weißt du, was heute Abend ist?“

Als er noch gut hundert Meter von seinem Haus entfernt war, hörte er schon das Stimmenwirrwarr in der Straußwirtschaft. Und alle übertrumpfend war die Stimme seiner Frau herauszuhören, die voll Begeisterung von ihrem Marsch nach Koblenz erzählte.

Kaum hatte Fuß die Haustür geöffnet, die direkt in die untere Weinstube führte, tauchte er in eine andere Welt ein. Etliche altbekannte Gesichter johlten ihm zur Begrüßung entgegen und er musste bis zum Aufgang zu seiner Wohnung viele Hände drücken. Alles freute sich und jubelte, dass nach der langen Winterzeit die Straußwirtschaft endlich wieder geöffnet hatte.

Fuß zog sich eilends in der Wohnung um und betrat knapp eine Viertelstunde später als ein ganz anderer Mensch die Weinstube. Die Gedanken um die Ermittlungen waren wie Schuppen von ihm abgefallen. In der Küche kämpften sich Maryla Pala, der seit vielen Jahren immer wieder nach Alken kommende gute polnische Küchengeist, und Kathina Vlachos, der griechische Besuch, den alle nur Katharina nannten, durch die Essenbestellungen. Der Kartoffelsalat drohte bereits auszugehen und musste neu zubereitet werden. Der Vorratskühlschrank mit Weinflaschen, den Fuß noch am Vorabend bis zum Rand gefüllt hatte, wies gähnende Leere auf.

Der Kommissar machte sich zunächst daran, den Weinvorrat wieder aufzufüllen und mischte sich dann, bewaffnet mit zwei Flaschen

Schoppenwein und einer Flasche Mineralwasser, unter die Gäste, um leere Gläser aufzufüllen und durstige Kehlen zu befriedigen. Die rund sechzig Plätze der Straußwirtschaft waren seit der Öffnung um sechzehn Uhr bis auf den letzten Stuhl besetzt und weitere zehn oder fünfzehn Gäste lehnten an den Wänden oder standen an der kleinen Theke. Hauptsache, man hatte einen Platz gefunden, um sein Glas abzustellen, und konnte zum Essen für kurze Zeit einmal mit einem glücklichen Stuhlbesitzer den Platz tauschen.

Die nächsten beiden Stunden verbrachte Fuß ausschließlich damit, leere Weinflaschen abzuräumen, neue aus dem Keller in den Vorratskühlschrank zu stapeln und leere Pokale mit Schoppenwein oder Schorle zu füllen. Da und dort musste er mit Stammgästen zwischendurch ein paar Worte wechseln und erst gegen Mitternacht, als es etwas ruhiger geworden war, nahm er sich zwischendurch ein oder zwei Minuten Zeit, um darüber nachzudenken, wie er nun im Fall der kleinen Brigitte und in dem neuen Fall Iris weiterkommen könnte.

Er beschäftigte sich lange mit der Bemerkung von Horst Steils, er habe seine Schwester nicht schützen können. Gegen wen hätte er sie schützen müssen und warum konnten das sein Bruder und sein Vater nicht? Schließlich beschloss er, sich am nächsten Morgen gleich nach den Ergebnissen der DNA zu erkundigen. Aber wahrscheinlich würde es wieder viel zu lange dauern, zumal der nächste Tag ein Feiertag war. Außerdem blieben wegen des großen Zuständigkeitsbereichs des Polizeipräsidiums Koblenz und der chronischen Personalknappheit manche Dinge zeitlich auf der Strecke. Es schien ihm oft schon mehr als ein Wunder zu sein, wie schnell Verbrechen trotzdem aufgeklärt wurden.

18.

Kommissar Fuß fand auf seinem Schreibtisch die Bestätigung der Gemeinde Oberwesel, dass Heinz Mallmann immer noch in Bayberg gemeldet war. Es blieb ihm also keine andere Wahl, als eine Fahndung herauszugeben, wovon er sich aber nicht allzu viel versprach.

Kriminalhauptmeister Wagner hatte sich etwas verspätet, was Fuß nur mit einem verständnisvollen Schmunzeln kommentierte. Er schob ihm seinen gerade fertig gestellten Bericht über den Schreibtisch und wartete geduldig, bis Wagner ihn gelesen hatte.

„Wo fangen wir heute an?", fragte Wagner. „Es sieht nicht so aus, als könnten wir die Akten noch vor Ostern schließen."

Sein Kollege stand auf, ging ans Fenster und lehnte sich mit dem Rücken gegen die Wand. „Im Fall Brigitte Mallmann stellen sich mir zwei wesentliche Fragen: Erstens, wie kommt der Knopf von Stiehls Jacke an den Tatort, und zweitens, wem gegenüber empfand Brigitte so viel Zuneigung, dass sie glaubte, mit ihrem Tun etwas erreichen zu können? Alles andere scheint mir nicht zu dem Mann zu führen, mit dem sie den Verkehr hatte und der ihren toten Körper unter die Eiche gelegt hat. Nachdem nun offiziell bekannt ist, dass es kein Mord war, müsste es ihm doch viel leichter fallen, sich zu stellen."

Er machte eine Pause. Aber nachdem Wagner keinen Einwand hatte, fuhr er fort: „Und im Fall Iris Steils suche ich nach einem Motiv, zumal der Bruder sagte, er habe sie nicht schützen können. Also wusste oder ahnte er, dass seine Schwester irgendwie in Gefahr war."

„Gibt es eigentlich eine protokollierte Aussage des Taxifahrers, der sie gefunden hat?"

Der Kommissar nahm die Akte zur Hand und hielt Wagner ein eingeheftetes Blatt entgegen. Wagner überflog den Text, dann meinte er: „Aber offensichtlich hat ihn keiner danach gefragt, ob er vorher oder nachher etwas gesehen hat, was uns weiterhelfen könnte."

Fuß klappte die Akte wieder zu. „Dann haben wir ja einen Anfang für heute. Setz mich in Bayberg ab, ich werde mir nochmals die Steils vornehmen und du suchst in Emmelshausen den Taxifahrer auf, vielleicht arbeitet der heute trotz Feiertag."

„Liegen die DNA-Ergebnisse schon vor?"

Der Kommissar schaute seinen Kollegen mit einem gequälten Lächeln an. „Glaubst du noch an Wunder? Das wäre das Erste, was ich dir gesagt hätte, denn dann wäre uns der Täter vielleicht schon bekannt, zumindest, was die kleine Brigitte betrifft."

„Und die Obduktion der Steils?"

„Wir fahren am Kemperhof vorbei."

Auch mit dieser Obduktion hatte man Frau Dr. Kaufmann beauftragt. Sie befand sich gerade in der Kaffeepause, als die beiden Kriminalbeamten im Krankenhaus eintrafen. Fuß war überglücklich, sich in der Cafeteria mit ihr treffen zu können statt in einem der nüchternen und kalten Obduktionsräume inmitten der toten und oftmals geöffneten Körper ...

„Alles, was ich euch jetzt sage, sage ich aus dem Kopf", begann die Ärztin und ließ ihre lebhaften Augen umherwandern. „Die Unterlagen liegen unten. Also, die zweite Leiche, die ihr mir gebracht habt, ist auch noch Jungfrau, obwohl offenbar versucht wurde, sie zu vergewaltigen. Alle Spuren an den Oberschenkeln und der Brust weisen zwar typische Merkmale von Vergewaltigungen auf und trotzdem sind sie irgendwie anders, worauf ich mir noch keinen endgültigen Reim machen kann. Aber, wie gesagt, eine Vergewaltigung hat wieder nicht stattgefunden." Sie nahm einen Schluck Kaffee und zündete sich eine Zigarette an. „Die Hämatome am Hals sind eindeutig, das Mädchen wurde erwürgt. Das haben auch die weiteren Untersuchungen ergeben. Der Rücken und der rechte Oberarm weisen Verletzungen auf, die allerdings erst nach ihrem Tod eingetreten sind. Sie könnten auf dem Transport zur Fundstelle entstanden sein. Vielleicht ein Kistenrand, auf jeden Fall eine harte Kante, die gedrückt und gerieben hat. Und dann noch etwas Interessantes, worauf ihr besonderen Augenmerk legen solltet: Das Mädchen hatte am ganzen Körper ältere Hämatome. Ich will damit nicht sagen, dass es bereits einmal einen ähnlichen Vergewaltigungsversuch gegeben hat, aber man hat sie offenbar vor nicht allzu langer Zeit bereits einmal angegriffen und verletzt."

Fuß und Wagner hatten sich beide während der Ausführungen der Ärztin einige Notizen gemacht.

„Kann man etwas Genaueres zur Tatzeit sagen?", wollte der Kommissar wissen.

Frau Dr. Kaufmann wiegte den Kopf hin und her. „Ich würde sagen, kurz nach Mitternacht, allerdings bezweifele ich, dass die Tote unmittelbar nach dem Exitus zum Fundort gebracht wurde. Ich schätze, dass sie weniger als eine Stunde unter dieser Eiche gelegen hat. Zwischen den Würgeverletzungen am Hals und denen am Rücken lagen mindestens zwei, wenn nicht sogar drei Stunden."

„Das heißt, es könnte sein, dass der Täter erst überlegt hat, wie er die Leiche beseitigen soll, und dann auf die Idee kam, sie ebenfalls gegenüber dem Friedhof abzulegen", dachte Fuß laut. Dann schüttelte er verzweifelt den Kopf. „Viel bringt uns das alles nicht. Hat sich das Mädchen denn nicht gewehrt? Irgendetwas vom Täter muss doch an ihr zu finden sein?"

„Tut mir Leid." Dr. Kaufmann drückte ihre halb gerauchte Zigarette aus. „Bisher habe ich nichts gefunden." Sie stand auf. Im Gehen drehte sie sich nochmals um und schaute eindringlich über ihre Halbbrille von einem zum anderen. „Ach, noch eines, die Tote muss am Abend noch geduscht oder gebadet haben. Unter den Nägeln waren noch Reste von Seife."

„Kann es nicht sein, dass man mit Seife versucht hat, Spuren unter den Nägeln zu entfernen?"

Frau Dr. Kaufmann lächelte. „Ihr könnt euch auf mich verlassen. Dann sähen die Reste unter den Nägeln anders aus. Das Mädchen hat kurz vor ihrem Tod geduscht oder gebadet. Morgen nenne ich euch auch noch die Seifenmarke, wenn ihr wollt!"

Der Kommissar legte die Stirn in Falten. „Das legt aber doch den Verdacht nahe, dass sie zu Hause war." Er schaute Wagner an. „Also, du fährst zum Taxler und ich werde die Steils einmal härter ins Gebet nehmen."

Günter Steils war dabei, den Stall auszumisten, als Kommissar Fuß auf dem Hof eintraf. Er tat zunächst, als habe er nicht bemerkt, dass Fuß in der Stalltür stand, obwohl die recht massige Figur des Beamten durch die noch tief stehende Aprilsonne einen langen und kaum übersehbaren Schatten in den Stall warf.

„Sind die anderen drinnen?", fragte Fuß und deutete mit dem Kopf in Richtung Haus.

„Nee, die sind weggefahren", antwortete Günter kurz.

„Dann werden Sie mir jetzt einmal Rede und Antwort stehen. Also kommen Sie, sonst hole ich Sie nach Koblenz mit."

Missgelaunt stellte Günter die Mistgabel an die Wand, wischte sich mit dem Handrücken über die Stirn und folgte dem Kommissar ins Haus.

„Ziehen Sie mal Ihr Hemd aus“, befahl der Kommissar, als sie in der Küche angelangt waren.

Günter Steils schaute den Kommissar verwundert an, folgte aber ohne Murren seiner Aufforderung. Fuß betrachtete den muskulösen Oberkörper des jungen Mannes, konnte aber außer einem blauen Fleck in Höhe der rechten unteren Rippe nichts entdecken. Als Günter den Blick des Kommissars sah, meinte er mit leicht hämischem Unterton: „Das stammt von der letzten Bundeswehrübung.“

„Wieso sind Sie eigentlich nicht in der Kaserne, sondern dauernd hier?“

„Urlaub, muss auch mal sein, oder?“, knurrte Steils und zog sein Hemd wieder an. „Sonst noch was?“

„Vor wem oder was wollte Ihr Bruder Ihre Schwester schützen?“

Die Frage traf Günter unerwartet. Mit einem gekünstelten Auflachen versuchte er Zeit zu gewinnen, um sich eine Antwort auszudenken. Diese Tricks kannte Fuß zur Genüge. „Also!“, drängte er.

„Horst muss immer alles beschützen, die Schweine vor der Maul- und Klauenseuche, die Rinder vor BSE, den Alten vor dem Alkohol und mich vor den Mädchen.“ Wieder lachte er auf und schlug sich dabei auf die Schenkel.

„Und Iris vor den Männern?“, hakte Fuß nach und blickte dem Jungen direkt in die Augen.

„Wieso vor Männern?“, fragte Günter gespielt naiv.

„Vor was muss ein Bruder seine Schwester in dem Alter sonst schützen? Oder gibt es bei euch noch die Prügelstrafe in der Familie?“

Der Kommissar erhielt keine Antwort. Steils räkelte sich scheinbar gelangweilt auf dem Stuhl.

„Wovon hatte Ihre Schwester die vielen blauen Flecken am Körper?“, fragte Fuß und beugte sich über den Tisch vor.

„Ich weiß von keinen blauen Flecken. Oder meinen Sie, die ist dauernd hier nackert herumgelaufen?“

Insgeheim musste Fuß dem jungen Mann Recht geben, ließ sich aber nichts anmerken. „Machen wir es kurz“, bluffte er. „Iris hat am Mittwochabend noch geduscht oder gebadet, dann hatte sie Besuch, den keiner gesehen oder gehört haben will. Aber um Mitternacht, als sie geschrien hat, weil ihr der Besuch an die Wäsche ging, spätestens da habt ihr sie gehört. Wie lange habt ihr gewartet? Horst wollte sie schützen, hatte aber Angst oder wie? Dann war es zu spät. Iris war tot. Wer kam dann auf die Idee, sie unter die Eiche zu schaffen? Sie, Horst, Ihr Vater oder der Mörder?"

Günter sprang auf. „Alles Quatsch! Nichts von dem stimmt. Ich weiß nicht, wo Iris war. Aber das haben Sie doch alles schon von uns gehört. Reicht es nicht, dass unsere Schwester tot ist, müssen wir jetzt auch noch als Mörder herhalten?"

Der Kommissar kniff die Augen zusammen und nickte selbstsicher mit dem Kopf. „Einer von euch hat sie umgebracht, da bin ich mir ganz sicher. Entweder eigenhändig oder weil er ihr nicht sofort zur Hilfe geeilt ist. Der Mord ...", er hatte das letzte Wort fast geschrien und ließ es erst einmal im Raum wirken, „der Mord geschah hier in diesem Haus!"

Günter blickte unter sich und schwieg. Draußen war ein Motorengeräusch zu hören. Fuß stand auf und sah aus dem Fenster. Kriminalhauptmeister Wagner war vorgefahren und zum Erstaunen von Fuß stieg auf der Beifahrerseite Günters Bruder Horst aus.

Fuß wartete, bis die beiden die Küche betraten. Als Horst den Kommissar erblickte, sah er sofort Hilfe suchend zu seinem Bruder, der aber immer noch unter sich schaute.

„Mach mal deinen Oberkörper frei!", befahl Fuß jetzt dem jüngeren der Steils-Brüder.

Horst rührte sich nicht. „Wozu? Ich denke gar nicht daran", sagte er trotzig.

Doch kaum hatte sich der Kommissar demonstrativ aufgerichtet und war einen Schritt auf den Jungen zugegangen, zog Horst Pullover und Hemd aus. Enttäuscht blickte Fuß auf eine für seine Begriffe schwächliche, aber makellose Jungenbrust. Doch Wagner, der hinter Horst stand, pfiff durch die Zähne. Er packte den Jungen an der Schulter und drehte ihn zu seinem Kollegen hin. Der Rücken des Jungen war über und über mit roten Streifen bedeckt, die kaum älter als ein oder zwei Tage sein mochten.

„Ich bin von der Leiter heruntergeschlagen", stotterte Horst. „Sprosse für Sprosse rückwärts."

„Wenn du dich von hinten betrachten könntest, wüsstest du, dass das nicht stimmt. Wer hat dich so zugerichtet? Dein Bruder oder dein Vater oder der Freund deiner Schwester? Und warum?"

Günter schaltete sich mit selbstsicherer Miene ein. „Das mit der Leiter stimmt. Als Horst von Iris' Tod gehört hat, war er gerade oben bei den Heuballen und ist vor Erregung von der Leiter abgerutscht."

Fuß warf ihm nur einen mitleidigen Blick zu. Selbst der unerfahrenste Laie konnte erkennen, dass jemand auf Horsts Rücken eingedroschen hatte. Nur passten diese Verletzungen nicht in die Vorstellungen des Kommissars. Ausgehend von der Bemerkung des betrunkenen Horst am Vortag hätten seine Verletzungen am ganzen Oberkörper sein müssen, wenn er Iris zur Hilfe geeilt wäre. Wie aber waren die blutig roten Streifen ausgerechnet auf seinem Rücken in Zusammenhang mit der Ermordung seiner Schwester zu bringen?

„Wo kommt er jetzt her?", fragte Fuß seinen Kollegen.

„Ich habe ihn von der Landstraße aufgelesen. Er saß auf der Friedhofsmauer, gegenüber der Eiche."

Fuß betrachtete die Streifen nochmals aus der Nähe. Nein, sie waren nicht durch Kratzen entstanden, sondern eindeutig durch Schlagen.

„Zieh dich an!", befahl er. „Wir holen dich mit!"

„Das können Sie nicht ohne Haftbefehl!", stieß Günter hervor und stellte sich breitbeinig zwischen den Kommissar und seinen Bruder.

Fuß schob ihn mit dem ausgestreckten Unterarm beiseite. „Ich kann noch ganz andere Dinge machen", antwortete er und beobachtete genau die Reaktion seines Kontrahenten. „Machen Sie Platz oder wir nehmen Sie auch gleich mit."

„Wo ist der Vadder?", fragte Horst ängstlich seinen Bruder, als er merkte, dass Wagner ihm Handschellen anlegen wollte.

„Woher soll ich das wissen? Weg!"

„Lass!", meinte Fuß zu Wagner. „Das Häufchen Elend nehmen wir so mit."

Er schob Horst vor sich her aus der Küche. Im Flur blieb er stehen und entschied anders.

„Geh mal nach oben", sagte er zu dem Jungen, der ihm sofort Folge leistete. Fuß machte seinem Kollegen ein Zeichen, ebenfalls mit nach oben zu kommen. Günter blieb im Türrahmen stehen und verfolgte das Geschehen misstrauisch.

Der Kommissar schob Horst in sein Zimmer.

„Geh du mal ins Bad und mach verschiedene Geräusche", bat er seinen Kollegen. „Lass mal Wasser laufen, die Dusche oder zieh am Klo ab. Dann geh in das Zimmer von dem Mädchen und sprich in normaler Lautstärke."

Fuß schloss die Tür hinter sich und Horst, drückte den Jungen auf einen Stuhl am Fußende des Bettes und setzte sich auf den Bettrand. Deutlich war zu hören, wie Wagner die Dusche bediente, die Wasserspülung betätigte und dann über den Flur in das Zimmer von Iris ging.

„Alle Sinne vernebelt, die Jagd beginnt, unsere Zeit verrinnt", klang seine Stimme von nebenan. Der Kommissar konnte deutlich jedes Wort verstehen. „Griff nach allem, was bleibt, starr und kalt, finde kaum Halt. Schwere Zeit, macht's mir nicht leicht, weiß nicht, ob meine Kraft noch reicht."

Fuß' Gedanken wanderten zu der Eiche. Vor seinen Augen sah er plötzlich wieder das blassblaue Gesicht von Brigitte, wie das Antlitz eines Engels. Dann wandelten sich die Züge und es war Iris. Das Gesicht verkratzt und die Augen verquollen, so wie seine Kollegen aus Boppard und von der Kriponachtschicht ihm den Anblick beschrieben hatte. Beide Mädchen verschmolzen zu einer Person.

Fuß ließ Horst auf seinem Stuhl sitzen und eilte ins Zimmer von Iris. Wagner stand vor einem Regal und hielt ein Buch in der Hand. „Katharina Remane, Die Klippe", las Fuß laut den Titel.

„An dieser Stelle steckte ein Lesezeichen", erklärte Wagner und reichte Fuß das Buch.

Der schlug die erste Seite auf und fand eine handschriftliche Widmung: „Für die Stunden, in denen der Satan dir auflauert." Darunter stand: „Horst". Der Kommissar drehte sich auf dem Absatz um. Mit einem raschen Schritt nach vorn und einem festen Griff bekam er Horst Steils gerade noch zu fassen, der dabei war, die Treppe hinunterzurennen.

„So nicht, Freundchen", donnerte er und zwang Horst in die Knie. „Jetzt bekommst du doch noch deine Handschellen."

Fuß wartete, bis Wagner dem Jungen die Handschellen angelegt hatte. Dann ließ er ihn wieder aufstehen und führte ihn an der Schulter die Treppe hinunter zum Wagen. Er telefonierte mit der Inspektion in Boppard und bat, Horst abzuholen und ins Präsidium zu bringen.

„Was hat das Gespräch mit dem Taxifahrer ergeben?"

„Vielleicht eine neue Spur. Der Taxifahrer hat gewartet, bis die Bopparder da waren, dann erst ist er weitergefahren, Richtung Laudert. Oben an der Autobahnauffahrt hat ein Mann gestanden. Der Taxifahrer beschreibt ihn als groß, schlank, mit weißblondem Haar und einem langen Pferdeschwanz. Er war als Anhalter unterwegs, hat aber dann dem Taxi gewunken und sich nach Kastellaun fahren und dort bei einem Hotel absetzen lassen. Wahrscheinlich ein Gast. Unterwegs hat er kein Wort mit dem Taxifahrer gesprochen. Er hat ganz normal bezahlt, eine Quittung verlangt und ist in Richtung Hotel verschwunden. Allerdings sah der Taxifahrer keinen Anlass, uns das Ganze zu melden, da der Mann keinerlei Anzeichen eines Kampfes an sich hatte, sich auch in keiner Weise irgendwie verdächtig verhielt."

Fuß machte mit der Hand eine zweifelnde Bewegung. „Trotzdem, wir sollten mal einen Blick in das Gästebuch des Hotels werfen. Hast du die Adresse?"

19.

Geschickt manövrierte Wagner den Wagen zwischen einer Hinweistafel der Gaststätte und einem Pflanzkübel hindurch. Rechts und links waren nur wenige Millimeter Spielraum. Er parkte mitten in dem breiten Zugang zu dem Hotel Altes Stadttor in Kastellaun.

Fuß grinste. „Hier hab' ich vor etwa zwei Jahren schon einmal einen Gast verhaftet. Vielleicht haben wir heute wieder Glück."

Die Rezeption war unbesetzt, aber vom Restaurant im Parterre hörte man etliche Stimmen. Das Restaurant war um die Mittagszeit gut besucht. Als die beiden Kripobeamten eintraten, zupfte Fuß seinen Kollegen am Ärmel und deutete zur Theke hin. Ein großer, schlanker Mann mit langem weißblondem Haar, das nach hinten zu einem Pferdeschwanz zusammengefasst war, zapfte gerade einige Gläser Bier und stellte sie auf ein Tablett, um sie zu servieren.

„Von wegen Gast!", murmelte Fuß. „Hier mordet der Chef persönlich, wie du siehst."

Sie blieben am Eingang des Restaurants stehen und warteten, bis der Mann das Bier serviert hatte. Er schaute zu den beiden Kripobeamten auf und deutete freundlich lächelnd zu einem freien Tisch hin, der bereits für zwei Personen gedeckt war.

„Wollen wir was essen?", fragte Fuß leise.

Wagner schaute auf seine Uhr. „Zeit dazu wäre es ja."

Also nahmen die beiden Platz und warteten, bis der Mann ihnen die Karte brachte. Fuß hielt ihm diskret seinen Dienstausweis entgegen.

„Wir wollen nicht umsonst essen, Sie aber nach Möglichkeit einmal kurz sprechen."

Der Mann schaute sie irritiert an, zeigte aber keine Panik oder plötzliche Angst. Er lächelte weiterhin freundlich. „Ich muss noch ein paar Essen servieren, dann habe ich etwas Zeit. Darf ich Ihnen schon etwas zu trinken bringen?"

Fuß und Wagner bestellten ein Mineralwasser.

„Ich hoffe nur, dass unser Laden heute Abend nicht genauso voll ist wie das Restaurant hier“, stöhnte Fuß. „Aber wenn man nur wenige Wochen im Jahr die Straußwirtschaft offen hat, kommen die Leute, als gäbe es etwas umsonst.“

Wagner schaute seinen Kollegen verständnislos an. „Sei doch froh. Andere warten vergeblich auf Gäste.“

„Bin ich andere?“, antwortete Fuß lachend, klappte die Speisekarte zu und schaute sich auf den Tellern der anderen Gäste um, so gut es ging. „Ich nehme so einen Flammkuchen mit Speck und Zwiebeln.“

„Und ich schließ’ mich an!“

Sie warteten, bis der Wirt die Essen der anderen Gäste serviert und die beiden Flammkuchen in der Küche bestellt hatte. Nach einem Kontrollblick zu den Gästen setzte er sich zu den beiden an den Tisch. „Was kann ich für Sie tun?“

„Sie haben gestern Morgen ein Taxi angehalten und sind hierher gefahren. Nachdem wir Sie hier antreffen, darf ich davon ausgehen, dass Sie hier nicht Gast sind.“

Der Mann lachte und stellte sich als Michael Fiedler und Mitinhaber vor. „Sie kommen sicherlich wegen des Mordes in dem Dorf. Ich habe davon im Radio gehört, muss Ihnen aber gleich sagen, ich bin zwar durch diesen Ort gegangen ...“

„Bayberg!“

„Bayberg! Aber ich habe nichts gesehen. Ich werde wahrscheinlich auch an dem Friedhof vorbeigekommen sein, es war dunkel, aber – nichts.“

„Was haben Sie denn überhaupt mitten in der Nacht einsam und allein dort gemacht?“, wollte Fuß wissen.

„Meine Freundin und ich kommen aus der Pfalz und von dort beziehen wir auch einen Teil unserer Frischware. Mittwoch ist unser Ruhetag und da fahren wir immer dorthin einkaufen. Vorgestern bin ich allerdings allein gefahren, weil es vor Ostern auch hier im Lokal viel zum Vorbereiten gab. Auf der Rückfahrt hatte ich mich etwas verspätet und musste außerdem noch einen Umweg machen. Ich hatte einem Bekannten aus Oberwesel Wein aus der Pfalz versprochen. Den hab’ ich dort noch abgeliefert und bin dabei etwas versackt. Und dann blieb mein Wagen plötzlich mitten in der Nacht kurz vor diesem Dorf stehen und sagte keinen Ton mehr. Ich habe mich dann im Dorf umgeschaut, aber nirgends war eine Telefonzelle zu sehen und nirgends brannte Licht, wo ich mich getraut hätte zu läuten. Was sollte ich um diese Uhrzeit anderes machen als versuchen, an eine belebtere Straße zu kommen? Ich lief also immer bergauf und oben versuchte ich an der Autobahnausfahrt einen Wagen anzuhalten. Dann kam das Taxi."

Wagner hatte sich kurze Notizen gemacht. „Das lässt sich sicherlich alles überprüfen. Abfahrt in der Pfalz, Besuch beim Bekannten, Abschleppdienst, Werkstatt."

Aus der Küche war eine Glocke zu hören.

„Natürlich", versicherte Fiedler. „Ich gebe Ihnen gleich die Adressen, muss aber erst nochmals servieren." Er stand auf und eilte in Richtung Küche.

„Scheint glaubhaft und beweist, was die Kaufmann vermutet hat: Die Leiche lag nur kurze Zeit unter der Eiche. Von Bayberg bis zur Autobahn sind es vielleicht vier Kilometer. Lass ihn ein paar Minuten bereits an der Ausfahrt gestanden haben, dann war er etwa eine Stunde vorher am Fundort. Bergauf vielleicht auch etwas länger. Überprüf mal, wann der Anruf des Taxifahrers in Boppard erfolgte, dann können wir das Ablegen der Leiche fast auf die Minute genau festlegen. Und das könnte uns helfen."

„Mach' ich", versicherte Wagner. „Wie war es gestern Abend bei euch in der Kneipe?"

Der Kommissar verdrehte die Augen und hielt sich als Kommentar nur die Hand vor die Stirn. Dann schaute er seinen Kollegen schief an und meinte vorwurfsvoll: „Wir haben keine Kneipe, sondern eine Straußwirtschaft, jetzt merk dir das endlich und komm mal vorbei, damit du den Unterschied kennen lernst."

Fiedler kam mit den Flammkuchen und wünschte den beiden Kripobeamten einen guten Appetit.

Fuß und Wagner prosteten sich zu und stürzten sich hungrig auf ihr Essen.

„Morgen ist die Beerdigung von der Mallmann, da gehen wir hin. Mal sehen, wer da auftaucht, den wir nicht kennen. Es würde mich nicht einmal wundern, wenn ihr Vater unter den Trauergästen wäre. Den nehmen wir dann gleich mit", meinte der Kommissar kauend.

„Wie soll der denn von dem Tod seiner Tochter erfahren haben?"

Fuß schaute ihn erneut vorwurfsvoll an und Wagner merkte sofort, wie unsinnig seine Frage gewesen war. Denn wenn er der Mann war, den sie suchten, dann wusste er natürlich vom Tod des Mädchens. Und falls die DNA-Analysen bei den Verdächtigen aus dem Dorf negativ ausgehen würden, wäre die Theorie vom zurückgekehrten Vater, der seine Tochter heimlich getroffen hatte, noch wahrscheinlicher geworden und so etwas wie die letzte Hoffnung für die beiden Kripobeamten …

„Heute ist Feiertag, da sind die meistens anzutreffen. Ich glaube, wir sollten nochmals rüberfahren und uns etwas umhören“, schlug der Kommissar vor, als sie mit dem Essen fertig waren und bezahlt hatten.

Wagner stimmte zu. Vielleicht kam man so noch vor Brigittes Beerdigung der Spur des Mannes, den sie suchten, näher. Sie stellten den Wagen an der Kirche ab. Inzwischen fielen dicke Schneeflocken vom Himmel. Fuß schlug den Kragen seiner Jacke hoch und beide betraten zum ersten Mal die kleine Dorfkirche. Sie war leer. Sie setzten sich in die zweite Reihe und versuchten schweigend sich die Abendmesse vorzustellen. Die Entfernung zwischen den Bänken und dem Altar war wesentlich geringer, als sie bisher angenommen hatten. Man konnte von hier aus Details an Personen sehen, die vor, neben oder hinter dem Altar standen. Sie waren sozusagen greifbar nahe. Fuß sah Brigitte als Messdienerin, sie musste rechts vom Altar gestanden haben. Er blickte sich in der Kirche um, sah das alte Harmonium. Hatte einer der Kirchgänger mehr gesehen, als er bisher zugegeben hatte? Hatte sich einer der männlichen Kirchgänger mit einem versteckten Zeichen, einem Blick oder einer Bewegung von hier aus mit Brigitte verabredet? Möglich gewesen wäre es.

Sie verließen wieder die Kirche, gingen den Weg, den auch Brigitte und Carlos gegangen sein mussten, und unterhielten sich über ihre Eindrücke, die sie in der Kirche gewonnen hatten. Zum Schluss der Messe am Samstag war es etwa genauso hell gewesen wie jetzt. Man hätte die beiden heimwärts gehenden Jugendlichen also gut beobachten können. Warum hatte sie kein Zeuge gesehen? Der Weg führte sowohl am Dorfladen der Familie Marsak wie an der Bäckerei Liffka vorbei. Marsak hatte angeblich draußen gearbeitet und Frau Liffka war alleine zu Haus gewesen. Hatte sie nicht mal aus dem Fenster geschaut, in der Erwartung, ihren Mann mit seiner Geliebten zu sehen? Diese Fragen wollten sie klären, falls der morgige Tag nicht zu einem Ergebnis führte.

Vor dem Haus der Familie Razzmonta blieben sie stehen. Hier hatte sich Brigitte angeblich von Carlos verabschiedet. Sie war dann, nach Aussage von Carlos, die Straße weitergegangen. Auch die Kripobeamten gingen die Straße weiter in Richtung Dorfausgang. An der Kreuzung zum neuen Wohngebiet war eine Bushaltestelle mit einem kleinen Wartehäuschen. Hatte hier Brigittes Vater oder ein anderer auf sie gewartet?

In der Hoffnung, irgendeinen Hinweis zu finden, kontrollierten ihre Augen jeden Quadratzentimeter des Betonbodens. Vergeblich. Sie schlugen die Straße in Richtung Neubaugebiet ein und blieben am Beginn der Abkürzung stehen. War Brigitte bis hierhin noch alleine gegangen oder hatte sie sich schon in Begleitung befunden? Vielleicht hatte der Mann aber auch hier hinter einer Hecke gewartet. Der Kommissar ging in die Hocke und ließ seine Blicke unter die Büsche und Sträucher schweifen. Nichts. Langsam, Fuß vor Fuß setzend, gingen sie den schmalen Weg der Abkürzung, schauten rechts und links, blieben stehen und betrachteten den Boden. Ihre Kollegen von der Spurensicherung hatten dies alles schon getan, aber außer dem Knopf von Stiehl hatten sie nichts gefunden. Und Stiehl konnte es nicht gewesen sein, wie die DNA bestätigte.

Es dauerte fast eine Viertelstunde, bis sie die Stelle erreicht hatten, wo man auch heute noch erahnen konnte, dass hier etwas stattgefunden hatte. Nur – was? Plötzlich hörten sie ein leises Knacken hinter sich. Wagner drehte sich sofort um, konnte aber vor lauter Buschwerk nichts sehen. Irgendetwas in kurzer Entfernung bewegte sich. Sie lauschten weiter und versuchten so den Ort zu lokalisieren, aber es war nichts mehr zu hören, außer dass ein leichter Wind die Blätter bewegte.

Der Kommissar ging abermals in die Hocke, in der Hoffnung, durch das dickere und weniger kompakte Geäst eher etwas sehen zu können. Das aufbrausende Gekläffe eines auf ihn losstürmenden Hundes ließ ihn rückwärts fallen. Ein kleiner Mischlingshund von der Größe eines Dackels sprang schwanzwedelnd um seinen vermeintlich neuen Spielkameraden herum. Im ersten Moment wusste Fuß nicht, ob er sich ärgern oder lachen sollte. Doch das kläffende kleine Ungeheuer brachte ihn einfach zum Lachen und sein Kollege lachte mit.

Mühsam erhob sich der Kommissar mit Hilfe von Wagner, betrachtete seine nassen und schmutzigen Handflächen und konnte sich vorstellen, wie seine Rückseite aussah, auf die er zu liegen gekommen war.

Offenbar waren dem Mischling zwei stehende Kriminalbeamte doch nicht allzu geheuer, denn er vergrößerte, immer noch kläffend, seinen Abstand, bis er schließlich nur noch sporadisch bellend das Weite suchte.

Unentschlossen betrachtete sich der Kommissar von oben bis unten und von vorne und hinten, soweit ihm dies möglich war. „Wie sehe ich aus?“, fragte er.

„Wie durch den Dreck gezogen!“, war Wagners ehrliche Antwort.

Sie gingen den schmalen Pfad bis zu der Lichtung, von der aus man die Häuser der Neubausiedlung sehen konnte. Als sie am Hof des Getränkelagers vorbeikamen, sahen sie den Mischling zwischen gestapelten Bierkästen herumstromern.

Im gleichen Moment wurden sie von hinten angesprochen. „Wie sehen Sie denn aus?“

Sie drehten sich um. Frau Mehrkatz schaute aus dem Fenster des Hauses und winkte ihnen zu.

„Ich bin von dem kleinen Ungeheuer überfallen worden.“ Der Kommissar deutete auf den Hund, den Frau Mehrkatz aber vom Fenster aus nicht sehen konnte.

Sie ahnte jedoch, wer gemeint war. „Sie müssen entschuldigen, aber Puschkin streift immer frei durch die Gegend und es macht ihm einen riesigen Spaß, Leute zu erschrecken. Deswegen haben wir oft schon mit den Leuten aus dem Dorf Ärger gehabt.“ Sie machte eine Kopfbewegung. „Kommen Sie herein. Ich werde Ihnen die Jacke und Hose etwas sauber machen und Sie können sich die Hände waschen.“

Fuß nahm das Angebot dankend an.

„Da haben Sie aber Glück, dass ich Sie gesehen habe. Ich habe nach meinem Freund Ausschau gehalten. Er muss trotz Feiertag heute ausfahren, sonst schaffen wir unsere Lieferungen vor Ostern nicht mehr.“ Frau Mehrkatz nahm einen feuchten Lappen zur Hand und begann zunächst die Jacke des Kommissars zu bearbeiten, denn die Hose musste erst etwas trocknen, bevor man sie mit einer Bürste behandeln konnte.

Fuß blieb deswegen am Fenster gegen die Heizung gelehnt stehen. Dabei sah er, wie Puschkin über die Straße lief und sich schon wieder auf den Weg in die Büsche machte. „Wie geht es Frau Mallmann?“, erkundigte er sich.

„Morgen wird für sie ein schlimmer Tag werden, die Beerdigung! Hoffentlich schneit es nicht den ganzen Tag. Der Anton hat schon das Grab ausgehoben, habe ich gesehen. Und die Iris Steils wird sicherlich nächste Woche auch beerdigt. Grausam, zwei so junge Dinger innerhalb einer Woche. Im Moment traue ich mich kaum, meine Tochter alleine aus dem Haus zu lassen.“

„Ich glaube nicht, dass eine weitere Gefahr besteht“, versuchte der Kommissar sie zu beruhigen.

Frau Mehrkatz legte den Lappen beiseite. „So, dann lassen Sie mich mal die Hose in Angriff nehmen.“

Willig drehte Fuß sich um und sah im gleichen Moment, wie Puschkin, triumphierend mit dem Schwanz wedelnd, wieder aus den Büschen kam. Kurze Zeit später kam Ortsbürgermeister Muders über den schmalen Pfad auf die Häuser zu.

„Der wird sicherlich zur Mallmann gehen“, meinte Frau Mehrkatz, die dem Kommissar über die Schulter geschaut hatte.

Sie behielt Recht.

„Gibt es dafür einen besonderen Grund?“, fragte Fuß intuitiv.

„Muders ist Witwer, ein sehr verschlossener Mensch. Er hat sich nach dem Verschwinden von Brigittes Vater viel um die Kleine und ihre Mutter gekümmert. Im Dorf hat man sogar gemunkelt, dass sich zwischen ihm und der Mallmann etwas anbahnen würde.“

Sofort fiel dem Kommissar ein, wie betroffen Muders von Brigittes Tod gewesen war. Beim Verhör hatte er sogar geweint. Man durfte auf seine DNA gespannt sein.

„War das nur ein Gerücht oder mehr? Immerhin sind Sie Nachbarn und haben sicherlich einiges mehr gesehen.“

„Na ja, der Muders war halt häufig drüben und die Brigitte schien sich auch recht gut mit ihm zu vertragen.“

Frau Mehrkatz war mit dem Bürsten der Hose fertig und der Kommissar bedankte sich schnell. Irgendwie hatte er plötzlich das Gefühl, aktiv werden zu müssen.

Mit großen Schritten eilten die beiden Kripobeamten auf das Haus zu, in dem Frau Mallmann wohnte, und klingelten. Es dauerte eine Weile, bis geöffnet wurde. Frau Mallmann schaute den Kommissar erstaunt aus verweinten Augen an.

„Dürfen wir hereinkommen?“, fragte Fuß und schob sich ohne eine Antwort abzuwarten an ihr vorbei ins Wohnzimmer.

Muders saß vor einer Tasse Kaffee, auch er schien geweint zu haben. Er stand sofort auf, als der Kommissar und sein Mitarbeiter das Zimmer betraten.

„Ich wollte sowieso gerade gehen“, sagte er mit einem kurzen Blick zu Frau Mallmann, die hinter Wagner das Wohnzimmer betrat.

„Bleiben Sie!“ Fuß drückte den Ortsbürgermeister förmlich in den Sessel zurück. „Wir sind nur gekommen, um uns zu erkundigen, wie es

Frau Mallmann geht und wann morgen die Beerdigung von Brigitte ist."

„Haben Sie inzwischen eine Spur gefunden?", fragte Frau Mallmann leise.

Der Kommissar schüttelte langsam den Kopf und beobachtete genau Muders Reaktion. „Nein, aber wir werden in der nächsten Woche auch von den restlichen männlichen Dorfbewohnern eine Speichelprobe veranlassen."

Muders reagierte ganz anders, als Fuß erhofft hatte. Er nickte scheinbar zufrieden und meinte mit einem tiefen Seufzer: „Es wird wohl der einzige Weg sein, diesen Kerl endlich zu finden."

„Hoffentlich!", betonte Fuß, enttäuscht, dass seine neue Hoffnung so schnell wieder im Sande verlief. Oder war Muders ein so perfekter Schauspieler?

20.

Im Präsidium fanden Fuß und Wagner den Bericht der Spurensicherung im Hause Steils vor. Die Flecken in den Bettlaken stammten tatsächlich von Sperma. Im Bettlaken von Günter Steils wurde laut DNA sein eigenes Sperma entdeckt, in dem der Toten allerdings das ihres Vaters.

„Das wird alles immer komplizierter", jammerte Fuß. „Die Kaufmann hat eindeutig festgestellt, das Mädchen war noch nicht defloriert."

„Das will nichts heißen", unterbrach ihn Wagner.

„Das weiß ich auch", rief Fuß ungehalten, „lass mich zu Ende sprechen. Gehen wir also davon aus, der Alte hat tatsächlich mit seiner Tochter im Bett gelegen, wollte was von ihr. Sie hat sich gewehrt, denk an die Verletzungen, dann müsste doch auch Blut am Laken zu finden sein. Steht davon etwas im Bericht?"

Wagner musste zugeben, dass Fuß Recht hatte. Im Bericht war nur von Spermaflecken die Rede. Also mussten sie einen anderen Hintergrund haben. Der Kommissar hatte die Ellenbogen auf den Schreibtisch gestützt und das Kinn auf die gefalteten Hände gelegt.

„Das passt alles nicht, Walter", fluchte Fuß leise. „Irgendetwas übersehen wir oder haben wir falsch eingeordnet. Was wissen wir von den Steils?"

„Vater und Sohn Günter haben in der Kirche die Brigitte angegafft."

„Richtig, und der Günter hat laut Zeugenaussage Vorstrafen, was wir noch nicht geprüft haben. Aber ich bin einfach noch nicht dazu gekommen."

„Der jüngere Sohn hat Prügel bezogen."

„Ordentliche, und er hat gesagt, er habe seine Schwester nicht schützen können."

„Alle drei geben sich gegenseitig für die Mordnacht ein Alibi."

„... was nichts wert ist."

Es trat eine unerwartete Pause ein. Jeder hing schweigend seinen Gedanken nach. Was hatte sich in dieser Nacht auf dem Hof abgespielt? Da war das Buch, das Wagner gefunden hatte und in dem die merkwürdige Widmung von Horst für seine Schwester stand. Da war die Aussage, dass Horst und Iris gemeinsam hinauf-, aber getrennt in ihre Zimmer gegangen waren.

Plötzlich schnippte der Kommissar mit den Fingern. „Iris hat geduscht oder gebadet!“, platzte er heraus. „Sagt die Obduktion. Und was sagte Günter Steils? Bei uns läuft man nicht nackt herum – oder so ähnlich! Wagner, denk mit!“

Die beiden Beamten sahen sich an. „Iris ist nach dem Baden oder Duschen doch aufreizend nackt herumgelaufen ...“

„Da ist der Alte oder Günter durchgedreht und hat sie packen wollen ...“

„Horst ist dazwischengegangen und wurde verprügelt ...“

„Aber dann?“

Wieder herrschte Schweigen.

Schließlich schüttelte Fuß den Kopf. „Ganz so kann es nicht gewesen sein. Aber ich glaube, der Ansatz stimmt. Lass doch mal den Horst Steils kommen.“

Wenige Minuten später saß Horst Steils, dessen Rücken inzwischen von einem herbeigerufenen Arzt untersucht worden war, vor dem Schreibtisch des Kommissars und schaute sich verängstigt im Raum um. Fuß stand neben ihm, die eine Hand auf den Schreibtisch, die andere auf Horsts Stuhllehne gestützt.

„Ich werde dir jetzt sagen, was am Mittwochabend und in der Nacht geschehen ist“, begann Fuß mit ruhiger Stimme. „Und du wirst uns die Wahrheit sagen, so einfach ist das.“

Er richtete sich auf und ging um den Schreibtisch herum. Horst verfolgte ihn mit ängstlichen Blicken.

„Dein Vater und dein Bruder sind in der Küche geblieben. Iris und du, ihr seid hochgegangen. Du bist in dein Zimmer und hast Musik gehört, während deine Schwester ins Bad ging.“

Der Kommissar hielt inne. Ihm war plötzlich etwas eingefallen und er blätterte eifrig in seiner Akte. Schließlich schien er gefunden zu haben, was er suchte. Er blickte Wagner vielsagend an und fuhr zu Horst gewandt fort: „Du hast immer Musik gehört, laute Musik; wenn deine Schwester abends noch duschte oder ein Bad nahm, besonders laute Musik. Unten sollte man nicht hören, dass Wasser lief. Denn sonst wäre jemand heraufgekommen, jemand, vor dem du Iris schützen wolltest. Denn das war die Stunde, in der ihr der Satan auflauerte."

Er schaute Horst direkt in die Augen. Der hielt seinem Blick nicht stand und drehte seinen Kopf rasch zur Seite.

„Doch am Mittwochabend hat der Trick nicht funktioniert. Warum nicht? Der Satan kam doch und du bist dazwischen, als deine Schwester schrie. Aber der Satan war stärker. Er hat dich geschlagen, immer und immer wieder. Und dann hat er sich über deine Schwester hergemacht, wollte sie besitzen, wie so oft schon. Sie hat sich gewehrt, immer wieder, geschrien und gewehrt …"

„Sie hat sich nicht gewehrt!"

Fuß geriet durch den Aufschrei des Jungen aus seinem Konzept und schaute seinen Kollegen für einen Augenblick erstaunt an. Dann fing er sich schon wieder.

„Sie hat sich nicht gewehrt? Warum nicht?" Der Kommissar ging auf den Stuhl zu, auf dem Horst saß. Der Junge hielt sich rechts und links am Sitz fest und zitterte. „Warum hat sie sich nicht gewehrt?", fragte er leise und eindringlich.

„Weil's der Vadder war und weil ich es ihr geraten hatte." Horst warf seinen Oberkörper vornüber, riss die Hände vor das Gesicht und begann hysterisch zu heulen.

Wagner hob im Hintergrund anerkennend den Daumen. Fuß schloss kurze Zeit die Augen, um sich zu konzentrieren. Der Bann war gebrochen, jetzt galt es, den richtigen Ansatz zu finden, um das Gespräch fortzuführen. Er zog sich einen Stuhl herbei und setzte sich neben den heulenden Jungen. Beruhigend legte er seine Hand auf dessen Rücken und Horst ließ es geschehen. Nur allmählich wurde das Winseln und Schluchzen leiser.

Dann fragte Fuß: „Warum hast du ihr geraten, sich nicht zu wehren?"

Es dauerte noch eine Weile, bis die Antwort kam, leise, fast wie eine Erlösung. „Ich hab's mal gelesen, dass wenn man sich wehrt, dass das die meisten Männer noch mehr aufgeilt. Aber ich konnte ja nicht ahnen, dass das beim Vadder so eine Wut hervorrief. Als ich wieder zu mir kam, hörte ich ihn immer nur keuchen: ‚Wehr dich, du Biest, wehr dich doch.' Aber sie hat mir vertraut, sie hat sich nicht gewehrt. Und dann hat er sie gewürgt. Und ich konnte mich nicht bewegen, mein Rücken, mein Kopf …"

„Wo ist es passiert?"

„In meinem Zimmer, auf dem Boden. Sie hatte sich zu mir geflüchtet. Sie hat meine Hand gehalten, ich lag neben ihr und plötzlich war keine Kraft mehr in der Hand …“ Wieder begann Horst hemmungslos zu heulen und zu wimmern.

Die Hand des Kommissars lag immer noch auf seinem Rücken. Fuß sah vor sich, wie der Vater auf den Jungen einschlug, der sich ihm in den Weg gestellt hatte, unter den Schlägen zu Boden ging und dann ohnmächtig oder besinnungslos geworden war. Seine Schwester stand ängstlich daneben. Dann wurde sie von dem Vater zu Boden gezerrt, neben ihren Bruder. Sie wehrte sich nicht, sie griff nur Hilfe suchend die Hand ihres Bruders, der ihr aber nicht mehr helfen konnte.

„Wieso waren aber die Kleider deiner Schwester zerrissen?“, fragte Wagner aus dem Hintergrund. „Sie muss doch nackt gewesen sein, als dein Vater sie vergewaltigen wollte.“

Wieder dauerte es eine Weile, bis Horst den Kopf aus den Händen nahm und hochhob. Wagner wiederholte seine Frage.

„Die Kleider … die haben der Vadder und Günter zerrissen, als sie Iris angezogen haben. Aber da war sie schon tot.“

„Und was geschah dann?“

„Ich weiß es nicht. Ich weiß es wirklich nicht. Ich war wie gelähmt. Irgendwann haben Günter und der Vadder Iris herausgetragen und den Teppich mitgenommen. Der war voll Blut, von mir, von Iris.“

Der Kommissar nahm die Hand vom Rücken des Jungen und erhob sich vom Stuhl. Behutsam fasste er Horst bei den Schultern und richtete ihn auf. „Ist das öfter vorgekommen, dass dein Vater etwas von deiner Schwester wollte?“

Horst nickte. „Immer, wenn er etwas getrunken hatte. Aber es ist niemals so weit gekommen. Entweder ist Iris zu mir geflüchtet oder ich habe die Ingrid angerufen. Dann hat es der Vadder mit der in Iris' Bett getrieben.“

„Und warum hat er es in Iris' und nicht in seinem Bett mit der Ingrid getrieben?“, warf Wagner ein.

Horst zuckte mit den Schultern. „Der Vadder sagte immer, in das Bett von der Mudder gehört kein anderes Frauenzimmer.“

Fuß packte den Jungen am Kinn und zwang ihn so, den Kommissar anzuschauen. „Und wie war das mit der Brigitte Mallmann?“

Horst zuckte wie elektrisiert zusammen und wurde noch blasser. „Nein! Bestimmt, das war der Vadder nicht. An dem Abend waren wir alle zu Hause und auch die Ingrid war da, die kann es bestätigen. Das war nicht der Vadder!"

Fuß warf Wagner einen kurzen Blick zu, dann schaute er wieder den Jungen an. „Magst du etwas zu trinken?"

Horst nickte dankbar. „Eine Cola", murmelte er.

Der Kommissar blickte auf die Uhr, machte Wagner ein Zeichen und verließ den Raum. Wagner folgte ihm.

„Ich muss nach Hause, die Chefin braucht mich. Du weißt, die Straußwirtschaft und ich hab' schon wieder zehn Stunden auf dem Buckel … Mach das Protokoll fertig, lass zwei Haftbefehle ausstellen. Die Nachtschicht soll hinausfahren und die beiden abholen. Wir knöpfen sie uns dann morgen vor."

„Und was machen wir mit ihm?"

Fuß überlegte kurz. „Wenn wir den alleine nach Hause lassen, macht der Dummheiten. Ruf die Bedienung vom Dorfkrug in Bayberg an, die Ingrid. Sie soll sich etwas um ihn kümmern. Natürlich nicht so wie sonst bei den Männern. Einfach ihm Gesellschaft leisten. Sie ist uns was schuldig, weil sie wegen Sonntagnacht nicht die volle Wahrheit gesagt hat. Die war nämlich nicht joggen, als sie die Lehrerin und den Bäcker erwischt hat, die war auf dem Weg zu Steils!"

„Du glaubst ihm?"

„Der lügt nicht mehr", meinte der Kommissar zuversichtlich. „Der ist froh, dass er alles losgeworden ist."

Die Verhaftung von Willi und Günter Steils hatte sich in dem kleinen Dorf oberhalb von Oberwesel im Lauffeuer herumgesprochen. Viele wollten sogar schon die Hintergründe für die Ermordung der beiden Mädchen kennen. Einige Männer aus Bayberg gingen an diesem Abend erleichtert zu Bett. Sie waren froh, aus der Schusslinie des Verdachts und der Gerüchte gekommen zu sein.

Ingrid Barden hatte erst gezögert, als Wagner sie anrief, schöne Grüße des Kommissars und dessen Wunsch ausrichtete. Andererseits war auch sie froh, dass sich so schnell alles aufgeklärt hatte und sie wieder etwas ruhiger ihrer kleinen Nebenbeschäftigung nachgehen konnte. Dank des Feiertags konnte sie den Dorfkrug früh schließen und sich auf den Weg zu Horst Steils machen.

Als sie ankam, waren Willi Steils und sein ältester Sohn bereits abgeholt. Horst saß regungslos auf einem Holzstapel vor der Scheune und weinte leise vor sich hin.

„Ick kann dir nachfühlen", sagte Ingrid nur.

Sie ließ sich neben dem Jungen nieder und schwieg. Doch nach einiger Zeit wurde es ihr zu kalt. Sie nahm Horst wortlos bei der Hand und zog ihn von dem Holzstapel hinunter. Er folgte ihr wie in Trance. In der Küche hatte man das Licht brennen lassen. Sie schob den völlig verstörten Jungen auf die Sitzbank und warf einen Blick in den Kühlschrank. Sie kannte sich hier nur zu gut aus. Wie oft hatte sie Willi Bier holen müssen, wenn sie bei ihm übernachtet hatte! Aber dass sie dem Sohn von Willi mal ein Abendessen machen würde, das hatte sie sich nicht träumen lassen ...

Trotz Karfreitag war auch an diesem Abend die Straußwirtschaft wieder bis auf den letzten Stuhl besetzt. Und wieder vollzog sich in dem Kommissar beim Betreten seines Hauses die Wandlung vom scharfsinnigen und nüchtern denkenden Kriminalbeamten zum fröhlichen und zu vielen Späßen aufgelegten Moselwinzer.

„Wenn ich den Ausgleich nicht hätte", erklärte er jedem, der ihn wegen der Doppelbelastung bewunderte, „wäre ich an meinem Beruf schon längst kaputtgegangen. Egal wie voll der Laden hier ist, wenn ich komme. Das ist Erholung für mich!"

Dieser Abend versprach wieder ein ausgiebiges Erholungsbad zu werden. Das ständige Kommen und Gehen von Gästen dauerte wieder bis weit nach Mitternacht. Doch gegen elf Uhr zog sich Fuß zurück. Am nächsten Tag würde die Beerdigung der kleinen Brigitte sein und er hatte mit Wagner vereinbart, sich etwas früher im Präsidium zu treffen.

21.

„Mit etwas Glück treffen die Kollegen vom Erkennungsdienst wegen der Beerdigung heute auch den Rest der Männer an, von denen wir noch keine Speichelprobe haben", freute sich der Kommissar, als er am nächsten Morgen mit seinem Kollegen das Auto bestieg. „So hat der traurige Anlass wenigstens auch eine gute Seite."

Auf der A 61 hatte bereits der zweite Schub des Osterreiseverkehrs eingesetzt und beide waren froh, dass sie frühzeitig losgefahren waren. Während der Fahrt quälte sich langsam die Sonne hinter den Wolken hervor.

„Für morgen haben sie Schnee gemeldet", jammerte Wagner, der sich für die beiden Feiertage freigenommen hatte, um mit seiner Verlobten zu seinen Eltern nach Melle zu fahren.

„Das kann mich nicht jucken", meinte Fuß gelassen. „Ich habe auch frei. Meine Alte hat doch Geburtstag, da komme ich sowieso nicht vor die Tür. Außerdem bleibt der Schnee bei uns unten im Moseltal nicht liegen."

Er musste kräftig auf die Bremse treten, weil ein holländischer Wohnmobilfahrer, ohne das Blinklicht zu betätigen, plötzlich die Spur wechselte und sich dicht vor ihn setzte. „Der weiß wohl, dass wir auf dem Weg zum Friedhof sind!", fauchte Fuß.

Die Landstraße zwischen dem Friedhof und Bayberg war beidseitig zugeparkt, was der Kommissar nur mit einem verständnislosen Kopfschütteln kommentierte. Er setzte ein Stück zurück und stellte den Wagen am Rand eines schmalen Feldweges ab.

Die kleine Kapelle konnte nicht einmal die Hälfte der Trauergäste aufnehmen. Nicht nur das ganze Dorf war erschienen, sondern auch viele Leute aus den Nachbargemeinden und fast sämtliche Mitschüler von Brigitte mit ihren Eltern.

Der Kommissar und Wagner trennten sich am Friedhofseingang. Während der Kriminalhauptmeister sich in die Nähe des ausgehobenen Grabes postierte, versuchte Fuß trotz des Gedränges in die Kapelle zu kommen, was ihm schließlich auch gelang. Offenbar hatten einige der Dorfbewohner den Kriminalbeamten erkannt und machten ihm bereitwillig Platz.

Karin Mallmann saß in der vordersten Bank und Ortsbürgermeister Muders neben ihr. Vielleicht war das Gerücht doch nicht so ganz aus der Luft gegriffen, dachte Fuß. Auf der anderen Seite neben Frau Mallmann hatte ihre Nachbarin, Frau Mehrkatz, mit Tochter Kathi Platz genommen. Der Kommissar begann unauffällig die Reihen nach weiteren bekannten Gesichtern abzusuchen. Zu seinem großen Erstaunen entdeckte er sogar Karl-Heinz Persch und Carlos Razzmonta, den er eigentlich mit seinen Eltern in Spanien wähnte. Entweder hatten sie wegen der Beerdigung die Reise verschoben oder sogar ganz abgesagt.

Auf dem weißen Sarg und um ihn herum türmten sich Kränze, Gestecke und Blumenschalen. Fuß versuchte einige Namen auf den Trauerbändern an den Kränzen zu erkennen, gab es aber schließlich auf. Das konnten Wagner und er in Ruhe nach der Beerdigung am Grab machen.

Pünktlich um zehn Uhr betrat Pastor Bergheimer mit einem Messdiener, den er aus Oberwesel mitgebracht hatte, die Kapelle. Zunächst sprach er kurz Brigittes Mutter Trost zu, bevor er mit der Trauerfeier begann. Seiner Stimme und seiner ganzen Körperhaltung merkte man an, wie sehr er selbst ergriffen war.

„Liebe Trauergemeinde. Wir stehen hier, verzweifelt und fassungslos, können nicht begreifen, was geschehen ist und wieso es geschehen ist. Ein junger Mensch wurde aus unserer Mitte gerissen; ein junger Mensch, der uns so viel Freude bereitet hat, Hoffnung gab und uns Liebe schenkte; ein junger Mensch, der sein ganzes Leben noch vor sich hatte. Unser Schmerz kann nur Trost in unserem Glauben finden und der Gewissheit, dass dieser junge Mensch uns allen nur einen Schritt vorausgegangen ist, den Schritt von unserem Leben hier auf dieser Welt in das ewige Leben, das Gott uns verheißen hat, in einer Welt voller Frieden und Glückseligkeit."

Fast schien es, als würde Bergheimer die Stimme versagen. Das Zittern seiner Hände übertrug sich auf das schwarze Gebetbuch, an das er sich klammerte. Seine Augen suchten immer wieder einen Halt oberhalb der Köpfe der Anwesenden, doch sie fanden ihn offenbar nicht. Also wanderten seine Blicke weiter ruhelos durch die Kapelle, bis sie sich schließlich auf das Gebetbuch in seiner Hand senkten.

„Gott der Allmächtige hat Brigitte zu sich gerufen, es war sein Wille und nur er weiß auch, warum. Sie erblickt jetzt das Licht des ewigen Lebens ...“

Der Kommissar entdeckte im hinteren Bereich der Kapelle Norbert Stiehl. Sofort fiel ihm wieder der Knopf ein. Der einzige Widerspruch, der bisher ungelöst geblieben war.

„Wir werden dieses unbeschwerte Lächeln niemals vergessen, ihre strahlenden Augen, die Bitte und Danke sagen konnten, und ihr einfühlsames Wesen, das unsere Herzen so angenehm berührte ...“

Kommissar Fuß betrachtete von der Seite Karin Mallmann, die im Gegensatz zu ihrem Nachbarn Muders erstaunlich gefasst zu sein schien. Dann begann Fuß sich die männlichen Gesichter einzuprägen, denen er bisher noch nicht begegnet war. Bei vielen handelte es sich eindeutig um die Väter von Mitschülern Brigittes, die neben oder hinter ihren Töchtern oder Söhnen standen.

„Der französische Dichter Charles Pèguy hat vor hundert Jahren folgende tröstende Worte über den Tod geschrieben: ‚Der Tod ist nichts, ich bin nur in das Zimmer nebenan gegangen. Ich bin ich, ihr seid ihr. Das, was ich für euch war, bin ich immer noch. Gebt mir den Namen, den ihr mir immer gegeben habt. Sprecht mit mir, wie ihr es immer getan habt. Gebraucht nicht eine andere Redensweise, seid nicht feierlich oder traurig ...‘“

Während Bergheimer sprach, herrschte in der Kapelle absolute Stille. Seine sonst so kräftige Stimme wurde immer weicher und leiser. „Warum soll ich nicht mehr in euren Gedanken sein, nur weil ich nicht mehr in eurem Blickfeld bin? Ich bin nicht weit weg, nur auf der anderen Seite des Wegs.‘“

Wie Recht er hat, dachte Fuß. Hatte man Brigittes Leiche nicht genau gegenüber gefunden? Und nun wurde sie auf der anderen Seite des Wegs begraben ...

Bergheimer schlug plötzlich das Gebetbuch auf und begann vorzulesen. „Wir bitten Dich, o Herr, erhöre unsere Bitten, durch die wir in Demut Dein Erbarmen anrufen. Lass die Seele Deiner Dienerin Brigitte Mallmann, die Du aus dieser Welt ziehen lässt, im Reiche des Friedens und des Lichtes wohnen und verleihe ihr die Gemeinschaft mit Deinen Heiligen und Auserwählten ...“

Bei der Auswahl der Gebete schien Bergheimer keinen glücklichen Tag gehabt zu haben. Die Gebete passten nicht zu der sonst so lebensnahen und aufgeschlossenen Art des Priesters. Er sprach noch zwei kleine Fürbitten und stimmte dann das Vaterunser an.

Vier Männer des Bestattungsunternehmens packten den Sarg und folgten dem Pastor und dem Messdiener, die sich nur schwer einen Weg zum Ausgang der Kapelle bahnen konnten. Karin Mallmann wurde von Ortsbürgermeister Muders und ihrer Nachbarin Mehrkatz gestützt. Da der Friedhof recht klein war, erreichte man die ausgehobene Grabstätte bereits nach wenigen Metern und die meisten der Anwesenden, die vor der Kapelle gewartet und von der Trauerfeier nur wenig mitbekommen hatten, brauchten sich nur umzudrehen, um die Beisetzung verfolgen zu können.

Auch Wagner beobachtete interessiert, wer sich eingefunden hatte und nun um das Grab scharte. Während der Trauerfeier in der Kapelle war ihm ein Mann im grauen Regenmantel aufgefallen. Der Fremde hatte sich zunächst recht lange auf der anderen Straßenseite unter der Eiche aufgehalten und hatte dort, soweit Wagner es erkennen konnte, etwas niedergelegt. Dann hatte er die Straße überquert, war aber im Eingangsbereich des Friedhofs geblieben. Erst jetzt schob er sich unauffällig näher an das Grab heran.

„Gott hat den Menschen so geschaffen, dass er seinem Innern nach nicht stirbt; denn er kann an Gott glauben und auch Gott lieben und auf diese Weise durch Glaube und Liebe mit Gott verbunden werden. Mit Gott verbunden sein heißt aber, in Ewigkeit leben."

Der Pastor gab den Trägern mit einer kleinen Handbewegung das Signal, den Sarg hinabzulassen.

Als sich die Blicke der beiden Kripobeamten zufällig kreuzten, machte Wagner dem Kommissar ein unauffälliges Zeichen zu dem Fremden hin, der in der letzten Reihe der Trauergäste stand. Fuß begriff sofort. Vorsichtig schob er sich rückwärts aus der Menschenmenge, bis er sich, zwischen zwei Gräbern, wieder frei bewegen konnte. Von hier aus war allerdings weder Wagner noch der unbekannte Mann zu sehen. Deshalb ging Fuß langsam zum Ausgang, durch den jeder der Anwesenden den Friedhof verlassen musste.

Etwas gelangweilt schaute er sich um. Plötzlich entdeckte er auf der anderen Straßenseite unter der Eiche etwas, was seine Aufmerksamkeit erregte. Genau an der Stelle, an der die beiden Mädchen gelegen hatten! Er vergewisserte sich kurz, dass die Beisetzung noch andauerte, und überquerte dann schnellen Schrittes die Straße.

Unter der Eiche lag ein kleiner Strauß roter Rosen. Nachdenklich betrachtete der Kommissar die Blumen und blickte sich um, ob er noch etwas anderes Auffälliges finden würde. Abgesehen von einem Rest des rotweißen Sperrbandes mit der Aufschrift „Polizeiabsperr...", der an der Rinde der Eiche hängen geblieben war und im Wind flatterte, konnte er jedoch nichts entdecken. Also ging er zum Friedhof zurück und wartete, bis die Beerdigung zu Ende war.

Wenn er allerdings gehofft hatte, dass sich die Trauergesellschaft schnell auflösen würde, sah er sich getäuscht. Nur dadurch, dass Pastor Bergheimer sich mit seinem Messdiener durch die Menschenmenge zwängte, wurde Fuß klar, dass die Beisetzung zu Ende sein musste. Die Trauergäste bildeten lediglich mehr und weniger große Grüppchen und begannen eifrig zu debattieren. Aus Wortfetzen konnte Fuß entnehmen, dass es hauptsächlich drei Themen gab: die Verhaftung der beiden Steils, die Tatsache, dass bekannt geworden war, dass Brigitte nicht ermordet wurde, und das miserable Wetter, das man zu Ostern erwartete.

Geduldig wartete Fuß am Ausgang. Die Ersten, die an ihm vorbeigingen, waren der Pastor und der Messdiener. Bergheimer sah unausgeschlafen aus und sein Gesicht war aschgrau. Der sonst so frische und dynamisch auftretende Priester wirkte auf Fuß plötzlich wie ein alter, gebrochener Mann. Aber wen wunderte es schon, dachte Fuß, immerhin hatte der Geistliche innerhalb weniger Tage zwei junge Mitglieder seiner Gemeinde verloren. Außerdem – was musste in einem Priester vorgehen, der durch eine Beichte einen Täter kannte, ihm vielleicht sogar täglich begegnete und nicht über sein Wissen sprechen durfte? Nicht einmal mit einem anderen Priester, so wie er, der Kommissar, mit Kollegen über dienstlich vertrauliche Dinge sprechen konnte.

„Wie weit sind Sie mit Ihren Ermittlungen vorwärts gekommen?"

Erschrocken drehte Fuß sich um. Bergheimer war zurückgekommen, nachdem er sein Gewand ins Auto gebracht hatte. Jetzt, aus der Nähe, sah der Pastor noch schlechter aus. Jeder Mediziner hätte den Mann sofort zur Beobachtung in ein Krankenhaus eingewiesen, dachte Fuß.

„Schwierig", antwortete er laut. „Haben Sie den Mann im grauen Regenmantel gesehen, der sich unter die Trauergäste gemischt hat?"

Bergheimer warf einen überraschten Blick zu der Trauergesellschaft hinüber, die immer noch keine Anstalten machte, den Friedhof zu verlassen. „Nein. Was ist mit ihm?"

„Noch nichts“, lächelte Fuß. „Wir wissen noch nicht einmal, wer er ist und warum er hier ist. Aber wenn ich Sie jetzt frage, ob er derjenige ist, der bei Ihnen gebeichtet hat, werden Sie mir keine Antwort geben …“

„Doch!“

Fast hätte Fuß sein Gegenüber umarmt vor Überraschung und Freude. „Na, dann los!“, meinte er neugierig.

„Ich kann Ihnen versichern, wer auch immer dieser Mann ist, er hat bei mir keine Beichte abgelegt.“

Enttäuscht machte Fuß einen Schritt zur Seite und blickte auf den Boden. Hatte er wirklich erwartet, dass der Priester sein Beichtgeheimnis lüften würde? Für einen Moment kam er sich recht lächerlich vor. Er schaute wieder zu dem Pastor auf, der den Blick starr in die Ferne gerichtet hatte.

„Fällt es Ihnen manchmal schwer, mit einem Wissen belastet zu sein und schweigen zu müssen?“, fragte Fuß mit gedämpfter Stimme.

Bergheimer schien mit seinen Gedanken ganz woanders zu sein und die Frage nicht gehört zu haben. Fuß wiederholte sie nach einiger Zeit nochmals, diesmal etwas lauter.

Der Pastor warf dem Kommissar einen kurzen Blick zu. „Ja!“, sagte er knapp, drehte sich um und eilte zu seinem Wagen.

Fast automatisch zogen im Gehirn des Kommissars die Gesichter der Männer vorbei, die er bisher nicht zu den Verdächtigen gezählt hatte, die aber noch nicht durch einen DNA-Vergleich entlastet worden waren.

Endlich löste sich die erste Gruppe der Trauergäste auf. Darunter waren auch Hedwig Liesenthal und Norbert Stiehl. Beide würdigten den Kommissar keines Blickes. Das also war der Dank, dachte Fuß, dass man sich um die Aufklärung von Verbrechen bemühte und dabei natürlich jeden Verdächtigen so behandeln musste, wie es die Schwere des Falls und des Verdachtsmomentes notwendig machte!

Das Auflösen der ersten Gruppe wirkte wie ein Signal. Plötzlich setzte sich die ganze Trauergesellschaft in Bewegung. Unter den Ersten machte Fuß auch den unbekannten Mann aus. Fuß hatte beschlossen, ihn unauffällig beiseite zu nehmen und auf den Grund seiner Anwesenheit anzusprechen. Doch zu seinem Erstaunen blieb der Fremde von sich aus wenige Meter vor dem Ausgang stehen und ließ seinerseits die Trauergäste an sich vorbeiziehen.

„Was machen wir?“, murmelte Wagner, der sich zu dem Kommissar gesellt hatte.

Der Unbekannte stand nur zwei oder drei Meter von ihnen entfernt und blickte unentwegt in Richtung der Grabstätte von Brigitte.

„Abwarten", antwortete Fuß ganz ruhig durch die Zähne. „Raus kann er nicht, ohne an uns vorbeizumüssen. Aber der scheint auf etwas zu warten."

Langsam wurde der Blick zu dem offenen Grab frei. Karin Mallmann stand immer noch fast unbeweglich davor, rechts und links neben ihr Frau Mehrkatz und Herr Muders, offenbar jederzeit bereit, die trauernde Mutter aufzufangen, falls sie zusammenbrechen würde.

Eine Wolke von Benzin- und Dieselabgasen der abfahrenden Fahrzeuge begann sich über dem Friedhof zu verbreiten. Wagner stieß Fuß mit dem Ellenbogen an, als Brigittes Mutter sich langsam vom Grab abwandte und sich, gestützt von Frau Mehrkatz und dem Ortsbürgermeister, mit gesenktem Blick auf den Heimweg machte.

Im Näherkommen hob sie langsam den Kopf. Als sie den Mann im grauen Regenmantel erblickte, zuckte sie deutlich zusammen. Dann löste sie sich aus den Armen ihrer Begleiter und stürzte sich auf ihn. Schon wollte Wagner loseilen, um eventuelle Handgreiflichkeiten zu verhindern. Doch zu seinem Erstaunen fing der Fremde Frau Mallmann mit offenen Armen auf und sie umklammerte ihn laut aufheulend. Tröstend strich er ihr über die Haare.

Frau Mehrkatz und Herr Muders standen ebenso ratlos da wie die beiden Kriminalbeamten. Fuß reagierte als Erster. Langsam ging er auf die beiden zu, die sich, einander tröstend, noch immer umarmt hielten. Als der Mann den Kommissar neben sich erblickte, löste er sich langsam von Karin Mallmann.

Sie wischte sich die Tränen aus den Augen. „Ich glaube, ich bin Ihnen eine Erklärung schuldig", sagte sie leise. „Aber bitte nicht hier. Kommen Sie in zehn Minuten zu mir nach Hause."

„Lassen Sie sich Zeit, aber wir werden Sie begleiten", antwortete Fuß mit entschlossener Stimme.

Frau Mallmann schaute den Mann vor sich an. Der nickte kaum merklich. Dann hängte sie sich bei ihm ein und beide gingen auf den Ausgang des Friedhofes zu.

„Ist das Herr Mallmann?", fragte Wagner, als Frau Mehrkatz an ihm vorbeikam.

„Nein, ich habe den Mann noch nie gesehen", war die Antwort und man konnte an ihrer Stimme erkennen, wie überrascht sie immer noch war.

Frau Mallmann und der Unbekannte stiegen in ein Auto mit Trierer Zulassung. Fuß und Wagner fuhren in geringem Abstand hinter dem Fahrzeug her. Tatsächlich ging es auf direktem Weg zur Neubausiedlung. Dort angekommen stiegen beide aus und die Beamten folgten ihnen ins Haus.

22.

„Bitte nehmen Sie Platz“, bat Frau Mallmann leise, aber recht gefasst und selbstsicher. „Darf ich Ihnen etwas zu trinken anbieten?“

Fuß und Wagner schüttelten fast gleichzeitig den Kopf. Der Mann warf seinen Mantel über einen Sessel und blickte sich interessiert im Wohnzimmer um.

„So wie Sie sich in dem Zimmer umschauen, sind Sie das erste Mal hier“, stellte Fuß fest.

Über das Gesicht des Mannes huschte ein kurzes Lächeln. Dann wurde er sofort wieder ernst. „Mein Name ist Thomas Klinkhammer. Karin hat mir gesagt, dass Sie von der Polizei sind.“ Er zog seine Briefmappe aus der Jackentasche und reichte Fuß, der ihm am nächsten saß, unaufgefordert seinen Personalausweis.

Fuß studierte ihn eingehend und reichte ihn dann an Wagner weiter, der sofort begann, Name, Adresse und Ausweisnummer zu notieren.

„Wie haben wir das zu verstehen und einzuordnen, was wir soeben erleben durften?“, begann Fuß das Gespräch.

Frau Mallmann, die auf der Lehne von Thomas Klinkhammers Sessel Platz genommen hatte, kam ihm mit der Antwort zuvor. „Ich glaube“, sagte sie mit fester Stimme, „es hat keinen Zweck, lange um den heißen Brei herumzureden. Außerdem spielt es jetzt alles auch keine Rolle mehr. – Thomas ist der Vater von Brigitte.“

Mit dieser Enthüllung hatte weder Fuß noch Wagner gerechnet. Beide schauten sich kurz schweigend an und jeder versuchte sofort, die neue Information in das Gesamtbild des zu ermittelnden Falls einzuordnen.

„Können Sie uns das bitte etwas erläutern?“, meinte der Kommissar und gab den Ausweis, den Wagner ihm wieder hinhielt, an Klinkhammer zurück.

Die Antwort kam erneut von Frau Mallmann. „Thomas und ich haben in Trier studiert. Sagen wir, es war eine Studentenliebe. Wir trennten uns nach dem Studium in aller Freundschaft. Ich machte damals nach bestandenem Assessorexamen Urlaub auf Gran Canaria. Dort lernte ich Wolfgang kennen, meinen Mann. Nach vier Wochen haben wir bereits geheiratet. Zwei Tage nach unserer Hochzeit erfuhr ich, dass ich schwanger war, bereits im dritten Monat. Mein Mann konnte also auf keinen Fall der Vater sein. Ich habe geschwiegen, beiden gegenüber. Denn zu Thomas hatte ich keinen Kontakt mehr, das war so vereinbart worden und meinem Mann konnte ich es einfach nicht sagen. Brigitte wurde also in den Augen meines Mannes und für alle anderen eine Frühgeburt. In Wirklichkeit trug ich sie sogar zehn Tage über die errechnete Zeit."

Sie unterbrach sich und nahm eine Zigarette aus der Schachtel, Klinkhammer gab ihr Feuer. Sie blies den Rauch zur Seite, bevor sie fortfuhr: „Ich habe Thomas am Tag nach Brigittes Tod ausfindig gemacht. Er wohnte immer noch dort in Trier, wo wir früher gemeinsam gewohnt haben. Ich wollte, dass er wenigstens an Brigittes Beerdigung teilnimmt. Vielleicht eine verrückte Idee, ich weiß. Aber ich musste auch mit jemandem darüber reden. Brigitte war immerhin, auch ohne dass er es wusste, ein Teil von ihm. Vielleicht wollte ich auch der Toten gegenüber mit dieser Geste mein Gewissen entlasten. Ich weiß es nicht."

„Sie haben wirklich bis am Montag nicht gewusst, dass Sie eine Tochter haben?", fragte Fuß ungläubig.

Thomas Klinkhammer schüttelte den Kopf. „Nein, es war eine Überraschung, eine schöne und traurige Überraschung."

„Ist das nicht recht unwahrscheinlich? Sie hatten doch sicherlich gemeinsame Bekannte von früher und so etwas spricht sich doch herum?"

„Natürlich habe ich erfahren, dass Brigitte unmittelbar nach unserer Trennung geheiratet hat. Ich wusste auch, dass sie eine Tochter bekam. Aber dass ich der Vater war, wusste ich nicht. Wer rechnet in einer solchen Situation damit?"

„Wussten Sie, dass Wolfgang Mallmann seine Frau verlassen hatte?", forschte Fuß weiter.

„Auch das habe ich durch Freunde erfahren. Aber, wie Karin schon sagte, wir hatten damals miteinander verabredet, uns nicht mehr bei dem anderen zu melden. Vor allem Karin wollte es so."

Fuß wandte sich an Frau Mallmann, die inzwischen aufgestanden war, um sich einen Aschenbecher zu holen. „Und Sie sind sicher, dass Ihr Mann nicht wusste, dass Brigitte nicht seine Tochter war? Ich meine, das wäre doch ein Grund gewesen, Sie und Brigitte zu verlassen ...“

Karin Mallmann zögerte einen Moment, dann antwortete sie mit Bestimmtheit: „Nein, ich bin absolut sicher, dass er nichts ahnte. Denn außer mir wusste es keiner. Nicht einmal meine Eltern.“

„Und wie werden Sie Herrn Klinkhammer jetzt zum Beispiel Frau Mehrkatz gegenüber vorstellen?“, mischte sich Wagner in das Gespräch.

Wieder zögerte Frau Mallmann. Doch dann kam ihre Antwort ebenso überzeugend klar. „Ich werde erzählen, Thomas ist ein Vetter von mir. Das erklärt auch seine Teilnahme an der Beerdigung und dass er für ein paar Tage hier bleibt.“

Fuß saß vornübergebeugt und biss sich auf die Unterlippe, während er nachdachte. „Und Brigitte? Sie haben erzählt, dass Sie zu Ihrer Tochter fast ein Verhältnis hatten wie mit einer Freundin. Haben Sie nie mit ihr darüber gesprochen?“

„Warum sollte ich? Keiner wusste etwas und jeder war zufrieden und glücklich. Wolfgang war ihr außerdem ein guter Vater, es gab also keinen Anlass.“

„Auch nicht, als Ihr Mann Sie beide verließ?“

„Nein, das hätte die Sache nur noch komplizierter gemacht.“

Fuß wandte sich wieder Thomas Klinkhammer zu. „Sind Sie auch verheiratet und haben Kinder?“

„Weder noch!“, antwortete Klinkhammer und so, wie er die beiden Worte aussprach, klang es nicht, als bedauerte er diesen Umstand.

„Haben Sie etwas dagegen, wenn wir Ihnen trotzdem eine Speichelprobe abnehmen? Es ist wirklich reine Routine.“

Klinkhammer schaute den Kommissar an. Er wurde blass und seine Augen bekamen etwas Unstetes. „Wozu sollte das gut sein?“, fragte er aufgebracht. „Sie glauben doch nicht, dass ich Sie belüge? Ich erfuhr doch von Brigittes Existenz erst nach ihrem Tod, das hat Ihnen Karin doch gerade eben bestätigt.“

„Stopp!“ Fuß hob den Zeigefinger. „Sie haben eben gesagt, Sie hätten über Freunde erfahren, dass Frau Mallmann ein Kind erwartete.“

Der Mann aus Trier sprang auf und blickte Frau Mallmann nervös an. „Sag Ihnen doch, dass ich erst am Montag erfahren habe, dass Brigitte meine Tochter ist.“

„Thomas, was hast du denn gegen eine harmlose Speichelprobe?“, fragte Karin Mallmann verwundert.

„Das ist meine Sache!", antwortete er trotzig. „Ich lehne diese Speichelprobe ab."

Nun stand auch der Kommissar auf. Er nahm eine fast bedrohliche Haltung vor Klinkhammer ein. „Ihr Widerspruch und Ihre Reaktion lassen einen berechtigten Anfangsverdacht zu, der mich veranlassen könnte, Sie mit aufs Präsidium nach Koblenz zu nehmen. Wenn Sie uns etwas zu sagen haben, dann sollten Sie jetzt die Gelegenheit nutzen."

„Ich habe Ihnen nichts zu sagen!" Die Stimme von Klinkhammer überschlug sich fast vor Erregung. „Aber Sie sollten mir sagen, was Sie veranlasst, mich zu verdächtigen, Brigitte umgebracht zu haben."

Fuß winkte ab. „Irrtum. Ich habe Sie nur um eine routinemäßige Speichelprobe gebeten, Ihr Verhalten stellt den Anfangsverdacht dar. Außerdem wurde Brigitte nicht umgebracht!"

Klinkhammer hielt den Atem an. „Nicht umgebracht?" Er schaute Karin Mallmann an und meinte stotternd: „Aber ... du hast mir ... Brigitte sei ermordet ... und jetzt?"

„Am Montag ging ich auch noch davon aus, dass Brigitte ermordet wurde. Dass es ein Herzversagen war, weiß ich erst seit gestern oder Donnerstag. Und heute hatte ich noch keine Gelegenheit mit dir darüber zu sprechen."

Klinkhammer ging in dem kleinen Wohnzimmer auf und ab. „Also, jetzt einmal langsam. Brigitte wurde nicht ermordet, was heißt Herzversagen und warum dann die Kriminalpolizei?"

„Wir wurden eingeschaltet, weil man zunächst von einem Mord ausging. Das mit dem Herzfehler und dem daraus resultierenden Tod Ihrer Tochter hat erst die Obduktion ergeben. Da aber der Tod während eines ... Liebesspiels mit einem Mann stattfand und dieser die Leiche zum Friedhof gebracht haben muss, blieb es ein Fall für die Kripo."

„Was soll diese merkwürdige Formulierung Liebesspiel mit einem Mann?" Klinkhammer blieb mitten im Raum stehen und schaute zwischen Fuß und Frau Mallmann hin und her.

„Es ist zwischen einem Mann und Ihrer Tochter zum Oralverkehr gekommen. Ich weiß nicht, ob man diese Variante als den klassischen Geschlechtsverkehr bezeichnen kann."

„Juristisch gesehen ist Fellatio auch Geschlechtsverkehr", belehrte ihn Klinkhammer. „Aber mit wem ...?"

Fuß hob den Zeigefinger und deutete auf Klinkhammer. „Sehen Sie, genau vor der Frage stehen wir und Sie verweigern uns eine Speichelprobe."

„Das werde ich auch weiterhin tun!“, sagte der Angesprochene knapp.

Frau Mallmann klammerte sich an den Arm ihres ehemaligen Freundes. Tränen liefen ihr über das Gesicht. „Bitte, Thomas, hast du etwas mit Brigittes Tod zu tun? Sag es mir, bitte!“

Klinkhammer riss sich los und brüllte: „Seid ihr alle verrückt geworden? Vielleicht willst du mir jetzt auch nur plötzlich das Kind unterschieben, damit du nicht mit einem Mörder verheiratet bist. Wer sagt mir denn, ob er nicht am Tod von Brigitte schuld ist?“

Frau Mallmann schüttelte fassungslos den Kopf und ließ sich in den Sessel fallen. „Nein, bitte nicht! Ich halte das nicht mehr aus!“, schluchzte sie.

„Herr Klinkhammer, ich muss Sie leider mit aufs Präsidium nach Koblenz nehmen. Ihr Weigern rechtfertigt eine vorläufige Festnahme. Bitte leisten Sie keinen Widerstand, sonst müsste ich Ihnen Handschellen anlegen, und das wäre sicherlich für Frau Mallmann eine zusätzliche Belastung, wenn wir Sie vor allen Nachbarn abführen müssten.“

Klinkhammer riss den Mund auf, als wollte er etwas hinausschreien, ließ es dann aber sein. Fuß machte Wagner ein Zeichen. Der packte daraufhin Klinkhammer am Arm, drückte ihm den Mantel in die Hand und verließ mit ihm das Wohnzimmer.

Der Kommissar setzte sich wieder neben Frau Mallmann und schaute sie nachdenklich an. Irgendwie wurde er das Gefühl nicht los, dass die soeben erlebte Szene für seine Untersuchungen von großer Bedeutung war. Einer Bedeutung, die er im Moment noch nicht erkennen konnte … Das Hirn des nach außen so gemütlich und zugänglich wirkenden Kriminalbeamten arbeitete mit routinierter Präzision, bei der Sympathien und Antipathien nichts zu suchen hatten.

„Erzählen Sie mir etwas mehr über Ihre Tochter“, sagte er plötzlich so leise, dass Frau Mallmann ihn fast gebeten hätte, seine Bitte noch einmal zu wiederholen.

Sie drückte ihre Zigarette aus und lehnte sich dann in dem Sessel zurück. „Als ich damals schwanger war, brach für mich zunächst eine Welt zusammen. Von Thomas, dem Vater, hatte ich mich getrennt, weil seine Gefühle für mich mit dem Ende des Studiums schlagartig verflogen waren. Aber ich hing noch sehr an ihm. Deshalb verabredeten wir, uns nie mehr zu sehen oder voneinander zu hören, um nicht immer wieder Wunden in mir aufbrechen zu lassen. Wolfgang war für mich zunächst eine reine Urlaubsbekanntschaft. Sie hielt nur deshalb über den Urlaub hinaus, weil er nicht weit von Trier weg, eben hier oben im Hunsrück, wohnte. Und da die Fahrt von Trier nach Bayberg schon damals sehr umständlich war und ich es auch gut fand, aus dem Dunstkreis von Thomas und seinen Freunden fliehen zu können, zog ich Hals über Kopf zu ihm. Wolfgang hat mir damals erzählt, er habe immer Probleme mit Frauen gehabt. Mit mir schien das anders zu sein. Deshalb drängte er überglücklich, sofort zu heiraten."

Frau Mallmann beugte sich vor, zündete sich eine neue Zigarette an und fuhr fort: „Also ließ ich mich auf die Heirat ein, denn es gab nur zwei Möglichkeiten: Entweder ich wollte in meinem studierten Beruf arbeiten, was hier damals sicherlich nicht einfach gewesen wäre, oder ich würde heiraten und das Dasein einer Hausfrau führen. Nachdem Wolfgang so drängte, entschied ich mich halbherzig für die Hausfrauenlösung, was sich, wie Sie sich denken können, schlagartig änderte, als ich erfuhr, dass ich schwanger war. Ich habe lange überlegt, ob ich zu Thomas fahren und ihm mitteilen sollte, dass ich ein Kind von ihm erwartete. Ich ließ es dann bleiben, weil es mir viel einfacher schien, so zu tun, als sei das kleine Lebewesen in meinem Bauch das natürliche Produkt meiner jungen Ehe. Mit einer vermeintlichen Frühgeburt war das alles zu regeln."

Sie machte eine Pause und zog die Stirn in Falten. „Keiner hat etwas gemerkt oder gesagt. Brigitte entwickelte sich prächtig und auch meine Ehe mit Wolfgang verlief reibungslos. Zumindest hatte ich den Eindruck. Nachdem Brigitte aus dem Gröbsten heraus war, habe ich dann doch begonnen, halbwegs in meinem Beruf zu arbeiten ..."

„Was haben Sie eigentlich studiert?"

„Jura!"

„Und was heißt: halbwegs?"

„Nun, ich konnte nicht von zu Hause weg, also bearbeitete ich hier am Computer Schriftsätze für einen niedergelassenen Anwalt in St. Goar. Wolfgang und ich verdienten zusammen recht gut, bauten uns dieses Haus ... und dann war er plötzlich weg."

„Gibt es denn keinen Hinweis, was der Grund gewesen sein könnte?"

Karin Mallmann schloss die Augen und zog an ihrer Zigarette. „Wie oft habe ich mir darüber schon den Kopf zerbrochen ..."

„Sie haben auch mit Brigitte darüber gesprochen?"

Die Frau nickte. „Wie gesagt, wir haben über alles gesprochen."

„Auch über Pubertät und Sexualität?", fragte Fuß. Der nachgewiesene Oralverkehr, der unmittelbar vor Brigittes Tod stattgefunden hatte, schien ihm für eine Vierzehnjährige immer noch ungewöhnlich ... Er blickte sein Gegenüber forschend an. „Sie wissen, unter welchen Umständen Brigitte ihren Herzanfall hatte!?“

Wieder wurde er durch eine unerwartete Reaktion überrascht. Frau Mallmann sprang auf. „Fellatio! Ja!“, stieß sie wütend aus.

„Was hat es damit auf sich?“ Fuß verfolgte die Frau mit seinen Blicken, während sie um ihren Sessel herumging.

Ruckartig blieb Karin Mallmann stehen. „Ich hasse es, habe es immer gehasst, aber ...“

„Aber?“

„Wolfgang wollte es, zwang mich dazu!“

Nun war es raus! Sie ging wieder zu ihrem Sessel zurück, setzte sich und begann, vor sich hin zu starren. Fuß strich sich langsam über seinen kurz geschorenen Bart und dann mit beiden Händen über die Haare.

„Und auch darüber haben Sie mit Ihrer Tochter gesprochen?“

Frau Mallmann nickte ohne aufzublicken. „Sie hat Wolfgang und mich einmal dabei überrascht. Wir haben sie nicht bemerkt und sie hat zugeschaut und mitbekommen, wie ich mich gewehrt habe.“

„Sie haben ihr später gesagt, was ihr Vater von Ihnen verlangte und was Sie dabei empfanden?“

Wieder nickte Karin Mallmann nur.

„Ich zähle einmal zwei und zwei zusammen. Ihr Mann verlangte Oralverkehr, den Sie ablehnten. Und jedes Mal, wenn Sie zärtlich miteinander waren, bekamen Sie Angst, er würde ihn wieder von Ihnen verlangen. Deshalb suchten Sie nach Ausreden, immer neuen Ausreden. So stelle ich es mir vor“, meinte Fuß fast monoton. „Sie verweigern sich ihm immer häufiger, bis es endlich ganz aus ist. Ich meine, alles. Und Ihr Mann verlässt Sie. Verlässt Sie deswegen. Könnte es so gewesen sein?“

Frau Mallmann nickte langsam. „Das hat mir Brigitte auch zum Vorwurf gemacht!“, sagte sie leise.

„Und mit diesem Mittel wollte Brigitte Ihren Vater wieder zurückholen!“, platzte Fuß laut heraus und schlug mit der flachen Hand auf den Tisch.

Auf der Rückfahrt saß der Kommissar schweigend neben Thomas Klinkhammer. Er versuchte ein Puzzleteil in das andere zu stecken.

Viele Fragen um die merkwürdigen Umstände von Brigittes Tod schienen plötzlich beantwortet. Das Kind hatte ganz genau gewusst, was es tat und warum es das tat. Aber es gab auch neue Fragen. Warum lehnte dieser Mann neben ihm die Speichelprobe ab? Und wie hingen diese beiden Fakten eventuell zusammen?

Von der Seite betrachtete er Klinkhammer, der regungslos und abwesend neben ihm saß. Über den Rückspiegel nahm er Blickkontakt mit Wagner auf. Der Kriminalhauptmeister zog nur die Schultern hoch. Er hatte auch keine Idee, was diesen Mann bewegen könnte, die Speichelprobe zu verweigern.

Im Präsidium erwartete die beiden Beamten eine weitere Überraschung. Nachdem sie Klinkhammer erst einmal bis zur weiteren Vernehmung untergebracht hatten und bestätigt sahen, dass gegen Vater und Sohn Steils Haftbefehle erlassen worden waren, fanden sie in Fuß' Büro ein Fax der Hamburger Kollegen vor. Dort hatte man Wolfgang Mallmann auf Grund der Fahndung festgenommen.

„Dann werden wir wahrscheinlich bald etwas mehr Licht in die Sache bekommen", freute sich der Kommissar. „Veranlass gleich, dass die Kollegen in Hamburg eine Speichelprobe von Mallmann abnehmen und eine DNA machen lassen. Außerdem soll man dir seine Adresse geben, damit Frau Mallmann den Unterhalt von dem Kerl kassieren oder ihn verklagen kann."

Als Fuß endlich alleine in seinem Büro saß, um seinen Papierkram zu erledigen, wurde plötzlich ohne Vorwarnung die Tür aufgerissen. Hauptkommissar Pistano steckte den Kopf herein.

„Fuß, der Mann, den ihr mitgebracht habt, will mit dir sprechen. Vielleicht hast du ja irgendwann Zeit dafür, damit wir in dem Fall auch endlich mal endlich weiterkommen."

Fuß zog eine Grimasse. „Arschloch!", zischte er und erhob sich mit einem tiefen Seufzer. „Ich komme."

Thomas Klinkhammer hatte es sich offenbar anders überlegt. Das Gespräch zwischen ihm und dem Kommissar dauerte kaum zwei Minuten und endete mit Klinkhammers Einverständnis zur Speichelprobe. Offensichtlich hatte der Jurist eingesehen, dass unten den gegebenen Umständen jeder Richter sofort eine solche Anordnung unterschreiben würde. Nachdem die Formalitäten erledigt und der Erkennungsdienst die Probe genommen hatte, ließ Fuß den Mann nach Bayberg zurückbringen, nicht ohne die Bemerkung loszuwerden, dass so mal wieder Zeit und Steuergelder verschleudert worden seien.

Der Abend in der Straußwirtschaft verlief turbulent wie immer. Während Maryla, die hübsche blonde Polin, und Katharina, die lebenslustige Griechin, in der Küche rotierten, servierte Erika unentwegt die Speisen und Fuß die Getränke in den überfüllten Weinstuben. Selbst in dem überdachten Hof, in dem es der Jahreszeit entsprechend immer noch recht kühl war, hatten sich einige Gäste in ihren Mänteln niedergelassen. Ein Großteil war gekommen, um mit der quirligen Winzerin in ihren Geburtstag hineinzufeiern. Immer wieder musste sie erzählen, wie sie es geschafft hatte, allein und aus eigenem Antrieb die rund fünfundzwanzig Kilometer bis nach Koblenz zum Deutschen Eck zu bewältigen. Vor lauter Erzähleifer hatte sie nicht nur ganz rote Wangen bekommen, sondern auch einige Schöppchen in den trockenen Hals gegossen, was ihre Stimmung und den Erzählfluss noch steigerte.

Um Mitternacht war es dann so weit. Die Stimmung erreichte ihren Höhepunkt. Alle Gäste ließen das Geburtstagskind hochleben und stießen auf ihr Wohl an.

Kommissar Fuß war hundemüde, als er weit nach Mitternacht die letzten Gläser einsammelte und in den Korb der Spülmaschine stellte. Ein Glück, dass auch er sich die beiden Ostertage freigenommen hatte. Viel konnte sich im Fall Brigitte Mallmann sowieso nicht ereignen. Und wenn, würde man ihn schon anrufen.

23.

Am nächsten Tag um acht Uhr saß Fuß bereits mit seiner Frau, Maryla und Katharina am Frühstückstisch. Erika umgab der frische Duft des Boss-Parfums, das Fuß ihr pünktlich um Mitternacht überreicht hatte.

In der Nacht hatte es geschneit, für Ostern eigentlich eine Seltenheit im Moseltal, zumal das Fest in diesem Jahr recht spät lag. Trotzdem trafen zwei Stunden später schon die ersten Gäste und weitere Gratulanten in der Straußwirtschaft ein. Während seine Frau mit den beiden anderen in der Küche Essen vorbereitete, bewirtete der Kommissar die Gäste und unterhielt sie auf seine humorvolle und schlagfertige Art. Er hatte sich fest vorgenommen, an den Ostertagen einmal nicht an seine kriminalistische Arbeit zu denken, obwohl es ihm schwer fiel. Mal war es ein Wort, eine Geste, die Bemerkung eines Gastes oder ein Gesicht, die ihn an den Fall erinnerten, den er gerade bearbeitete. Plötzlich waren sie da, die Assoziationen, er konnte nicht vor ihnen flüchten.

Gegen Abend schien die Straußwirtschaft zu bersten. Es gelang dem Kommissar und seiner Frau kaum noch, die Gäste zu bedienen. Ein paar Freunde reichten hilfsbereit Teller, Flaschen und Gläser über die Köpfe der Gäste hinweg weiter. Die Wirtschaft glich einer Sardinendose, der allerdings das Öl fehlte. Als gegen halb acht Stammgäste eintrafen, die gleichzeitig zum engeren Freundeskreis des Winzerehepaares gehörten, wurden sie gleich vom Kommissar in das private Wohnzimmer in der ersten Etage umgeleitet, wo man dann im kleinen Kreis feierte, wenn auch bei nur kurzzeitiger Anwesenheit des Geburtstagskindes und des Kommissars.

Erika hatte die Fotos ihres Gewaltmarsches entwickeln lassen und reichte sie mit ausführlichen Kommentaren mal an diesen, mal an jenen Tisch. Erst nach Mitternacht gelang es, einen gewissen Überblick zu bekommen, und die Unermüdlichen versammelten sich bis tief in die Nacht zu einem immer wiederkehrenden „letzten" Schoppen.

Aufgedreht lag Fuß endlich im Bett und dachte über eine Sache nach, die ihm im abendlichen Trubel plötzlich aufgefallen war und sofort wieder an den Fall Brigitte erinnert hatte. Renate, eine Freundin der Familie und Helferin bei Engpässen in der Straußwirtschaft, hatte sich irgendwann zwischen den Gästen zu ihm durchgezwängt. „Hat Otto gefunden!“, hatte sie ihm zugebrüllt und ihm einen ausgefallenen und sicherlich nicht billigen Knopf in die Hand gedrückt. Sofort war ihm der Knopf von dem alten Stiehl eingefallen, der zwar zu dessen Jacke gehörte, aber nicht seine Fingerabdrücke oder die seiner Schwester aufwies. Wie viele Finger hatten den von Otto gefundenen Knopf berührt, bevor er bei dem Kommissar landete? Da waren zumindest schon einmal die Fingerabdrücke von Otto, Renate und ihm. Vielleicht hatte auch Ottos Frau den aparten Knopf betrachtet und in dem Gedränge noch ein oder zwei weiteren Gästen gezeigt, die ihn dann in die Hand genommen hatten. Und all diese Fingerabdrücke hatten mit dem Besitzer nichts zu tun ...

Fuß begann im Bett zu grübeln, auf welchen Wegen wohl fremde Fingerabdrücke auf den Knopf von Stiehl gekommen sein mochten. Durch wie viele Hände mochte dieser Knopf gegangen sein, bis der von den Kollegen der Spurensicherung gefundene Fingerabdruck darauf als letzter zu erkennen war? War der Knopf beim An- oder Ausziehen des Jacketts aus der Tasche gefallen, hatte ihn jemand gefunden, aufgehoben, weitergegeben ...? Wer wusste es? War möglicherweise Wolfgang Mallmann, Thomas Klinkhammer oder ein anderer an den Knopf gekommen? Wenn ja, wie?

Mit dem Nachdenken kam Gott sei Dank auch langsam die Müdigkeit und während es draußen schon heller zu werden begann, schlief Kommissar Fuß endlich ein.

„Aufstehen!“

Fuß drehte sich noch einmal im Bett um, ohne die Augen zu öffnen.

„Aufstehen!“

Beim zweiten Mal war Erikas Stimme etwas ungehalten. Immerhin hatte sie bereits mit Schrecken festgestellt, dass sie verschlafen hatten. Katharina war schon am Aufräumen und Putzen und ein Blick auf die Uhr sagte, dass an diesem Ostermontag sicherlich auch schon recht bald Gäste anklopfen würden.

„Heut’ Abend gehe ich aber früher ins Bett“, murmelte Fuß.

Er erhob sich aus den Federn, rieb den Schlaf aus den Augen und warf einen Blick aus dem Fenster. Wenigstens hatte es nicht mehr geschneit.

Der Ostermontag verlief fast wie der Sonntag. Nur kamen Gott sei Dank nicht mehr ganz so viele Gäste wie am Vortag. Doch ab Nachmittag waren wieder alle Plätze der Straußwirtschaft besetzt.

Fuß war gerade dabei, die Kühlschränke unter der kleinen Theke wieder aufzufüllen, als ein bekanntes Gesicht den Kopf in die Tür zum oberen Schankraum steckte.

„Scheiße!“, lachte Fuß und winkte Wagner zu sich. Wagner hatte seine Verlobte mitgebracht, eine etwas mollige Frau mit kastanienbraunen Haaren. „Ich denk', du bist in diesem Kaff, das im Norden ...“

„In Melle!“, grinste Walter Wagner. „Da kommen wir gerade her. Und weil bei den Schwiegereltern in der Gaststätte kein Platz mehr war, haben wir gedacht ...“

„... ihr könnt auch bei mir stehen“, ergänzte Fuß lachend. „Es wird aber gleich sicherlich irgendwo frei. Was trinkt ihr?“

Er empfahl Wagner, der wegen der Säure des Rieslings leicht Magenprobleme bekam, seinen trockenen Kerner und schenkte Beate, die sich einen Rotwein wünschte, einen 99er Dornfelder ein.

„Und wo ist nun deine Frau?“, erkundigte sich Wagner.

„Die Chefin ist in der Küche, schau ruhig rein. Ich muss gerade kassieren.“

Wagner und seine Verlobte schauten ihn fragend an, so dass Fuß schnell hinzufügte: „Bei uns kann jeder in die Küche schauen, der sich anständig benimmt. Wir haben nichts zu verbergen.“ Wieder lachte er herzhaft und stieß die Tür zur Küche auf. „Alte, das ist unser Neuer im Dienst, der Walter, und seine Verlobte, Beate.“

Und schon hatte Erika ein neues Opfer gefunden, dem sie nicht nur begeistert von ihrem Marsch nach Koblenz erzählen konnte, sondern auch gleich die neuesten Witze, die sie über Ostern bei den Gästen gesammelt hatte. Mitten hinein platzte wieder ihr Mann, denn gerade waren zwei Plätze frei geworden.

„Setzt euch hier zu Ekki, Emmy, Elvira und Willy. Aber passt auf, das sind alles furchtbar nette Leut'. Nicht, dass ihr euch ansteckt.“

Fuß lachte laut und verschwand in der unteren Weinstube. Damit war Wagner mit seiner Verlobten in den Kreis der Stammgäste aufgenommen.

„Sie sind ein Kollege vom Quell?“, fragte Ekki Priebe, der Galerist aus Alken mit der unverwechselbaren Caesarenfrisur.

„Quell?“ Wagner schaute sich verwirrt im Kreis der neuen Gesichter um. „Wer ist Quell? Meinen Sie den Fuß?“

Ekki grinste, während er sein Glas erhob und den anderen zuzwinkerte. „Ob Fuß oder Quell, alle meinen doch nur den Wilfried und Hauptsache, sein Wein schmeckt!“

Auch mit dem Nachbartisch, an dem eine Barbara und ein Jupp, eine Thea und ein Harry und schließlich auch noch ein Udo saßen, den merkwürdigerweise einige Häns nannten, kamen Wagner und seine Verlobte schnell ins Gespräch. Alle waren gut aufgelegt und der Kriminalhauptmeister konnte sich lebhaft vorstellen, dass man sich hier von dem tristen und grauen Alltag und dem strapaziösen Beruf des Kriminalers lösen und die Seele baumeln lassen konnte.

Nachdem mehrere Tische frei geworden waren und etwas Ruhe herrschte, zogen sich der Kommissar und der Hauptmeister in eine Nische zurück. Sehr schnell stellte sich heraus, dass auch Wagner über die Ostertage immer wieder über den Fall Brigitte Mallmann nachgedacht hatte.

„Ich bin gespannt, was die DNA bringen. Ich hoffe, dass die Ergebnisse morgen vorliegen. Was den Klinkhammer betrifft, so gibt es schon ein mögliches Motiv.“

Fuß schaute seinen Kollegen erwartungsvoll an.

„Du hast erzählt, die Trennung damals in Trier sei mehr oder weniger von ihr ausgegangen. Vielleicht wollte er jetzt doch wieder mit der Mallmann Kontakt aufnehmen, nachdem er erfuhr, dass sich ihr Mann abgesetzt hatte. Und nachdem sie sich damals von ihm getrennt hatte, dachte er, der beste Weg der Kontaktaufnahme sei über die Tochter. Alle im Dorf haben berichtet, wie oft das Kind mal da und mal dort war. Sicherlich also auch mal bei Ingrid im Dorfkrug oder dem Theis in der Alten Mühle. Dort könnten sie sich kennen gelernt haben. Oder per Zufall. Klinkhammer fragt in der Bäckerei, wo die Mallmann wohnt, und bekommt gesagt: ‚Da drüben geht gerade die Tochter.‘“

Es entstand eine Pause, in der jeder einen Schluck Wein zu sich nahm.

„Wann wird eigentlich die Iris Steils beerdigt?“, fragte Wagner und stellte sein Glas ab.

„Wahrscheinlich Mittwoch. Vor der Beerdigung graut es mir jetzt schon. Der Vater, der Mörder, sitzt. Der ältere Sohn sitzt wegen Beihilfe und der jüngere Bruder allein auf dem Friedhof. Und dann das ganze Dorf um ihn herum. In dessen Haut möchte ich nicht stecken.“

Wagner nickte zustimmend. „Armes Schwein. Wollen wir auch zu der Beerdigung?“

„Das hängt von den DNA ab. Sind wir vorher fündig geworden, dann wohl nicht mehr. Aber wenn wieder alles negativ verläuft, kann es sicherlich nicht schaden, wenn wir oben auftauchen.“

„Du glaubst nicht, dass wir morgen durch die DNA endlich den Mann kennen lernen, mit dem Brigitte am Abend ihres Todes zusammen war?“

„Möglich ist alles!“

24.

Fuß hatte die halbe Nacht nicht geschlafen. Das Gespräch mit Wagner hatte ihn vorzeitig wieder in den Alltag des Kriminalkommissars zurückgeholt. Sein kleiner Ausflug in die schöne Welt des Winzers war wieder einmal viel zu kurz gewesen.

Auf seinem Schreibtisch stapelte sich jede Menge Papier, das sich über die beiden Feiertage angesammelt hatte. Am liebsten hätte er gleich wieder auf dem Absatz kehrtgemacht und wäre nach Hause gefahren.

Der DNA-Vergleich von Klinkhammer lag vor, der von Mallmann immer noch nicht. Missmutig musste Fuß zur Kenntnis nehmen, dass Klinkhammer auch nicht der Gesuchte war. Er machte einen Vermerk, die DNA zur DNA-Identifizierungsdatei an das BKA nach Wiesbaden zu geben, nachdem sich Klinkhammer zunächst so penetrant geweigert hatte. Dann blätterte er lustlos in der Rhein-Zeitung. In der Stadtausgabe war nichts mehr vom Fall Mallmann oder Steils zu lesen. Wahrscheinlich hatte sich das Informationsbedürfnis inzwischen auf den Hunsrück- und Mittelrheinraum beschränkt.

Hauptkommissar Pistano kam an der offenen Bürotür vorbei und warf einen Blick in Fuß' Büro. „Na, wie war Ostern? Ich hoffe, du hast dich die Tage auf den Lorbeeren des schnellen Erfolgs in Sachen Steils ausruhen können“, rief er seinem Kollegen zu.

Fuß überhörte die Spitze. „Wenn ich nichts von dieser Arbeit hier höre und sehe, geht es mir immer gut, das ist doch amtsbekannt“, bestätigte er und machte bewusst ein fröhliches Gesicht. Er wusste, dass sich Pistano über solche Äußerungen innerlich aufregen konnte. „Hast du etwa über Ostern Dienst gemacht?“, setzte er mit gespieltem Erstaunen hinzu, obwohl ihm klar war, dass der Junggeselle sich nicht freigenommen hatte. Immer dann, wenn verheiratete Kollegen darauf erpicht waren, einmal etwas mit der Familie unternehmen zu können – und zu solchen Tagen gehörte nun einmal Ostern –, dokumentierte der Hauptkommissar seinen Arbeitseifer und sein Engagement durch Anwesenheit.

Pistano merkte nicht, dass ihn der Kommissar mal wieder auf den Arm nehmen wollte. Mit todernstem und etwas säuerlichen Gesicht berichtete er von den Ereignissen über die Ostertage. Überarbeitet hatte er sich dabei aber offensichtlich nicht. Zum Schluss hängte er mit einem triumphierenden Unterton an, dass er dafür über Pfingsten freimachen würde.

Fuß wusste jetzt schon, dass Pistano sich im letzten Moment wieder zu Gunsten anderer Kollegen aufopfern und auf seinen angemeldeten Urlaub verzichten würde. Damit sammelte er wieder Punkte für seine Personalakte und die Beförderung.

„Das trifft sich gut“, schmunzelte Fuß. „Da mach’ ich auch frei, denn das ist das letzte Wochenende der diesjährigen Frühjahrssaison in unserer Straußwirtschaft.“

Fuß traute sich nicht, seinen Kollegen anzuschauen. Denn mit dieser Bemerkung hatte er dessen Triumph bereits wieder zerstört. Pistano hätte gern noch etwas gesagt, aber im gleichen Moment schob ihn Wagner von hinten beiseite.

„Entschuldigung, aber ich muss etwas arbeiten!“, meinte Wagner ohne Argwohn. Er konnte nicht wissen, worüber man gerade gesprochen hatte.

Fuß grinste in sich hinein. Diese eigentlich harmlose Bemerkung in diesem Moment war ein Volltreffer auf Pistanos Gemüt. Der Ärmste – und das am frühen Morgen!

„Und?“, fragte Wagner gespannt und deutete auf den Haufen Papier.

„Nichts ist! Der DNA-Vergleich von Klinkhammer ist negativ, der von Mallmann noch nicht da und der von den anderen Baybergern liegt auch noch nicht vor. Ich weiß nicht, in welcher Reihenfolge die im Labor daran arbeiten.“

„Dann könnten wir eigentlich wieder nach Hause gehen“, lachte Wagner.

Fuß warf einen schnellen Blick zur Tür. Schade! Pistano war schon in seinem Büro verschwunden.

Als Erstes ließen sich die beiden Kriminalbeamten Willi und Günter Steils vorführen, die sie getrennt verhörten. Auf eine gemeinsame Strategie dafür hatten sie sich bereits geeinigt. Vater und Sohn Steils hatten die Anwesenheit eines Anwalts abgelehnt. Fuß ließ sich Willi Steils in sein Büro bringen, während Wagner sich mit dem Sohn in einen Vernehmungsraum setzte.

Willi Steils machte nach drei Tagen Karthause einen zerknirschten Eindruck. Offenbar zeigte der Gefängnisaufenthalt in Ungewissheit seine Wirkung. Fuß ließ ihm die Handschellen abnehmen und bot ihm eine Zigarette an, die der Alte aber ablehnte. Den angebotenen Kaffee hingegen nahm er mit einem leichten Kopfnicken wortlos an.

„Machen wir es kurz und uns beiden nicht zu schwer“, begann Fuß, schaltete sein kleines Diktiergerät ein und legte sich zusätzlich Notizpapier zurecht. „Ihr Sohn Horst hat am Freitag ein umfassendes Geständnis abgelegt. Trotzdem möchte ich von Ihnen die ganze Geschichte noch einmal hören. Fangen wir mit dem Samstagabend vorletzter Woche an ...“

„Mit dem Mord an der kleinen Mallmann habe ich nichts zu tun“, ereiferte sich Steils sofort mit brüchiger Stimme.

„Trotzdem. Es ist allgemein bekannt, dass Sie auch hinter diesem Mädchen her waren.“

„Das ist nicht wahr“, bestritt Steils und sein grobschlächtiges Gesicht lief rot an. „Natürlich hab' ich schon mal hinter ihr hergeschaut, wie alle anderen. Aber da war nix!“

„Und seit wann ging das mit Ihrer Tochter?“

„Da war auch nix!“, antwortete Steils aufgebracht.

„Dann erklären Sie mir bitte, warum Ihr Sohn Horst glaubte, seine Schwester vor Ihnen beschützen zu müssen.“

Steils rieb sich mit seinen klobigen Händen die Oberschenkel und suchte nach Worten. „Es gab halt Momente, da war sie einfach nicht meine Tochter, sondern nur eine Frau. Und ein Mann braucht halt mal eine Frau.“

„Dafür hatten Sie ja beispielsweise diese Ingrid Barden.“

„Wer sagt das?“, rief Steils wütend aus.

Der Kommissar ließ erst ein paar Sekunden verstreichen. Dann sagte er mit betont ruhiger Stimme: „Sehen Sie, wir haben Ihre DNA, wir haben Sperma von Ihnen in Iris' Bett gefunden, da, wo Sie mit der Ingrid auch des Öfteren Geschlechtsverkehr hatten. Sie sehen, es nützt nichts, wenn Sie leugnen. Wir wissen alles und können es Ihnen auch beweisen. Ein klares und offenes Geständnis kann sich also nur positiv für Sie auswirken.“

Fuß machte wieder eine Pause, um seine Worte wirken zu lassen und Steils Zeit zu geben, nachzudenken.

„Also, am Mittwochabend ging Ihre Tochter nach oben. Sie lagen wieder unten auf der Lauer, wie Sie immer auf der Lauer lagen, besonders wenn sie badete oder duschte. Da kamen die Vorstellungen, wurden Bilder wach. So war's doch, oder?"

Steils antwortete nicht. Er hatte die Hände gefaltet und rieb sie unentwegt gegeneinander.

„Dann sind Sie rauf, haben sie aus dem Badezimmer gezerrt ..."

„Nein!", unterbrach Steils den Kommissar erregt. „Sie kam über den Flur und wollte in ihr Zimmer."

„Nackt!"

Steils schüttelte den Kopf. „Sie hatte ein Handtuch um, das war noch viel aufregender. Sie blickte mich an, ihre Augen funkelten, funkelten wie die von Käthe, wenn sie geil war."

„Käthe?", wiederholte Fuß vorsichtig, um den einmal begonnen Redefluss von Steils nicht zu bremsen.

„Meine Frau, meine verstorbene Frau, Käthe!" Steils nahm tief Luft und warf einen Blick zur Decke, als wollte er Kontakt zum Himmel herstellen, wo er seine Frau vermutete.

„Iris erinnerte Sie an Ihre verstorbene Frau?"

„Iris oder Ingrid oder wer auch immer war in diesem Moment meine Frau."

Kommissar Fuß machte sich eine Notiz. Eine solche Erklärung hatte er bisher noch nie gehört und von dem Bauern vor sich auch nicht erwartet. Er nahm sich vor, diese wörtlich ins Protokoll aufzunehmen. Vielleicht konnten die Psychologen etwas damit anfangen.

„Was ist dann passiert?"

„Sie hätte mich ja gelassen, aber Horst kam immer dazwischen. Eifersüchtig, wie er war. Ich glaube, er war auch scharf auf sie. Oft hat er sie zu sich ins Zimmer genommen und abgeschlossen. Was meinen Sie, Herr Kommissar, was die beiden dann getrieben haben?"

„Nichts", antwortete Fuß kühl und sachlich. „Ihre Tochter war noch Jungfrau, wie die Obduktion bewiesen hat."

Diese Information schien Steils aus dem Gleichgewicht zu bringen. Seine Augenlider flackerten und er hörte auf, seine Hände gegeneinander zu reiben. Stattdessen kreuzte er die Arme und steckte die Hände in die Achselhöhlen, als wäre ihm kalt. „Aber das ist doch nicht wahr. Ich habe doch immer gehört, wie sie es mit ihm getrieben hat. Und warum nicht mit mir?"

Der Kommissar schaute Steils neugierig an. Mit wem sollte Iris es getrieben haben?

Steils schien die Frage von seiner Stirn abzulesen, denn er antwortete unaufgefordert: „Günter! Günter hat es doch auch mit ihr getrieben. Sie kann gar nicht Jungfrau gewesen sein."

Fuß machte sich wieder eine Notiz. Auch der Sache würde er nachgehen müssen. Er war sich aber sicher, dass es nicht Iris war, die bei ihrem Bruder gewesen war und wegen der sich der alte Steils aufgegeilt hatte.

„Was geschah, als Horst auftauchte?"

Kommissar Fuß sah zu seiner Überraschung eine Träne über die derbe Wange des Alten laufen. Seine Antwort war leise, aber das Brüchige in seiner Stimme war verschwunden.

„Er hat Iris in sein Zimmer gelassen und ich bin hinterher. Er hatte plötzlich einen Stock in der Hand und schlug auf mich ein. Dann hab' ich ihn gepackt und zu Boden geworfen. Er verlor den Stock und ich habe ihn genommen und ... und ..."

„Und auf ihn eingeschlagen, bis er besinnungslos war!"

Steils schien die Szene wieder vor sich zu haben, denn mit der rechten Hand fuchtelte er in der Luft und schlug immer wieder zu. Fuß beugte sich weit über seinen Schreibtisch und ergriff den Arm. „Und dann, was geschah dann?"

Erst als er spürte, dass der Arm aufhörte zu zucken, ließ Fuß ihn wieder los. Steils steckte die Hand wieder in die Achselhöhle.

„Dann hab' ich sie genommen. Sie legte sich bereitwillig auf den Teppich, aber sie tat nichts. Nicht das, was sie mit anderen machte. Ich habe sie gestreichelt, aber nichts. Sie hielt die Augen geschlossen und presste die Beine zusammen. Dann nahm sie sogar die Hand von Horst, als wollte sie ihm sagen, mit dir würde ich es jetzt gerne treiben." Steils Stimme war wieder lauter geworden. „Ich habe sie angefleht, tu's mit mir, tu's auch mit mir. Aber sie hat nicht reagiert. Ich habe ihr mit Gewalt die Schenkel auseinander gerissen, aber ich habe es nicht geschafft. Dann bin ich ausgerastet. Ich habe sie geschlagen, mit den Fäusten, aber sie blieb liegen und dann, plötzlich, lagen meine Hände um ihren Hals. Ich habe zugedrückt. Keiner sollte sie mehr haben, wenn ich sie nicht haben konnte. Sie war selbst schuld!"

Steils atmete schwer, Schweißtropfen liefen ihm von der Stirn und mischten sich mit Tränen.

Der Kommissar wartete schweigend, bis der Mann sich wieder beruhigt hatte. Erst dann ergriff er wieder das Wort. „Was geschah, als Sie merkten, dass Iris tot war?"

Steils schaute Fuß direkt an. Sein Blick wirkte wirr, seine Augen müde. „Günter stand neben mir. Er dachte, Horst ist auch tot. Er hat mir aufgeholfen und wir sind runter in die Küche gegangen. Er hat mir einen Schnaps gegeben.“ Steils grinste plötzlich von einem der großen, abstehenden Ohren zum anderen. „Ja, er hat mir einen Schnaps gegeben oder sogar zwei. Dann hat er mich angebrüllt: ‚Du gehst auf keinen Fall ins Gefängnis oder meinst du, ich mache diesen Scheiß-Hof hier alleine!?‘“

Der Alte senkte wieder den Blick und begann, an den Köpfen seiner Jacke zu fummeln. Fuß sah, wie seine Hand dabei zitterte. „Wir haben uns gegenseitig angeschrien. Und dann kam ihm plötzlich die Idee mit der Eiche. Darin sah er eine Möglichkeit, dass ich nicht ins Gefängnis muss. Man würde den anderen verdächtigen, den von Brigitte. Günter hat aus dem Stall eine Schubkarre und Pflanzfolie geholt. Irgendwann sind wir dann gemeinsam wieder hinaufgegangen. Horst hat sich inzwischen geduscht und ins Bett gelegt. Wir haben Iris die Treppe hinuntergetragen, sie angezogen und sie in die Schubkarre auf die Folie gelegt. Günter hat ihr dann die Kleider zerrissen. Es sollte ja aussehen wie …“

„Wie der erste Mord, aber das war kein Mord und keine Vergewaltigung“, führte Fuß den Satz fort. „Wer hat die Leiche dann zu der Hunsrückeiche gebracht?“

„Bis zum Hoftor habe ich den Günter begleitet, dann habe ich aufgepasst, dass uns niemand sah. Als Günter schon fast an der Eiche war, tauchte plötzlich aus dem Dorf so eine Gestalt auf. Wir hatten den Ruf eines Käuzchens vereinbart. Günter hat sich mit der Schubkarre versteckt, bis der Mann außer Sichtweite war.“

Er sprach nicht weiter, sondern vergrub den kahlen Schädel in seinen großen, derben Händen.

„Dann hat Ihr Sohn die Leiche praktisch wie Mist unter der Eiche ausgekippt. So war es doch?“

Steils schnäuzte sich umständlich. „Er hat unterwegs von der Straße ein paar Sachen aufgehoben und zu der Leiche gelegt. Dann kam er zurück. Aber er musste nochmals in die Büsche, ein Auto kam die Straße hoch, ein Taxi. Es hat hinter der Eiche plötzlich gebremst, ist zurückgefahren und hat die Warnleuchte eingeschaltet. Günter ist über die Wiese an der Scheune entlang zum Hof zurück. Wir haben nirgends Licht gemacht und sind ins Bett. Günter ist vorher noch zu seinem Bruder, damit der sein Maul hält. Ich habe es doch wirklich nicht gewollt. Ich mein’, ich wollt’ sie doch nicht umbringen.“

„Das wird wahrscheinlich in der Gerichtsverhandlung ein Psychologe beurteilen müssen“, brummte Fuß und begann das Protokoll aufzunehmen.

Die Vernehmung von Günter Steils dauerte länger als die seines Vaters. Zunächst stritt er gegenüber Kriminalhauptmeister Wagner alles ab. Erst als er sich zunehmend in Widersprüche verwickelte, entschloss er sich, ein Teilgeständnis abzulegen. Er beschuldigte seinen Vater der Tat und gab an, dass dieser anschließend gegen seine Willen die Leiche beseitigt und ihn unter Androhung von Enterbung gezwungen habe zu schweigen.

Wagner und Fuß nahmen es so hin, da genügend Tatsachen und Indizien für die Richtigkeit und Glaubwürdigkeit des Geständnisses seines Vaters sprachen. Gleich nach den Vernehmungen wurden Vater und Sohn wieder auf die Karthause gebracht.

25.

Fuß machte sich daran, den Papierberg vor sich zu sortieren, während der Kriminalhauptmeister am Computer den Bericht vom Samstag nochmals überarbeitete. Als Fuß plötzlich durch die Zähne pfiff, blickte Wagner auf. Der Kommissar hielt ein Formblatt in der Hand, das im Präsidium für Telefonnotizen verwendet wurde.

„Interessant?", erkundigte sich Wagner.

„Da hat am Samstag um zweiundzwanzig Uhr dreiundzwanzig eine Frau angerufen, anonym natürlich, die wollte den zuständigen Beamten in Sachen Brigitte Mallmann sprechen. Nachdem sie nicht verbunden werden konnte, lässt sie mir ausrichten, wir sollten uns doch mal um den Arbeitergeber von Frau Mallmann kümmern."

„Ist das wieder üble Nachrede, Wichtigtuerei oder glaubst du, da ist was dran?"

„Glauben heißt nichts wissen!", brummte Fuß, der von anonymen Anrufen grundsätzlich nichts hielt. Er warf das Blatt verärgert auf einen der Haufen, die er bereits sortiert hatte. „Du hast doch den Namen von dem Rechtsanwalt?"

Wagner blätterte in seinen Unterlagen. „Rechtsanwalt Augustin!"

Fuß fand erst nach längerem Suchen endlich eine Parklücke auf dem Simmerner Schlossplatz. Der große Parkplatz, den er sonst immer benutzte, wenn er in der Kreisstadt zu tun hatte, war zwischenzeitlich zu einer großen Baustelle geworden.

Die Kanzlei des Anwalts lag in der Fußgängerzone. In der Anmeldung traf Fuß nicht wie erwartet auf Frau Mallmann, sondern auf eine zierliche kleine Person mit langen schwarzen Haaren. Zunächst versuchte der Kommissar auf normalem Weg zu dem Anwalt vorzudringen, indem er einfach bat, ihn sprechen zu können. Dieser Wunsch wurde sofort abschlägig beantwortet. Die Vorzimmerdame schlug einen großen Terminkalender auf. Doch bevor sie mit dem

Kugelschreiber einen freien Termin ansteuern konnte, schob sich der Dienstausweis des Kommissars in ihr Blickfeld.

„Ich werde sehen, was sich machen lässt. Aber im Moment ist ein Mandant bei Herrn Dr. Augustin. Ich werde ihm einen Zettel hineinreichen, damit er weiß, dass Sie da sind."

„Tun Sie das!", meinte Fuß und ließ sich auf einem Stuhl nieder.

Die Vorzimmerdame zögerte, wollte ihn wahrscheinlich ins Wartezimmer abschieben, entschied sich dann aber anders und verschwand mit ihrer Notiz hinter einer mit Leder gepolsterten Tür.

„Etwa fünf Minuten!", meinte sie kühl, als sie wieder aus dem Büro ihres Chefs herauskam. „Darf ich Ihnen eine Kaffee anbieten?"

Fuß hätte wetten können, dass diese Frage auf Anweisung des Anwalts erfolgte. Wenn der anonyme Anruf kein Bluff war, musste Dr. Augustin zumindest ahnen, warum der Kommissar zu ihm kam.

Der Kaffee schmeckte bitter und war nur lauwarm, dafür wurde er ihm aber in einer Rosenthal Designertasse serviert. Ein milderer, heißer Kaffee in einer Steinguttasse wäre Fuß lieber gewesen. Missgestimmt betrat er wenige Minuten später das Büro des Anwalts.

Dr. Augustin war Ende vierzig, mittelgroß und fast kahl. Fuß versuchte unwillkürlich sich vorzustellen, wie Frau Mallmann neben diesem Mann ausschaute. Ein ungleiches Paar ...

„Sie kommen sicherlich nicht als Mandant zu mir?", begrüßte ihn der Anwalt.

„Sicherlich nicht", bestätigte der Kommissar missmutig und nahm in dem Sessel vor dem Schreibtisch des Anwalts Platz. „Ich komme wegen Frau Karin Mallmann, die bei Ihnen angestellt ist."

„Dann sind Sie sicher mit der Aufklärung des tragischen Todes ihrer Tochter beschäftigt?"

„So ist es. Welche Aufgabe hat Frau Mallmann hier in Ihrer Kanzlei?"

„Sie wissen, dass Frau Mallmann Juristin ist? Nun, sie übernimmt hier die Vorbereitung bestimmter Schriftsätze, formuliert Verträge und sucht in komplizierten Fällen Kommentare zusammen, die ich für meine Plädoyers benötige."

„Das ist alles?"

„Das ist reichlich viel Arbeit, mein Lieber."

Fuß spürte, wie es ihn schüttelte. Mein Lieber hatte schon lange niemand mehr zu ihm gesagt. Es verstärkte nur seine Bitter-lauwarme-Kaffee-Stimmung.

„Kannten Sie ihre Tochter?“ Fuß schaute den Anwalt genau an und glaubte ein leichtes Zucken um die Augen zu sehen.

„Nein, tut mir Leid. Ich hatte nicht das Vergnügen.“

„Sie wissen, dass der Mann von Frau Mallmann die Familie hat sitzen lassen?“

Augustin nickte bedächtig. „Seither arbeitet Frau Mallmann bekanntlich hier in meiner Kanzlei.“

„Womit wir beim Thema wären.“ Fuß nahm sein kleines Tonbandgerät, schaltete es ein und stellte es auf den Schreibtisch zwischen sich und den Anwalt.

„Soll das ein Verhör werden?“, fragte der Anwalt erstaunt und Fuß glaubte abermals ein leichtes Zucken um seine Augen zu entdecken.

„Ich nenne es Gedächtnisstütze. Wenn Sie es Verhör nennen wollen, überlasse ich das Ihrer Interpretation. – Sie sagten gerade, Frau Mallmann arbeitet seit dem Verschwinden ihres Mannes tagsüber hier. Wie ist das mit abends und nachts?“

Augustin lachte herzhaft. „Also, Ihre Frage ist schon merkwürdig, wenn Sie gestatten. Natürlich kommt es mal vor, dass eine Mitarbeiterin länger arbeiten muss, meist geschieht dies aus eigenem Einsehen und freiwillig“, er hob die Arme leicht an, „manchmal muss man es auch anordnen.“

„Darf ich davon ausgehen, dass Frau Mallmann hier in der Kanzlei so etwas wie eine Sonderstellung einnimmt?“

Der Anwalt schmunzelte. „Wenn Sie mir bitte erklären, was Sie unter dem Begriff Sonderstellung verstehen?“

„Das dürfen Sie interpretieren, wie Sie wollen.“

Rechtsanwalt Augustin spitzte die Lippen und begann mit einem Kugelschreiber auf seiner Schreibtischplatte zu trommeln. „Natürlich nimmt Frau Mallmann in meiner Kanzlei als Juristin eine besondere Stellung ein. Sie ist eher so etwas wie eine Kollegin.“

„Und als Frau?“

Wieder schmunzelte der Anwalt. „Gut, wenn Sie es hören wollen: als Frau Kollegin.“

Fuß schaute den Anwalt scharf an. Er war heute nicht zu Scherzen aufgelegt. „Sie wissen ganz genau, was ich meine. Aber wenn Sie es deutlicher haben wollen, bitte! Haben Sie mit Frau Mallmann ein Verhältnis?“

Das Schmunzeln des Anwalts hatte ein plötzliches Ende. Fast feindselig blickte er den Kommissar an. „Nein, natürlich nicht.“

„Hat Frau Mallmann auch schon einmal bei Ihnen zu Hause gearbeitet?“, wollte Fuß wissen.

Wieder verneinte der Anwalt. Und auch auf die Frage, ob Augustin schon einmal in Bayberg bei Frau Mallmann zu Hause gewesen sei, erhielt Fuß eine Verneinung.

„Dann war es das schon.“ Fuß stand auf und wartete auf die Reaktion des Anwalts. Der schaute ihn erstaunt an.

„Sie sind doch nicht aus Koblenz gekommen, um mir diese paar Fragen zu stellen. Das hätten wir doch auch telefonisch erledigen können.“

„Nein, nur deshalb bin ich nicht nach Simmern gekommen.“

Der Kommissar machte so etwas wie eine leichte Verbeugung und verließ ohne weitere Erklärung das Büro des Anwaltes. Im Vorzimmer lief ihm Frau Mallmann über den Weg, die einen Stapel Akten vor sich hertrug. Sie blickte den Kommissar überrascht an und Fuß glaubte ein leichtes Flackern in ihren Augen zu sehen.

„Keine Panik“, lachte er, „ich will hier niemanden verhaften. Aber ich hatte da so eine Idee.“

„Welche?“, fragte Frau Mallmann schnell und stellte den Stapel auf dem Schreibtisch der Vorzimmerdame ab.

„Nun, man hat bei mir angeklopft und gesagt, hier spiele sich etwas mehr ab als nur ein normales Angestelltenverhältnis.“

„Wer sagt das?“, erkundigte sich Frau Mallmann und konnte ihre plötzliche Kurzatmigkeit nicht verheimlichen.

Doch bevor Fuß antworten konnte, ertönte ein kurzer Signalton und der Anwalt erkundigte sich, wo Frau Mallmann sei, er könne sie telefonisch nicht an ihrem Arbeitsplatz erreichen.

Die Vorzimmerdame teilte ihm wahrheitsgemäß mit, sie stehe vor ihrem Schreibtisch im Vorzimmer.

„Soll bitte reinkommen“, war über die Sprechanlage zu hören.

Fuß trat ein paar Schritte zurück und öffnete Frau Mallmann mit einem freundlichen Kopfnicken die gepolsterte Tür zum Anwaltsbüro. Frau Mallmann blickte irritiert in das geöffnete Büro und wusste nicht recht, was sie tun sollte. Im gleichen Moment hörte der Kommissar deutlich die Stimme des Anwalts: „Liebling, komm doch rein. Der Kripomensch aus Koblenz war gerade bei mir.“

Mit breitem Lächeln trat Fuß vor. Er winkte in das Büro hinein. „Sehen Sie, es gibt doch gute Gründe, persönlich nach Simmern zu kommen. Ich wünsche noch einen angenehmen Tag!“

Er steuerte auf die Ausgangstür zu, hörte aber hinter sich bereits die hastigen Schritte des Anwalts.

„Was wollen Sie eigentlich hier?", fuhr Augustin ihn laut an. „Was geht Sie das Privatleben meiner Mitarbeiterin an?"

Der Kommissar drehte sich langsam auf dem Absatz um. Fast sah es so aus, als wollte er den einen Kopf kleineren Anwalt zurück in sein Büro schieben. „Ich mag es nicht, wenn man mich belügt", fauchte er. „Vor allem nicht, wenn es um den Tod eines Menschen geht, den ich zu untersuchen habe, verstehen Sie?"

„Was hat das Privatleben von Frau Mallmann mit dem Tod ihrer Tochter zu tun?", ereiferte sich der Anwalt und wippte mit den Zehenspitzen auf und ab.

„Nichts!", bestätigte Fuß und fügte mit bedrohlichem Unterton an: „Solange es keine Beweise für Zusammenhänge gibt."

„Was für Zusammenhänge?", hörte der Kommissar Frau Mallmanns Stimme im Hintergrund.

Der Anwalt fuchtelte erregt mit den Händen. „Alles Quatsch. Ich weiß nicht, was das Ganze soll."

„Ich auch noch nicht, aber vielleicht werde ich es ja bald wissen."

Mit diesen Worten drehte Fuß sich um und verließ die Anwaltskanzlei endgültig.

Da er Hunger verspürte, kaufte er sich auf dem Rückweg zum Auto im Café Jung in der Schlossstraße eine Brezel und setzte kauend seinen Weg fort. An der Ecke schaute er sich in einem Schaukasten der Kreissparkasse Immobilienangebote an. Allerdings interessierten ihn ausschließlich die Fotos von Neubauten. Vielleicht würde er dieses Jahr zu bauen anfangen, da konnte man nicht genügend Anregungen bekommen.

„Kann ich Sie sprechen?"

Fuß drehte sich um und würgte schnell den Rest der Brezel hinunter. Hinter ihm stand Frau Mallmann, schüchtern wie ein Schulkind, und blickte ihn fast flehend an.

Der Kommissar schaute sich auf dem Schlossplatz um und entdeckte am anderen Ende der Häuserzeile die Werbeleuchte eines Bieres, die den Eingang zu einer Gaststätte signalisierte.

„Kommen Sie!", sagte er und schlug den Weg in Richtung Gaststätte ein.

„Bitte nicht in den Pfalzgraf", rief ihm Frau Mallmann hinterher.

Erstaunt drehte sich der Kommissar um. Karin Mallmann stand immer noch an der Ecke.

„Warum nicht?", wollte Fuß wissen.

„Dort kennt man mich!", war die Antwort.

Fuß hob die Schulter. „Und? Nachdem mir Ihre Beziehung zu dem Anwalt bekannt ist … Und ich kann ein Mandant sein, mit dem Sie essen gehen."

Karin Mallmann kämpfte sichtlich mit sich. „Aber wundern Sie sich nicht, wenn ich mit Frau Augustin angesprochen werde …"

So war es denn auch. In der Gaststätte wurde Frau Mallmann äußerst freundlich begrüßt.

„Wie immer den französischen Landwein, Frau Augustin?", erkundigte sich die dunkelhaarige Bedienung.

Frau Mallmann nickte verlegen und nahm die Speisekarte entgegen. Der Kommissar bestellte einen trockenen Ingelheimer Rotwein und wartete, bis die Bedienung außer Hörweite war.

„Seit wann?", fragte er dann mit gedämpfter Stimme.

Karin Mallmann zupfte nervös an der Tischdecke und schnippte ein paar Krümel vom Tisch. „Seit etwa einem Jahr."

„Wusste Brigitte von Ihrem Verhältnis?"

Sie schüttelte den Kopf ohne aufzublicken.

„Sind Sie da ganz sicher?", bohrte der Kommissar.

Er erhielt keine Antwort.

„Es kann doch immerhin sein, dass Sie einmal gesehen wurden? Und so etwas spricht sich in einem Dorf wie Bayberg doch schnell herum. Ich denke da nur an den Bäcker Liffka, der behauptet, bis Simmern zu liefern. Und Sie glauben doch nicht, dass man das nicht Ihrer Tochter irgendwann gesteckt hat?"

„Ich bin mir ganz sicher, dass Brigitte nichts geahnt hat", beharrte Frau Mallmann leise. „Sie hätte mich sofort darauf angesprochen und sich gefreut, denn sie wünschte so sehr, dass wir wieder zu dritt gewesen wären. Egal wie."

Der Kommissar hätte am liebsten sein kleines Bandgerät aus der Tasche gezogen und diesen Satz aufgenommen, denn es war ihm äußerst wichtig zu wissen, wie Brigitte gedacht und gefühlt hatte. „Und warum haben Sie es ihr dann nicht gesagt?"

„Zuerst war ich mir nicht ganz so sicher, wie sie reagieren würde. Und als ich wusste, dass sie sich nichts sehnlicher wünschte als ein

Leben zu dritt, da war ich mir in meiner Beziehung nicht mehr so sicher."

„Warum?"

Bevor Karin Mallmann antworten konnte, kam die Bedienung, um den Wein zu servieren.

„Haben Sie schon etwas ausgewählt?"

Frau Mallmann bestellte den hausgebeizten Lachs. Der Kommissar warf einen kurzen Blick in die Karte und entschied sich für die Schnecken in Champignonköpfen.

„Warum waren Sie sich in Ihrer Beziehung nicht sicher?", wiederholte Fuß seine Frage.

Die Antwort kam sehr zögernd. „Wenn man einmal Schiffbruch erlitten hat … Ich weiß nicht, ob Sie das verstehen … Pastor Bergheimer meinte, ich solle den Schritt wagen …"

„Bergheimer als katholischer Pastor hat Ihnen als verheirateter Frau dazu geraten?", wunderte sich Fuß.

Sie lächelte ein wenig. „Bergheimer ist ein wunderbarer Mensch. Er hat für alles Verständnis." Sie hob den Kopf und blickte schwärmerisch ins Nichts. „Ohne ihn hätten wir das alles nicht geschafft, nachdem Wolfgang uns verlassen hatte. Auch Brigitte liebte ihn. Wenn er nicht Priester gewesen wäre … Der Altersunterschied hätte keine Rolle gespielt."

„Aber wenn Ihnen sogar Bergheimer dazu geraten hat …"

„Ich habe inzwischen gekündigt!", sagte Frau Mallmann schnell und da war nichts mehr von Schwärmerei in ihrer Stimme oder ihrem Blick.

Es entstand eine kurze Pause. Der Kommissar versuchte sich die Situation vorzustellen. Dann meinte er: „Aber er hat Sie doch eben im Büro Liebling genannt, in Gegenwart seiner Sekretärin!"

„Ja, er!" Frau Mallmann lachte auf. „Für ihn sind das alles Bagatellen. Er sieht die Probleme nicht."

Wieder schwiegen beide für ein paar Sekunden. Karin Mallmann kramte eine Schachtel Zigaretten aus ihrer Handtasche und zündete sich eine an.

„Und am vorletzten Sonntag waren Sie auch abends hier in der Gaststätte essen?", setzte der Kommissar das Gespräch fort.

„Wir hatten uns den ganzen Nachmittag gezankt. Auch abends noch hier. Vielleicht habe ich deshalb auch nicht mehr nach Brigitte geschaut, als ich nach Hause kam. Ich war so aufgebracht. – Ich habe versagt."

Ihre Stimme erstickte und Fuß sah, dass ihre Augen feucht waren. Behutsam legte er seine Hand auf ihren Arm. Sie ließ es dankbar geschehen.

„Ich hatte mich entschlossen, das Haus in Bayberg zu verkaufen. Weg von allen Erinnerungen, ein neues Leben mit Brigitte anfangen", schluchzte sie leise. „Ich hätte nach der Operation von Brigitte versucht, als Anwältin in Koblenz unterzukommen. Ich hatte sogar schon Kontakt zu einer Kanzlei, in die ich hätte eintreten können."

„Seit wann hat sich das so entwickelt?"

Karin Mallmann schaute der Bedienung entgegen, die das Essen brachte. „Seit etwa einem Monat."

„Und was ist mit Herrn Muders?"

Sie reagierte kaum sichtbar auf den Namen und doch erkannte Fuß in ihrem Gesicht so etwas wie Zufriedenheit. „Er ist eine Schulter, an die man sich lehnen kann. Mehr nicht. Ich weiß, was sich die Leute im Dorf erzählen, aber Kurt ist wirklich nur ein väterlicher Freund, auch für Brigitte, gewesen."

„Wir haben übrigens Ihren Mann ausfindig gemacht", sagte der Kommissar ohne Vorwarnung.

„Wolfgang?"

Hatten die Augen der Frau bisher fast verträumt geschaut, meinte Fuß plötzlich so etwas wie Hass und Ekel darin zu entdecken. Was er auch durchaus verstehen konnte.

„Wo ist er?"

„Die Kollegen in Hamburg haben ihn ausfindig gemacht. Wir werden seine Adresse bekommen. Sie als Juristin werden schon wissen, was Sie damit anfangen."

„Nichts werde ich damit anfangen, nichts, was Sie jetzt denken. Ich will nur noch die Scheidung und sehen will ich ihn nicht mehr."

„Das wird sich bei einer Scheidung wohl schwerlich umgehen lassen", meinte Fuß mitfühlend.

„Leider!"

Der Kommissar fand den Kriminalhauptmeister fast ebenso niedergeschlagen vor wie Frau Mallmann es gewesen war, als sie sich in Simmern verabschiedet hatten.

„Die DNA-Analysen der Bayberger liegen vor! Alle negativ!", sagte Wagner enttäuscht.

Fuß versuchte ihn zu trösten. „Je mehr wegfallen, umso näher kommen wir ans Ziel. Was ist mit der DNA von Mallmann?"

„Letzte Hoffnung!", seufzte Wagner. „Die ist noch nicht da."

„Vorletzte Hoffnung!", korrigierte ihn der Kommissar und amüsierte sich über Wagners erstaunten Blick. „Die Mallmann ist gar nicht so prüde, wie ich dachte. Sie mag Männer, nur einige sexuellen Praktiken scheint sie nicht zu mögen. Die hat nämlich nicht nur ein Kind außerhalb ihrer Ehe bekommen, sondern auch ein Verhältnis mit ihrem Chef, himmelt den Pastor als idealen Mann an und lehnt sich an Muders väterliche Schulter. Da staunst du!"

Tatsächlich staunte Wagner. Aber wer konnte schon so richtig in einen Menschen hineinschauen? „Und, hatte der Rechtsanwalt ein Motiv, sich mit der Brigitte heimlich zu treffen?"

„Der fällt flach!", enttäuschte ihn Fuß sofort. „Der hat ein wasserdichtes Alibi. Er war mit Brigittes Mutter zusammen."

„Und wieso dann die vorletzte Chance, wenn der Anwalt nicht in Frage kommt?"

Der Kommissar grinste. „Wer sagt uns bei dem Lebenswandel, ob es da nicht noch mehr Verehrer gegeben hat? Im Moment habe ich noch nichts Konkretes, aber bei der Mallmann kommt erfahrungsgemäß alles nur scheibchenweise ans Tageslicht."

„Ach, übrigens", Wagner tippte auf eine Notiz, die er in Fuß' Abwesenheit gemacht hatte, „die Beerdigung von Iris Steils findet erst am Donnerstag statt. Irgendetwas mit der Überführung der Toten hat nicht geklappt. Ich glaube, der Horst Steils ist mit diesen Dingen überfordert. Vater und Bruder im Knast und er muss die ermordete Schwester begraben."

„Armes Schwein!", murmelte Fuß und warf einen Blick aus dem Fenster. „Jetzt schau dir das an: Nun schneit es mitten im April noch hier unten im Rheintal. Verrückte Welt!"

Der Abend in der Straußwirtschaft war Gott sei Dank etwas ruhiger. Das hieß, jeder Platz war besetzt, aber keiner drängelte oder stand herum. Erika wanderte langsam von Tisch zu Tisch und zeigte immer noch voll Stolz jedem, der sie noch nicht gesehen hatte, ihre auf dem Gewaltmarsch entstandenen Fotos. Und immer wieder musste sie erzählen, wie ihr die Straßenarbeiter zugerufen und Familie Priebe für sie die Sektpause am Straßenrand errichtet hatte.

„Außerdem", fügte sie begeistert hinzu, „war ich heute bei Bernardy hier um die Ecke und habe mir diese apfelgrüne Siebenachtelhose gekauft." Sie drehte sich tänzelnd um wie ein Topmodel. „Drei Konfektionsgrößen kleiner als bisher!"

Auch der Kommissar widmete sich an diesem Abend mehr seinen Gästen. Ein kleiner Klön bei Uschi und Winni, eine spöttisch-lästerliche Bemerkung zum Nachbartisch hin, an dem Otto und Margot saßen, die Freunde mitgebracht hatten, und ein paar Streicheleinheiten für einen Berner Sennenhund, der ihm ebenfalls ein willkommener Gast war und der sich mit Schwanzwedeln dafür bedankte.

26.

Bereits vom Flur aus hörte Fuß sein Telefon läuten. Er hasste es, wenn der Tag so begann. Ungehalten hob er ab. Am anderen Ende meldete sich Pastor Bergheimer. Was konnte der gute Mann für die schlechte Laune des Kommissars? Fuß riss sich zusammen und versuchte, freundlich zu wirken. Bergheimer bat ihn, falls er wieder einmal in Bayberg sei, bei ihm in Oberwesel vorbeizuschauen.

„Das trifft sich gut. Ich werde heute Vormittag noch ein paar Aussagen überprüfen müssen“, meinte der Kommissar und verabredete sich auf elf Uhr mit dem Pastor.

Als Wagner erschien und ihm die Berichte vom Vortag vorlegte, deutete Fuß auf den Stuhl vor seinem Schreibtisch. „Lass uns bitte nochmals den Samstagabend durchspielen, an dem Brigitte starb. Ich habe einfach das Gefühl, wir haben etwas übersehen.“

Bereitwillig nahm der Hauptmeister Platz. „Du wirst es nicht glauben, aber dieser Gedanke ist mir gestern Abend auch wieder gekommen“, sagte er und schaute seinen Kollegen erwartungsvoll an.

„Na, dann los.“

Fuß nahm ein Stück Papier und einen Kugelschreiber und begann eine Skizze von Bayberg zu machen. Er zeichnete aus dem Kopf die Kirche ein, die Bäckerei, den Dorfladen, das Haus von Razzmontas und das von Brigitte.

„Also, das Mädchen geht mit dem Carlos von der Kirche bis zu seinem Elternhaus.“ Er fuhr langsam mit dem Kugelschreiber die Strecke nach. „Sie kommen an der Bäckerei vorbei. Liffka ist in der Alten Mühle oder zumindest auf dem Weg dorthin.“

Er schrieb den Namen Liffka an den Rand des Blattes und strich ihn durch.

„Der hat ein Alibi. Dann gehen die beiden am Dorfladen vorbei. Marsak ist draußen und buddelt. Er müsste eigentlich gesehen haben, wie die Messdiener vorbeigingen, und neugierig, wie er ist, könnte er Brigitte gefolgt sein und noch mehr gesehen haben. Entweder, wie Carlos sich verabschiedet hat, oder sogar, auf wen Brigitte dann gestoßen ist. Seine Frau hat ihn erst wieder gesehen, als er verschmutzt in die Wohnung kam, und das war gegen Mitternacht, denn sie hat den knatternden Motor von Frau Mallmann gehört und die kam kurz nach Mitternacht zurück. Ob er dazwischen mal das Grundstück verlassen hat, kann sie nicht wissen."

Er schrieb den Namen von Marsak an den Rand und malte ein Fragezeichen dahinter.

„So, wen hätten wir noch? Carlos bleibt zu Hause. Er fällt auf Grund der DNA sowieso flach. Aber was macht jetzt Brigitte? Carlos sagt, sie ist Richtung Straße gegangen." Fuß hielt inne. „Sie kommt an dem Buswartehäuschen vorbei. Wir haben selbst alles nochmals abgesucht, dort war nichts zu finden außer dem Üblichen, Zigarettenstummel, verwehte Blätter, ein oder zwei Cola-Dosen und ein zerfledderter Zeitungsrest. Und dann?"

„Was hat Brigitte zwischen etwa halb acht und dem Eintritt ihres Todes gegen zehn gemacht? Um draußen herumzuspazieren, war es viel zu kalt und ungemütlich", setzte Wagner den Gedankengang fort. „Sie muss irgendwo hineingegangen sein."

„Aber hier ist weit und breit kein Haus. Sie hätte entweder zurück ins Dorf gemusst oder in Richtung Neubausiedlung. Der Ort, an dem sie gestorben ist, liegt etwa hier." Fuß kennzeichnete die Stelle mit einem kleinen Kreuz. „Das spricht weder für das eine noch für das andere. Also gehen wir einmal davon aus, im Wartehäuschen hat jemand auf sie gewartet. Da bleibt nur ihr Vater übrig oder …"

In einer Mischung von Wut und Enttäuschung sprang Wagner auf. „Theoretisch hätte es jeder gewesen sein können, praktisch keiner, nachdem wir die Umstände ihres Todes ziemlich genau kennen und nur negative DNA-Vergleiche haben."

„Brigittes Motiv war auf jeden Fall Sehnsucht nach Liebe und Geborgenheit, Sehnsucht nach einem Vater, das steht für mich fest." Fuß warf den Kugelschreiber auf den Schreibtisch und lehnte sich zurück. „Ich glaube, sie hat dort auf jemanden gewartet. Vielleicht war sie sogar richtig verabredet."

„Aber dann sind wir wieder bei demselben Personenkreis."

„Kreis, Kreis, Kreis", fluchte der Kommissar, „wir drehen uns im Kreis!"

„Der Pastor könnte sie noch gesehen haben", meinte Wagner. „Er kommt auf der Fahrt nach Oberwesel auf jeden Fall an dem Wartehäuschen vorbei."

„Der hätte sofort etwas gesagt, wenn er Brigitte dort gesehen hätte. Wahrscheinlich hätte er sie dann sogar nach Hause gefahren. Ich werde ihn aber nachher nochmals danach fragen. Nicht, dass uns da etwas durchgeht."

„Sie könnte natürlich auch zu jedem anderen ins Auto gestiegen sein, auf den sie gewartet hat oder der sie abfing ..."

Fuß zerknüllte wütend das Blatt Papier und warf es in den Korb neben seinem Schreibtisch. „Das müsste aber schon jemand gewesen sein, der ihr sehr nahe stand ..."

„... oder der sie dafür gut bezahlte. Wer sagt uns, dass sie das nicht schon öfter gemacht hat?"

Fuß schaute seinen Kollegen zweifelnd an. „Gut, wissen kann man es nicht, aber es wäre der Mutter wahrscheinlich aufgefallen, wenn Brigitte plötzlich Geld gehabt hätte."

„Wir durchsuchen ihr Zimmer! Auf diese Idee ist noch keiner gekommen", beschloss Wagner und Fuß nickte zustimmend.

Zuerst suchten die beiden Kripobeamten Frau Liffka auf. Sie hatten Glück und trafen sie alleine in der kleinen Bäckerei an. Ihr Mann fuhr gerade mit einem Lehrling Brot aus.

„Sie haben zu Protokoll gegeben, am Samstag gleich nach der Kirche nach Hause gegangen zu sein. Brigitte und Carlos sind kurz nach sieben Uhr hier vorbeigekommen. Eigentlich müssten Sie die beiden gesehen haben, wenn Sie aus dem Fenster geschaut hätten. Haben Sie?"

„Nein", antwortete Frau Liffka rasch, zu rasch, um nicht den Argwohn von Fuß zu wecken, zumal sie dem Blick des Kommissars nicht standhielt.

„Sie sind doch gar nicht sofort nach Hause gegangen", versuchte Fuß zu bluffen und zu seinem Erstaunen zuckte Frau Liffka zusammen und wurde rot im Gesicht.

„Woher wissen Sie das denn?", fragte sie überrascht, drehte sich um und begann Brote im Regal hin und her zu räumen.

Fuß warf Wagner einen vielsagenden Blick zu. Damit hatte er nicht gerechnet. „Wo sind Sie denn hingegangen oder muss ich Ihnen das auch noch sagen?"

„Wenn Sie es doch schon wissen, was soll dann das Verhör? Dann wissen Sie auch, dass ich bis fast zehn Uhr in der Kälte gefroren und die Alte Mühle beobachtet habe."

„Warum nur bis zehn?“, forschte Wagner, der die Taktik des Kommissars durchschaute und mitspielen wollte.

Frau Liffka drehte sich wieder zu den Beamten um. Ihr Gesicht war immer noch rot angelaufen. Das Gespräch schien ihr äußerst peinlich zu sein.

„Warum wohl?“, krächzte sie. „Weil ich aufs Klo musste und weil er sich sonst immer um acht Uhr mit ihr getroffen hat.“

„Wer mit wem?“, fragte der Kommissar naiv.

Das Gesicht von Frau Liffka wurde noch roter, es schien fast, als platzte sie bald. „Nun tun Sie nicht so, als wüssten Sie das nicht. Der Dreckskerl trifft sich doch ewig mit dieser schüchtern wirkenden Lehrerin, dieser Siewert. Aber die tut nur so, die hat es faustdick hinter den Ohren!“

„Sie haben also Carlos und Brigitte nicht gesehen?“, kam Fuß wieder zum eigentlichen Thema zurück. Was interessierte es ihn, mit wem es Herr Liffka trieb. Er kam laut DNA-Analyse als Gesuchter sowieso nicht in Frage. „Haben Sie an dem Abend jemand anderes auf der Straße gesehen? Jemanden aus dem Dorf oder einen Fremden?“

Froh, dass das Thema gewechselt wurde, dachte Frau Liffka tatsächlich intensiv nach. „Als Erstes kamen die beiden Steils vorbei, die Sie jetzt verhaftet haben. Sie gingen in Richtung ihres Hofs. Gegen halb neun fuhr der Herdegen an mir vorbei, der kam aus Richtung Autobahn. Und dann ging noch jemand durchs Dorf, aber der war zu weit von mir entfernt, als dass ich ihn hätte erkennen können.“

„Ein Mann?“, wollte Fuß wissen.

Frau Liffka zögerte lange, bis sie endlich antwortete. „Ich glaube, es war ein Mann, etwas stämmig und mittelgroß.“

„Auf wen könnte die Beschreibung passen?“

Die Bäckersfrau zuckte mit den Schultern. „Das weiß ich wirklich nicht. Vielleicht war er gar nicht aus Bayberg.“

Die Türklingel bimmelte und Frau Mallmann betrat zusammen mit Herrn Klinkhammer den Laden. Klinkhammer würdigte die beiden Kriminalbeamten keines Blickes, während Frau Mallmann etwas verlegen grüßte, sich aber dann schnell Frau Liffka zuwandte und ein Brot kaufte.

„Sie haben heute frei?“, erkundigte sich Fuß nicht ganz ohne bissigen Unterton.

„Ich habe mir freigenommen, weil ich mich noch nicht auf meine Arbeit konzentrieren kann, und mein Vetter hat sich bereit erklärt, mir noch ein paar Tage zur Seite zu stehen.“

Fuß hatte eine bissige Bemerkung auf der Zunge, hielt sie aber im letzten Moment zurück. Was ging ihn das Privatleben von Frau Mallmann an, solange es nicht einen Verdacht in Verbindung mit dem Tod ihrer Tochter gab?

Frau Mallmann ließ sich das Brot in eine Tüte stecken und verließ mit ihrem selbst ernannten „Vetter" die Bäckerei. Auch Fuß und Wagner verabschiedeten sich und machten sich auf den Weg zum Dorfladen.

Auch hier war es um die Zeit recht ruhig. Herr Marsak war gerade dabei Regale aufzufüllen, während seine Frau sich mit Frau Hammes unterhielt, die in Bayberg die Post austrug. Als die Kripobeamten den Laden betraten, unterbrach Marsak sofort seine Arbeit und auch die beiden Frauen blickten den Beamten neugierig und wortlos entgegen.

„Vielleicht können wir nebenan in das Lager gehen", meinte Fuß mit einem kurzen Blick zu den Frauen.

Marsak verstand sofort und ging voran. Im Nebenraum stapelten sich Kisten und Kartons und es roch nach Kartoffeln. Marsak zog sich eine Strickweste über, denn in dem Lager war es kalt und nur die Arbeit hatte ihm die notwendige Wärme gegeben.

„Was kann ich für Sie tun?", fragte er, nachdem er die Tür hinter den beiden Männern geschlossen hatte. „Es geht doch sicherlich um eine der beiden Toten?"

„Der Fall Iris Steils ist bekanntlich aufgeklärt, aber zur Brigitte Mallmann haben wir noch ein paar Fragen", begann Fuß. „Sie waren doch an dem Abend draußen, können Sie uns mal zeigen, wo das genau war?"

Bereitwillig öffnete Marsak eine Tür, die zum Hof hinter dem Haus führte. Man konnte deutlich den Graben sehen, den Marsak vor rund zehn Tagen ausgehoben hatte. Fuß und Wagner gingen den Graben entlang und blickten dabei immer in Richtung Straße, die fast von der ganzen Länge des Grabens aus einzusehen war.

„Wo haben Sie zu graben begonnen?"

Marsak zeigte Wagner die Stelle. Auch von hier aus war der Blick auf die Straße frei.

„Sie haben doch Brigitte und Carlos gesehen, als die an dem Abend von der Kirche kamen. Hell genug war es."

Marsak kratzte sich am Hinterkopf. „Kann sein, bin mir aber nicht sicher."

Fuß schaute den Dorfladenbesitzer mit ungläubiger Miene an. „Also, das werden Sie doch wissen, immerhin sind Sie den beiden doch hinterhergestiefelt!“, bluffte er in der Hoffnung, erneut mit dieser Methode Glück zu haben.

„Was sagen Sie da?“, rief Marsak empört aus und Fuß wusste sofort, dass er diesmal falsch lag. Offenbar hatte Marsak den Arbeitsplatz tatsächlich nicht verlassen. „Also, die beiden gesehen – das ist durchaus möglich, aber ich habe mich keinen Zentimeter von hier wegbewegt. Ich habe halt gar nicht auf die Straße geachtet und wollte auch fertig sein, bevor es dunkel wurde. Möglich, dass ich zufällig einen Blick auf die Straße geworfen habe, aber sicher bin ich mir da nicht.“

Sie gingen wieder zurück in das Lager, wo sie auf Frau Marsak trafen. „Vielleicht können Sie uns etwas dazu sagen?“

„Also ich habe die beiden gesehen“, sprudelte sie los, noch bevor die Kripobeamten sie konkret nach Carlos und Brigitte fragen konnten. Wagner musste schmunzeln. Offenbar hatte sie hinter der angelehnten Tür gelauscht. „Sie sahen sehr verliebt aus. Ich meine, was so junge Menschen dann tun ...“

„Was tun denn junge Menschen so?“, schaltete Fuß sich ein.

„Nun, der Carlos ist um die Brigitte herumgetänzelt und sie hat ihre langen Haare festgehalten, damit der Wind sie ihr nicht ins Gesicht wehen sollte, und hat ihn angehimmelt.“

„So genau konnten Sie das sehen?“, fragte Wagner verwundert.

„Na ja, vielleicht habe ich es mir auch nur eingebildet. Auf jeden Fall waren beide gut gelaunt.“

„Und kam einer der beiden nochmals zurück?“

„Nein, aber viel später kam ein anderer Mann die Straße herunter. Aber da muss es schon halb zehn gewesen sein.“

„Und wer war das?“ Fuß warf Wagner einen Blick zu, worauf dieser seinen Notizblock aus der Tasche zog und zu schreiben begann.

„Er war nicht allzu groß, aber recht breit. Ich habe ihn noch nie gesehen, aber er ging schnell und es schien, als wüsste er genau, wohin er gehen wollte.“

Merkwürdig, dachte Fuß, warum hatte ihnen bisher keiner etwas von diesem großen Unbekannten erzählt? Er stellte die Frage sofort auch an Frau Marsak.

„Ach, wissen Sie, Herr Kommissar, am Sonntag, da war ich so aufgeregt und eingefallen ist mir das sowieso erst jetzt im Moment, wo Sie danach gefragt haben.“

„Könnte es von der Figur her Herr Mallmann gewesen sein?"

Die Frage schien sowohl Frau Marsak als auch ihren Mann zu elektrisieren.

„Mallmann?", fragten beide wie aus einem Mund und schauten sich an. „War der denn hier?", erkundigte sich Frau Marsak.

„Beantworten Sie mir nur meine Frage. Könnte dieser Unbekannte der Figur nach Herr Mallmann gewesen sein?"

„Also, wenn Sie mich so fragen ... möglich wäre das schon. Vielleicht hat er inzwischen etwas zugenommen, aber von der Größe her könnte er es tatsächlich durchaus gewesen sein", bestätigte sie langsam.

„Dann müsste ich nur die Zeit etwas genauer wissen, als Sie den Mann gesehen haben."

Frau Marsak schüttelte den Kopf. „Tut mir Leid. Ich habe nicht auf die Uhr geschaut, aber es war schon dunkel und lange nachdem Brigitte und dieser Itaker hier vorbeigegangen sind."

„Ach, übrigens", meinte Fuß mit breitem Lächeln, „dieser Itaker, wie Sie zu sagen pflegen, ist ein Spanier."

„Hab' ich dir immer schon gesagt, ein Spanier", echote ihr Mann und fing deshalb einen vernichteten Blick seiner Frau ein.

„Ob Itaker oder Spanier, Ausländer ist er", sagte sie spitz und machte sich wieder auf den Weg in den Laden.

„Es tut mir Leid, dass wir Ihnen nicht helfen konnten", meinte Marsak, wegen der Bemerkung seiner Frau etwas verlegen. „Allein schon der armen Frau Mallmann zuliebe hätten wir das gern gemacht."

Fuß drückte ihm zum Abschied wortlos die Hand und verließ zusammen mit Wagner das Lager durch die Tür zum Hof. Noch einmal wollte er Frau Marsak nicht begegnen. Er hatte kein Verständnis dafür, wenn Ausländer, gleich welcher Nationalität, als Menschen zweiter Klasse angesehen wurden.

„Was meinst du?", fragte er Wagner, als sie außer Hörweite waren. „Wenn doch nur die DNA-Analyse von diesem Mallmann endlich käme!" Er blickte auf seine Armbanduhr. „Es wird Zeit, dass ich zu dem Pastor komme. Wenn du willst, kannst du dich hier oben noch etwas nach dem Unbekannten umhören. Vielleicht erinnert sich noch der eine oder andere, wenn er darauf angesprochen wird. Außerdem wollten wir uns das Zimmer von Brigitte einmal näher anschauen ..."

27.

Pastor Bergheimer wartete bereits auf den Kommissar. Er hatte sich eigens von den Schwestern eine Thermoskanne Kaffee bringen lassen, um Fuß eine Tasse anbieten zu können.

„Nehmen Sie Zucker und Milch?"

„Ich trinke Kaffee immer schwarz, wie die Sünde!", lachte Fuß. „Damit kennen wir uns doch beide aus."

Doch Bergheimer schien nicht zu Scherzen aufgelegt zu sein. Er rückte seine Goldrandbrille zurecht und wartete, bis Fuß den ersten Schluck Kaffee getrunken hatte.

„Sie werden verstehen, dass ich mich in den letzten Tagen viel mit den Vorfällen in Bayberg beschäftigt habe. Immerhin ist Bayberg so etwas wie meine Gemeinde, obwohl meine ganzen Aktivitäten dort völlig freiwillig sind. Eigentlich gehören die Leute nach Oberwesel. Aber Sie wissen ja, wenn dann auch noch der Weg zur Kirche so weit ist, wird er noch weniger beschritten."

Er stieß einen leisen Seufzer aus und nahm auch einen Schluck Kaffee zu sich.

„Sie wissen auch, dass ich mich in den letzten Monaten sehr um Frau Mallmann und ihre Tochter gekümmert habe. Das Verschwinden ihres Mannes hat die Frau doch sehr mitgenommen und ich hoffe, ihr mit meinen Besuchen und Gesprächen etwas über diese Lebensklippe geholfen zu haben."

„Da werde ich Sie wohl etwas enttäuschen müssen", unterbrach Fuß den Pastor, dessen Gesicht sofort wie versteinert wirkte.

„Enttäuschen, wie darf ich das verstehen?"

„Unsere Ermittlungen haben ergeben, dass Frau Mallmann sich zumindest im Fall sehr schnell einem anderen Mann zugewendet hat ..."

„Sie meinen ..."

Fuß nickte. „Sie hat ein Verhältnis mit einem anderen Mann. Der Name tut nichts zur Sache. Und auch Brigitte ist nicht die Tochter ihres Ehemannes gewesen. Ich gehe einmal davon aus, dass diese Information bei Ihnen auch unter das Beichtgeheimnis fällt oder so etwas Ähnliches."

Pastor Bergheimer war sprachlos. Er starrte den Kommissar an, als erblickte er ein biblisches Wunder. Fuß musste lachen. Offenbar waren diese Enthüllungen doch etwas zu viel für einen Mann, der im Zölibat lebte. Aber eigentlich hatten er und Wagner Bergheimer bisher ganz anders eingeschätzt ...

Lächelnd setzte Fuß hinzu: „Außerdem habe ich den Eindruck, dass Sie durch Ihre Besuche und Hilfebezeugungen in Frau Mallmann ebenfalls sehr weltliche Gefühle geweckt haben."

Das plötzliche Läuten des Telefons riss Bergheimer aus seiner Erstarrung. Verwirrt schaute er sich um, bevor er aufstand und ans Telefon ging.

„Ich komme sofort!", sagte er leise in den Hörer und eilte zu einem kleinen Schrank, aus dem er hastig eine Stola und ein größeres schwarzes Lederetui herausnahm. „Sie müssen mich bitte entschuldigen. Aber einer der Senioren scheint im Sterben zu liegen. Ich komme so schnell wie möglich wieder zurück."

Mit diesen Worten hatte er auch schon den Raum verlassen, ohne dass Fuß die Möglichkeit gehabt hätte, etwas zu erwidern. Der Kommissar seufzte. Dann rief er seinen Kollegen über Handy an und teilte ihm mit, dass es wohl etwas länger dauern würde als ursprünglich geplant.

Es klopfte leise an die Tür und eine Schwester in Tracht steckte den Kopf herein. „Pastor Bergheimer meinte, ich solle Ihnen etwas Gesellschaft leisten", sagte sie und betrat den Raum.

„Das ist ganz reizend von Ihnen." Fuß stand höflich auf und wartete, bis die Schwester Platz genommen hatte.

„Ich bin Schwester Angelika. Sie ermitteln wegen der kleinen Mallmann?", erkundigte sie sich.

Fuß versuchte ihr Alter zu schätzen, was angesichts ihrer Tracht recht schwer fiel. Aber sie mochte die vierzig längst überschritten haben.

„So ist es", bestätigte der Kommissar. „Aber woher kennen Sie das Mädchen?"

Bereitwillig erzählte die Schwester, dass Brigitte schon früher häufig im Seniorenheim gewesen sei. Vor allem an Weihnachten und Ostern habe sie immer geholfen, den alten Leuten eine Freude zu machen. Mal habe sie selbst gemalte Bilder verteilt, bei Feiern ein Gedicht vorgetragen oder ein Lied gesungen.

„Brigitte hatte eine sehr schöne Stimme“, lobte die Schwester. „Und in letzter Zeit hat auch der Pastor sie einige Male mitgebracht. So waren beide nicht ganz so einsam.“

Fuß erinnerte sich, dass Wagner ihm nach seinem ersten Besuch bei Bergheimer etwas von einer verstorbenen Schwester des Pastors erzählt hatte. Seine Blicke schweiften zu dem Sideboard und er erkannte das erwähnte Bild mit dem Trauerflor.

„Wann ist denn seine Schwester gestorben?“

„Seine Schwester?“ Die Schwester schaute ihn erstaunt an.

Fuß deutete auf das Foto auf dem Sideboard hin. Schwester Angelika folgte seinen Blicken und lachte fröhlich auf.

„Das ist wohl ein Missverständnis. Oberschwester Roswitha war eine Ordensschwester, nicht die Schwester von Pastor Bergheimer.“

Nun war es Fuß, der erstaunt schaute. Warum stellte Bergheimer das Bild einer verstorbenen Ordensschwester mit einem Trauerflor in seinem Zimmer auf?

Die Frage schien der Schwester peinlich zu sein. „Nun, Pastor Bergheimer und Oberschwester Roswitha waren einander sehr verbunden. Ich meine, sie haben viel zusammengearbeitet und miteinander diskutiert. Schwester Roswitha ist vor knapp einem halben Jahr gestorben. Es war ein schwerer Schlag für den Pastor, von dem er sich erst in den letzten Wochen etwas erholt hat.“

„Wie lange haben die beiden zusammen ... gearbeitet?“, wollte Fuß wissen.

„Ich weiß es nicht. Das begann wohl schon vor meiner Zeit und ich bin jetzt fünfzehn Jahre hier“, antwortete Schwester Angelika. „Aber Schwester Roswitha hat vor etwa zwei oder drei Jahren ihr dreißigstes Jubiläum gefeiert und ich glaube, sie war von Anfang an hier in Oberwesel. Und soweit ich weiß, ist Pastor Bergheimer auch schon eine Ewigkeit hier in der Gegend tätig und hat schon immer das Seniorenheim betreut.“

„Also recht lange“, meinte Fuß nachdenklich. „Könnte man sagen, der Pastor und die Schwester waren ein Paar?“

Schwester Angelika schien für einen Moment den Atem anzuhalten, doch dann plötzlich strahlte sie über das ganze Gesicht und ihre Augen begannen zu leuchten. „Sie waren das glücklichste Paar, das ich je gesehen habe.“ Sie sagte es so voll Überzeugung und innerer Anteilnahme, dass es Fuß fast die Sprache verschlug.

„Sie meinen, die beiden lebten ganz offiziell in einer eheähnlichen Beziehung?“

Je länger die Schwester über die Frage nachzudenken schien, desto mehr verschwand das Strahlen wieder aus ihrem Gesicht. „Ich hätte Ihnen das wahrscheinlich nicht sagen dürfen.“ Ihre Stimme war leise und plötzlich voll Angst. „Hier im Kloster hat es jeder gewusst, auch die meisten im Seniorenheim. Aber es wurde niemals darüber gesprochen. Die Beziehung zwischen den beiden war so rein, so …“ Ihr gingen die Worte aus.

Der Kommissar war beeindruckt. Da hatten hier ganz offiziell ein Pastor und eine Ordensschwester als Paar gelebt und keiner hatte daran Anstoß genommen, nicht einmal die Bewohner des Seniorenheimes. Sie hatten vielleicht sogar geholfen, das Verhältnis zu vertuschen …

„Sie sind doch Kriminalbeamter?“, fragte Schwester Angelika plötzlich.

„Ja, warum?“

„Unterliegen Sie nicht auch irgendeiner Schweigepflicht oder so?“

Der Kommissar musste lachen, als er in das ängstliche Gesicht in der schwarzen Tracht blickte. „Nein, wir unterliegen keiner Schweigepflicht, nur einem Dienstgeheimnis. Aber für solche Dinge gibt es auch eine menschliche oder moralische Schweigepflicht, so wie sie die Menschen hier im Seniorenheim offensichtlich auch ausüben. Sie können sich auf mich verlassen. Von mir wird niemand etwas erfahren. Ich habe Sie eben strahlen sehen, als Sie von Schwester Roswitha und dem Pastor sprachen. Es muss wirklich ein beneidenswertes Paar gewesen sein …“

„Das war es!“, rief die Schwester überzeugt aus und wieder begannen ihre Augen zu leuchten.

Fuß musste unwillkürlich an seine eigene Ehe denken, die trotz mancher Höhen und Tiefen demnächst zweiunddreißig Jahre gehalten hatte und auf ihre Art und Weise auch beneidenswert war. Beneidenswert, dass sie trotz all der Belastungen immer wieder zueinander gefunden und gestanden hatten.

Das Öffnen der Tür ließ ihn aus seinen Gedanken zurückkehren.

„Ich hoffe, Schwester Angelika hat Ihnen etwas die Wartezeit verkürzt.“ Pastor Bergheimer legte seine Stola und das schwarze Etui in den Schrank zurück und bedankte sich bei der Schwester. Zu Fuß gewandt meinte er: „Sie haben Ihren Kaffee kalt werden lassen. Ich werde Ihnen eine neue Tasse holen.“

Der Kommissar wehrte ab. Mit einem Schluck trank er die Tasse leer und ließ sich eine neue einschenken. „Wie geht es dem Patienten?“

„Es wird wohl zu Ende gehen, aber eine Schwester ist bei ihm und wird mich rufen, wenn ich gebraucht werde.“ Bergheimer setzte sich wieder dem Kommissar gegenüber und blickte ihm direkt in die Augen. „Ich muss Ihnen sagen, dass mich Ihre Bemerkung über Frau Mallmann eben schwer getroffen hat. Vielleicht habe ich sie falsch eingeschätzt und die Hilferufe des Mädchen falsch verstanden. Ich werde darüber nachdenken müssen.“

„Weshalb haben Sie mich eigentlich kommen lassen?“, fragte Fuß mit einem vorsichtigen Blick auf seine Armbanduhr.

„Es geht um Horst Steils. Morgen wird seine Schwester beerdigt. Es wird wahrscheinlich nicht möglich sein, seinen Vater und seinen Bruder an der Beerdigung teilnehmen zu lassen ...“

„Wie stellen Sie sich das vor?“ Der Kommissar konnte seine Empörung nicht zurückhalten.

„Es sollte keine Frage sein“, entschuldigte sich Bergheimer, „eher eine Feststellung. Aber Horst alleine mit seiner toten Schwester im Sarg ...“

„Darüber haben wir uns auch schon Gedanken gemacht“, warf Fuß ein. „Eine äußerst schwierige Situation, menschlich gesehen. Vielleicht können Sie und die Schwestern hier eingreifen. Nur fragen Sie mich nicht, wie!“

„Genau deshalb habe ich Sie hierher gebeten. Ich habe mit der Oberschwester Gabriele gesprochen. Wir könnten für einen überschaubaren Zeitraum den Jungen im Kloster aufnehmen. Es gibt dort ein Fremdenzimmer, wenn Verwandte einmal die Schwestern besuchen. Für ein oder zwei Wochen könnte dieses Zimmer dem Jungen zur Verfügung stehen und wir alle könnten uns etwas um ihn kümmern. Er muss ja Furchtbares durchgemacht haben.“

„Wie sind Ihre Kontakte zum Jugendamt? Immerhin ist Horst noch minderjährig. Vielleicht kann man von hier aus etwas vermitteln, was sich an die Zeit hier im Kloster anschließt. Immerhin kann er nicht allein auf dem Bauernhof bleiben und seinen Vater und Bruder sieht er die nächsten Jahre nicht mehr dort oben in Bayberg. Der Hof wird verkauft werden müssen, was weiß ich?“

„Letztendlich wird er in ein Heim müssen, wenn wir nichts finden“, bedauerte Bergheimer.

„Das wäre die schlechteste Lösung!“, entgegnete Fuß sofort. „Junge

Menschen in dem Alter brauchen eine richtige Familie! Es ist doch so?“

Bergheimer schaute den Kommissar prüfend an. „Sind eigentlich alle Ihre Kollegen so? Ich meine, man stellt sich einen Polizisten, zumal einen Kriminalpolizisten, eigentlich immer ganz anders vor. Weniger mitfühlend, mehr ...“

„Ach, wissen Sie, es gibt überall solche und solche. Manchmal tut man sich als Polizist auch schwer, wenn man zu viel nachdenkt, glauben Sie mir. In gewisser Weise ist Ihr Job genauso beschissen wie meiner.“ Der Kommissar schaute auf seine Uhr. „Ich muss aber jetzt wirklich gehen.“

Er stand auf und mit ihm Bergheimer.

Der Pastor ergriff die Hand des Kommissars und hielt sie ganz kurz fest. „Ich glaube, Sie wären auch ein guter Seelsorger geworden. Bei Ihnen könnte ich vertrauensvoll meine Schuld abladen, weil Sie die Menschen lieben.“

Fuß blickte etwas verlegen an dem Pastor vorbei. „Vielleicht hat es damit zu tun, dass auch ich etwas mit Rebstöcken zu tun hab’. Irgend so etwas kommt doch auch in der Bibel vor.“

„Was haben Sie mit Rebstöcken zu tun?“, fragte Bergheimer, neugierig geworden.

„Ich bin nebenbei auch noch Winzer. Vielleicht erklärt das manches.“

Der Pastor begleitete den Kommissar noch bis zum Aufzug.

„Ach, da wäre noch eine Frage“, meinte Fuß, während sie auf den Aufzug warteten. „An jenem Samstag sind Sie doch nach dem Gottesdienst nach Oberwesel gefahren. Eigentlich müssten Sie dabei die Brigitte gesehen haben. Oder vielleicht jemand anderen.“

Bergheimer schaute Fuß an. Sein Gesicht wurde bei der Erinnerung an diesen Abend wieder blass und nachdenklich. „Vielleicht“, sagte er, „vielleicht habe ich sie gesehen oder jemand anderen. Ich habe nicht darauf geachtet. Man hat nach einem arbeitsreichen Tag so viele Dinge im Kopf, die einen beschäftigen.“

28.

Unterdessen stattete Wagner Karin Mallmann nochmals einen Besuch ab. Wie zu erwarten war auch Thomas Klinkhammer anwesend.

„Falls es Sie beruhigt“, meinte Wagner bei der Begrüßung, „Ihre DNA ist negativ ausgefallen.“

Er sah Erleichterung im Gesicht von Frau Mallmann. Offenbar war sie doch bis zu diesem Moment nicht ganz frei von der Befürchtung gewesen, der Vater ihrer Tochter könnte indirekt am Tod des Kindes mitschuldig sein.

„Was geschieht nun eigentlich mit der DNA-Analyse?“, erkundigte sich Klinkhammer.

„Nach Paragraph einundachtzig Strafprozessordnung wird sie vernichtet, das müssten Sie als Jurist aber doch wissen“, antwortete Wagner.

Klinkhammer überhörte den ironischen Unterton und zog sich ins Wohnzimmer zurück, während Frau Mallmann den Kriminalhauptmeister ins Kinderzimmer begleitete.

„Macht es Ihnen etwas aus, wenn Sie mich alleine lassen?“

Karin Mallmann zögerte einen Moment. „Bitte, ich möchte das Zimmer vorerst so belassen, wie es Brigitte zurückgelassen hat“, bat sie leise.

Dann verließ sie den Raum und Wagner setzte sich an den Arbeitstisch, an dem Brigitte vermutlich immer ihre Hausaufgaben gemacht hatte. Das Mädchen schien von großer Ordnungsliebe gewesen zu sein. Die Bilder, die sie gemalt hatte, hingen alle exakt, die Bücher im Regal standen in Reih und Glied und der Tisch vor ihm war aufgeräumt.

Als Erstes nahm Wagner sich die Schultasche vor. Brigitte hatte eine äußerst saubere Schrift. Im Schulmäppchen war alles an seinem Platz. Ein Aufgabenheft war bis ins Detail geführt. Wagner musste an seine eigene Schulzeit denken und wie es damals um die „Ordnung“ in seiner Schultasche bestellt gewesen war …

Er blätterte ein paar Hefte durch, fand aber nichts, was er irgendwie mit dem in Zusammenhang bringen konnte, weswegen er hier saß. Er stellte die Schultasche wieder an ihren Platz zurück und zog die Tischschublade auf. Auch hier herrschte eine fast beängstigende Ordnung. Wagners Aufmerksamkeit erregte lediglich ein kleines Kästchen, in dem Brigitte Fotos gesammelt hatte. Obenauf war ein Foto von ihr und ihrer Mutter, wahrscheinlich aus jüngster Vergangenheit. Darunter lagen Fotos, die von einem Schulausflug im letzten Sommer zu stammen schienen. Dann folgten wieder Fotos von Brigittes Mutter auf einem Familienfest und eines von Brigitte mit einem alten Ehepaar, wahrscheinlich den Großeltern. Die letzten Fotos in dem Kästchen zeigten einen Mann, offenbar Wolfgang Mallmann, von dem Brigitte geglaubt hatte, er sei ihr Vater. Mal war er in Badehose zu sehen, dann auf einem Spaziergang mit Frau Mallmann im Arm oder auf einem Spielplatz. Und schließlich Brigitte, als sie noch nicht zur Schule ging. Wagner legte die Fotos wieder in das Kästchen zurück und schloss die Schublade.

Nacheinander betrachtete er die Bilder, die Brigitte gemalt und aufgehängt hatte. Die Farben waren alle freundlich, mal war es eine Fantasielandschaft, dann erkannte Wagner ganz deutlich die Loreley mit dem Rhein und einem Passagierschiff davor. Das Mädchen hatte, wiederum peinlich ordentlich, alle Bilder mit dem Datum ihres Entstehens gekennzeichnet. Schließlich entdeckte Wagner eine Zeichnung, auf der mehrere Personen zu sehen waren. Auf der Rückseite des Bildes musste etwas stehen, denn einzelne Buchstaben hatten sich von hinten durch das Papier gedrückt. Vorsichtig löste Wagner das Bild von der Wand und drehte es um. Es waren einige Namen vermerkt, die ihm allerdings nichts sagten. Offensichtlich waren umseitig die betreffenden Personen abgebildet. Wagner betrachtete das Bild erneut, entdeckte aber keine Ähnlichkeit mit Personen, die er kannte.

Das letzte Bild in der Reihe sollte offenbar Brigittes Mutter und Wolfgang Mallmann darstellen. Es zeigte ein Paar, das gerade im Begriff war, sich zu küssen. Brigitte hatte wirklich viel Geschick, mit wenigen Strichen und Farben das Wesentliche darzustellen. Selbst die doch recht schwierige Perspektive eines sich küssenden Paares war ihr sehr gut gelungen. Nur das Datum machte Wagner stutzig. Die Entstehung der Zeichnung lag kaum vier Monate zurück. Zu diesem Zeitpunkt hatte Wolfgang Mallmann seine Frau und ihr Kind bereits längst verlassen!

Wagner betrachtete das Bild immer und immer wieder. Brigitte hatte hier wohl ihre Wunschvorstellung festgehalten, ihr vermeintlicher Vater möge wieder zurückkommen und sich mit ihrer Mutter küssend versöhnen. Auch hier schien etwas auf der Rückseite zu stehen. Er löste das Bild und betrachtete die Rückseite. Mit Bleistift stand darauf geschrieben: „Sie und er – erwischt!“ Nachdenklich hängte Wagner die Zeichnung wieder auf. Er konnte sich auf diese Worte keinen Reim machen.

Er nahm ein paar Bücher aus dem Regal. Es war die typische Buchsammlung eines Mädchens im Laufe der Jahre. Und so schienen sie auch sortiert zu sein. Das begann mit einem Tierbuch mit Bildern und Großdruck und ging bis hin zu dem erst vor kurzem erschienenen Buch „Harry Potter und der Feuerkelch“. Als letztes Buch stand der Titel „Eine Tochter ist kein Sohn“ auf dem Regal. Wagner nahm die beiden Bücher heraus und blätterte in ihnen. Harry Potter war ein Weihnachtsgeschenk von Pastor Bergheimer, wie die Widmung erkennen ließ, und auf der ersten Seite von Eine Tochter ist kein Sohn hatte Frau Mallmann hineingeschrieben: „Meiner großen, über alles geliebten Tochter von ihrer Mama“.

Als Letztes öffnete Wagner den Schrank. Hier fand er nur Kleider und Wäsche. Er fühlte und tastete zwischen einzelnen Wäschestücken, den beliebten Verstecken seiner eigenen Jugendzeit. Doch auch hier suchte er vergebens. Schließlich fühlte er noch unter der Matratze und schaute unter das Bett. Er sah sich nochmals im Zimmer um und versuchte sich in die Zeit zurückzuversetzen, als er erste Liebesbriefe, Zigaretten oder Aktfotos vor seinen Eltern und seinen Brüdern versteckt hatte. Er schaute hinter zwei Bilderrahmen, fühlte am Schrankrand entlang und hob von allen Seiten den Teppich an. Nichts. Unbefriedigt verließ er wieder das Zimmer. Dieses Mädchenzimmer war fast zu wenig aufschlussreich, was einem Kriminalbeamten schon wieder verdächtig erscheinen musste …

Frau Mallmann hatte gehört, wie er die Tür des Kinderzimmers schloss, und kam ihm entgegen.

„Haben Sie etwas gefunden, was Ihnen weiterhilft?“

„Haben Sie schon etwas aus dem Zimmer entfernt oder geändert?“, wollte Wagner wissen.

Frau Mallmann schaute ihn erschrocken an. „Ich habe ein paar Fotoalben und Zeichnungen, die ich mir noch einmal angeschaut und jetzt auch Thomas gezeigt habe. Kommen Sie mit.“

Wagner folgte ihr ins Wohnzimmer und erhielt eine Mappe mit weiteren Zeichnungen und vier Fotoalben von ihr. „Sie können sie auch gerne mitnehmen, wenn ich alles zurückbekomme.“

Wagner nahm das Angebot dankend an, denn vier Augen sahen mehr als zwei. Er stellte Frau Mallmann eine Quittung aus, erhielt eine Plastiktüte und machte sich mit Mappe und Alben auf den Weg.

Fuß wartete bereits vor der Haustür, was Wagner sehr angenehm war. So brauchte er die Tüte nicht zu schleppen. Er wechselte Fuß hinter dem Lenkrad ab.

„Und?“, fragte er gespannt, als er sich angeschnallt hatte.

Doch der Kommissar antwortete nicht, sondern starrte gedankenversunken auf die Fahrbahn.

„Hat es dir die Sprache verschlagen oder willst du eine Runde schlafen?“, erkundigte sich Wagner, während sie über die Autobahn nach Koblenz zurückfuhren.

„Keines von beiden“, murmelte Fuß und schwieg weiter. Doch plötzlich schlug er sich mit der linken Faust in die rechte Hand, dass es klatschte und Wagner vor Schreck fast den Wagen verrissen hätte. „Verflucht noch mal, der hat mich doch nicht nach Oberwesel bestellt, um mit mir die Zukunft von dem jungen Steils zu bequatschen! Der wollte doch etwas ganz anderes loswerden. Er ist der Beichtvater des Mannes, den wir suchen. Da bin ich mir ganz sicher und ich habe ihn mit meinem Gerede von der Mallmann und ihren Männern völlig aus dem Konzept gebracht.“

Dann versank er wieder in Schweigen.

„Der hat heute eins am Sträußchen!“, kommentierte Fuß’ Frau am Abend sein wortkarges Verhalten in der Straußwirtschaft.

Ihr Mann ging von Tisch zu Tisch, bediente da und dort, aber alles geschah automatisch und ohne die gewohnte Heiterkeit und Ausgelassenheit. Immer noch beschäftigte ihn die Frage, welches der wahre Grund dafür gewesen sein mochte, dass ihn Bergheimer so dringend am Vormittag nach Oberwesel bestellt hatte. Vielleicht wollte er ihm einen verdeckten Hinweis geben, ohne sein Beichtgeheimnis zu verletzen? Vielleicht hatte Bergheimer ihm diesen Hinweis sogar schon gegeben und er hatte ihn gar nicht wahrgenommen?

Schließlich setzte der Kommissar sich mit einem Glas Spätburgunder an einen frei gewordenen Tisch und machte sich aus der Erinnerung Notizen zu dem Gespräch mit dem Pastor. Als er fertig war, starrte er auf das Papier und seine Augen wanderten ungeduldig und ziellos zwischen den Stichworten hin und her.

28.

Wäre man orientierungslos aus einem tiefen Schlaf erwacht und hätte nicht auf den Kalender geschaut, so hätte man an diesem Donnerstag nach Ostern glauben können, es sei Allerheiligen oder Totensonntag. Kaltes, trübes Herbstwetter lag über dem Hunsrück und den angrenzenden Tälern und vermittelte eine bedrückende Stimmung, mitten im April.

Fuß saß mit schlafverquollenen Augen neben Wagner im Auto. Er hatte die halbe Nacht über den Fall Brigitte Mallmann nachgedacht und war zu keinem Ergebnis gekommen. Irgendwann hatte Erika den Arm um ihn gelegt und ihn überredet, ins Bett zu kommen. Die wenigen Stunden Schlaf und die Unzufriedenheit über die ins Stocken geratene Aufklärung des Falls zeigten ihre Wirkung.

Wagner hätte seinem Kollegen zu gern etwas Aufmunterndes gesagt, aber auch ihm schlug das Wetter und die Ratlosigkeit auf das Gemüt. Außerdem befanden sie sich auf dem Weg zur Beerdigung von Iris Steils. Ein Tag, der mit Unerfreulichem gepflastert zu sein schien.

Waren schon zur Beerdigung von Brigitte das halbe Dorf, ihre Schulklasse mit den Eltern und ein paar Neugierige erschienen, so hatte sich heute allein die Zahl der Neugierigen noch vervielfacht. Außerdem waren das Fernsehen und die Regionalpresse erschienen. Dieser Mord an der eigenen Tochter während einer versuchten Vergewaltigung und die Beseitigung der Leiche mit Unterstützung des eigenen Bruders hatte sogar die BILD angelockt. Und alle richteten ihre Blicke auf Horst Steils, der totenbleich und zitternd neben Ingrid Barden stand und nicht wusste, was sich um ihn herum abspielte.

Ingrid hatte ausnahmsweise kaum Make-up aufgelegt. Sie trug einen langen schwarzen Rock und eine schwarze Lederjacke und sah plötzlich aus wie eine aus dem Dorf. Irgendwer hatte tatsächlich das Gerücht verbreitet, auch Willi und Günter Steils würden an der Beerdigung teilnehmen.

Kommissar Fuß registrierte die sensationslüsterne Menschenmenge mit verständnislosem Kopfschütteln, als er aus dem Wagen stieg. Uniformierte Kollegen aus Boppard waren mit zwei Streifenwagen gekommen, um das schlimmste Chaos zu verhindern. Fuß und Wagner gaben sich zu erkennen und betraten die eilends vorgenommene Absperrung, um sich unter die Dorfbewohner zu mischen. Obwohl es nur noch zehn Minuten bis zur angesetzten Beisetzung waren, fehlte Pastor Bergheimer noch. Vielleicht hatte er aus der Entfernung bereits den Trubel gesehen und hielt sich so lange zurück, bis er sicher sein konnte, dass es auf Grund des Zeitdruckes keiner mehr wagen würde, ihn aufzuhalten?

Während Wagner sich wieder an das ausgehobene Grab stellte, versuchte Fuß sein Glück erneut in der Kapelle. Doch diesmal war der Andrang so groß, dass er es nur bis in die letzte Reihe, dicht an die Mauer gedrängt, schaffte. So konnte er nur ahnen, wer in der Kapelle alles Platz gefunden hatte. Trotz seiner knapp zwei Meter konnte er von dem Sarg und seinem Schmuck nur wenig sehen.

Irgendwo flammte ein Scheinwerfer auf und Fuß konnte für kurze Zeit einen Kameramann sichten, der sein Objektiv auf die Stelle gerichtet hatte, wo der Kommissar Horst Steils vermutete. Irgendjemand beschwerte sich lautstark über die Rücksichtslosigkeit der Medienvertreter. Fuß hörte etwas von Totenruhe und Unverschämtheit. Nach kurzer Zeit wurde es vorn wieder dunkel und der Spuk war vorbei.

Pastor Bergheimer traf mit Verspätung ein. Selbst er hatte große Schwierigkeiten, sich durch die Menschenmenge einen Weg zu bahnen. Offenbar hatte er wegen der Schulferien keinen Messdiener gefunden. Stattdessen zwängte sich Hedwig Liesenthal mit Kreuz und Weihwasser hinter dem Pastor durch die Menge. Manch einer übersah die kleine Frau und drängte sie ab. Doch energisch fuchtelte sie dann so lange mit der Kreuzstange zwischen den Körpern hin und her, bis man sie zur Kenntnis nahm und den Weg freigab.

Am Sarg angelangt musste Bergheimer erst einmal sein Gewand richten. „Im Namen des Vaters und des Sohnes und des Heiligen Geistes!“, begann er.

Nur in der Kapelle selbst trat Ruhe ein. Draußen hatte man offenbar noch gar nicht mitbekommen, dass die Trauerfeier inzwischen begonnen hatte.

„... Der Herr über Leben und Tod hat es zugelassen, dass innerhalb von nur einer Woche zwei junge Leben in diesem Dorf aus unserer Mitte gerissen wurden ...“

Ein Aufschrei hallte durch die Kapelle. Fuß sah, wie der Pastor erschrocken zu der Stelle hinblickte, wo er Horst Steils vermutete. Bergheimer brach seine Ansprache ab und verschwand aus Fuß' Blickfeld.

„Moment bitte!“, herrschte Fuß seinen Vordermann an und zwängte sich mit gekonnter Routine und Ellenbogen nach vorn.

In der Menge trat sofort die Unruhe auf, die sich immer einstellt, wenn niemand weiß, was geschehen ist. Jeder versuchte etwas von dem mitzubekommen, was sich vorne in der Kapelle abspielte.

Horst Steils lag kreidebleich zuckend am Boden, sein Kopf wurde von Ingrid Barden gehalten. Sie schaute verzweifelt zwischen Pastor Bergheimer und Hans Marsak hin und her, die sich um den zusammengebrochenen Jungen bemühten.

Fuß drückte die Notruftaste seines Handys und forderte bei der Bereitschaft des Roten Kreuzes in Emmelshausen einen Notarzt an. Dann half er die Beine von Horst Steils hochzulegen und deckte den zitternden Körper mit seinem Mantel zu.

„Wir verschieben die Beisetzung, bis der Junge abtransportiert ist!“, flüsterte er Bergheimer zu, wartete aber keine Zustimmung ab, sondern erhob laut seine Stimme in Richtung der Trauergemeinde. „Bitte verlassen Sie die Kapelle und machen Sie auch draußen einen Gang für den Notarzt frei. Die Beerdigung wird um etwa eine halbe Stunde verschoben.“

Auch draußen hatte man inzwischen mitbekommen, dass etwas in der Kapelle geschehen sein musste und sofort begann die Gerüchteküche zu brodeln. Die Uniformierten aus Boppard hatten Mühe, die Menge im Zaum zu halten.

Wagner hatte beobachtet, dass in der Kapelle Unruhe eingetreten war und einige der Trauergäste erregt diskutierend ins Freie kamen. Er setzte sich sofort in Bewegung und versuchte, gegen den Strom in die Kapelle zu gelangen.

„Fuß“, rief er laut, als er die Tür erreicht hatte. Sein Ruf übertönte die erregte Menge und hallte durch den Kapellenraum.

„Nichts Ernstes, bleib draußen und halt mit den Kollegen einen Gang für den Notarzt frei!“, hallte es zurück.

Das war schwerer getan als gesagt. Zunächst suchte sich Wagner einen seiner Bopparder Kollegen und informierte ihn durch Zurufen kurz, was zu veranlassen war. Dann gingen sie gemeinsam an die Arbeit, einen Gang freizumachen. Doch kaum war ihnen dies am Friedhofstor gelungen, war die Menge am Kapelleneingang aus lauter Neugierde schon wieder zusammengerückt.

„Holen Sie einen Wagen näher heran und machen Sie eine Lautsprecherdurchsage, schnell!“, befahl Wagner einem Uniformierten, der außerhalb des Friedhofs versuchte, die Menschen von der Fahrbahn zurückzuhalten.

Wenige Minuten später ertönte in ohrenbetäubender Lautstärke kurz das Martinshorn eines Streifenwagens, dann folgte die Durchsage, eine Gasse zwischen Straße und Kapelle freizumachen. Doch auch die Durchsage brachte nicht den gewünschten Erfolg.

Fuß hatte inzwischen aus zwei weiteren Mänteln, die ihm Umstehende zur Verfügung gestellt hatten, ein Kissen gerollt und die Beine des Jungen noch höher gelagert. Er sprach unentwegt beruhigend auf Horst Steils ein. Der Junge hatte die Augen weit aufgerissen, nahm aber offenbar nichts wahr.

Erst kurz vor dem Friedhof schaltete der Notarztwagen das Signalhorn ein, nachdem der Fahrer die Menschenmenge entdeckt hatte. Erneut ging eine Welle der Neugierde durch die Reihen. Doch auch der Notarzt und die beiden Rettungssanitäter hatten genügend Erfahrung und ihre kleinen und für allzu Neugierige schmerzhaften Tricks, sich durch die Menschenmenge zu boxen.

Die Infusion war schnell angelegt und der Patient zum Abtransport vorbereitet. Auch Wagner war hinter dem Notarzt in die Kapelle gekommen und half nun gemeinsam mit Fuß den Rückweg anzutreten. Ingrid Barden erklärte sich bereit, Horst zu begleiten. Als die Rettungssanitäter die Kapelle verließen, hatten sich die Kameraleute und Fotografen in Position gebracht und jeder versuchte wenigstens für den Bruchteil einer Sekunde das immer noch bleiche Gesicht des Jungen einzufangen.

Fuß und Wagner blieben am Eingang des Friedhofs stehen und schauten dem abfahrenden Notarztwagen nach.

„Wahnsinn!“, schimpfte der Kommissar. „Hier können wir sowieso nichts Vernünftiges mehr ermitteln. Das ist mehr eine Trauershow als eine Beerdigung!“

Wagner stimmte ihm zu. Sie überlegten gemeinsam, ob es Sinn hatte, noch bis zur Beisetzung zu bleiben. Ihre Entscheidung wurde durch den plötzlich einsetzenden Regen mit beeinflusst. Sie stiegen in den Wagen und fuhren nach Koblenz zurück.

„Ich habe heute Morgen gleich geahnt, dass alles schief läuft", knurrte Fuß verdrossen. „Wirklich ein rabenschwarzer Tag!"

Auf seinem Schreibtisch fand der Kommissar eine Telefonnotiz vor, dass er seiner Frau aus der Metro in Koblenz einen Eimer Majonäse mitbringen solle, und einen Haftbefehl aus Trier gegen Thomas Klinkhammer. Er steckte die Telefonnotiz hastig in seine Jacke und las neugierig das Begleitschreiben zum Haftbefehl.

Klinkhammer wurde dringend verdächtigt, vor einigen Monaten in Trier einen schweren Verkehrsunfall verursacht und anschließend Fahrerflucht begangen zu haben. Nachdem das Kennzeichen des Wagens unbekannt geblieben war und auch die Nachforschungen in Autowerkstätten keinen Hinweis brachten, hatte man nunmehr über die DNA-Identifizierungsdatei beim BKA in Wiesbaden den Unfallfahrer ermittelt.

„Jetzt weiß ich auch, warum er sich so energisch gegen die Speichelprobe gewehrt hat. Der wusste genau, dass man am Unfallort Blutspuren von ihm gefunden hatte", brummte Fuß.

„Und mich hat er scheinheilig gefragt, was mit der DNA geschehen sei, nachdem er für uns als Täter nicht infrage kam", sagte Wagner. „Ich konnte nicht wissen, dass du die DNA nach Wiesbaden geschickt hast und habe ihm natürlich gesagt, die wird vernichtet."

„Dann wird der ganz schön blöd aus der Wäsche schauen! Im Moment ist er noch auf der Beerdigung. Entweder wir geben den Kollegen in Trier einen Tipp, wo sie ihn finden, oder du fährst allein nochmals hoch. Die Bopparder sind sicherlich noch oben und können ihn nach Trier überstellen."

„Dann fahr' ich doch gleich los", meinte Wagner, froh, für einige Zeit seinem missgelaunten Kollegen aus dem Weg gehen zu können.

Der Kommissar schaute ihn allerdings mit langem Gesicht an. Er hätte lieber weiterhin Gesellschaft gehabt, um seinen Unmut loszuwerden. Trotzdem stimmte er dem Vorschlag Wagners zu und vergrub sich in seine Akten, nachdem der Kollege das Büro verlassen hatte.

Als Wagner Bayberg erreichte, war die Beerdigung gerade zu Ende und die uniformierten Kollegen hatten alle Mühe, den abfließenden Verkehr und die Fußgänger voneinander fern zu halten. Der Kriminalhauptmeister blieb in seinem Wagen sitzen und beobachtete die Trauergäste, die durch das kleine Tor den Friedhof verließen. Erst als nur noch ganz wenige Personen auf dem Friedhof zu sehen waren, stieg er aus. Klinkhammer entdeckte er nicht mehr. Also hatte er sofort nach der Beisetzung den Friedhof verlassen, noch bevor Wagner eingetroffen war. Wagner musste dem Kommissar Recht geben: Dies war ein Tag, an dem einfach alles schief ging.

Wie nun schon fast von ihm erwartet, waren weder Frau Mallmann noch Herr Klinkhammer zu Hause anzutreffen. Dafür lief ihm Pastor Bergheimer vor der Haustür der Mallmann über den Weg. Offensichtlich hatte auch er Brigittes Mutter besuchen wollen.

„Schreckliches Wetter!", schimpfte er und Wagner sah, dass der Pastor durch und durch nass war. Fast entschuldigend meinte er: „Es hat keiner einen Schirm über uns gehalten. Die arme Hedwig ist auch so nass. Hoffentlich wird sie nicht krank. Mit fast achtzig muss man da besonders aufpassen. Da kann schon eine harmlose Erkältung schlimme Folgen haben."

Der Pastor musste es wissen, er betreute das Seniorenheim lange genug, dachte Wagner. Gerade wollte er wieder in seinen Wagen steigen, als Bergheimer hinter ihm herrief: „Wollen Sie sich nicht auch aufwärmen und einen heißen Tee trinken?"

„Keine schlechte Idee", rief Wagner zurück. „Wo?"

Der Pastor zwinkerte ihm zu. „Oberschwester Gabriele macht den besten Tee der Welt, mit einem Schuss Rum …"

Oberschwester Gabriele kochte nicht nur den besten Tee der Welt, sondern servierte den beiden Durchnässten auch noch leckere Plätzchen, die die Schwesternschülerinnen für Ostern gebacken hatten.

„Würden Sie mich und meine Verlobte trauen?", fragte Wagner unvermittelt. Als ihn der Priester überrascht ansah, fügte er erklärend hinzu: „Ich kann mir vorstellen, dass Ihre Hochzeitsansprache nicht so antiquiert ist wie die vor zwei Jahren bei meinem Bruder."

Bergheimer fühlte sich sichtlich geschmeichelt und ließ sich in dem Sessel gegenüber Wagner nieder. „Wo soll die Hochzeit denn stattfinden?"

„In Vallendar, wo meine Verlobte wohnt."

„Und wann?" Bergheimer schien nicht abgeneigt zu sein.

„Wir haben an den fünfzehnten Juni gedacht, das liegt genau zwischen Fronleichnam und einem Wochenende. Da werden die meisten

Familienmitglieder und Freunde Zeit haben, hierher zu kommen und es wird für sie nicht so hektisch."

„Fünfzehnter Juni?", wiederholte Bergheimer nachdenklich. „Bis dahin kann noch viel geschehen. Aber sollte ich verhindert sein, nenne ich Ihnen einen Pallotiner-Kollegen, dem Sie ruhig die Ansprache anvertrauen können."

Es entstand eine Pause, in der jeder einen kräftigen Schluck heißen Tees zu sich nahm. Tatsächlich wusste die Oberschwester auch mit Rum umzugehen, stellte Wagner anerkennend fest. Er konnte sich jetzt schon vorstellen, dass sein Kollege über seine Alkoholfahne lästern würde.

„Wie weit sind Sie inzwischen in dem Fall Brigitte vorwärts gekommen?", erkundigte sich Bergheimer.

Wagner räusperte sich, um etwas Zeit zu gewinnen. Sollte er die Vermutung von Fuß offen aussprechen? Der Kommissar hatte sich dazu nicht geäußert ...

„Mein Kollege vermutet, dass Sie den Mann kennen, den wir suchen. Wir warten eigentlich auf ein Zeichen, ein Signal von Ihnen, das uns weiterhelfen könnte. Natürlich respektieren wir das Beichtgeheimnis, aber ..."

„Was würde es Ihnen bringen, den Mann zu finden?", unterbrach ihn der Pastor mit leiser Stimme. „Er ist kein Mörder, er hat dem Mädchen keine Gewalt angetan und ich gehe nach den Äußerungen Ihres Kollegen davon aus, dass ihr Leben nicht hätte gerettet werden können, selbst wenn man einen Notarzt gerufen hätte. Dass die Leiche anonym zurückgelassen wurde, ist nicht strafbar. Es bleibt also juristisch höchstens Störung der Totenruhe durch das Verlegen der Leiche in einem minder schweren Fall. So wird dies wohl zu beurteilen sein, glaube ich. Der Mann wird durch seine Erinnerung und sein Gewissen aber schwerer bestraft als durch ein Gerichtsurteil."

„Wenn er ein Gewissen hat!", konterte Wagner. „Außerdem vergessen Sie die sexuelle Beziehung zu Abhängigen oder Minderjährigen. Und der Oralverkehr zählt in diesem Zusammenhang zu einem besonders schweren Vergehen. Und das wird Gott sei Dank ordentlich bestraft, wie Sie wissen."

Pastor Bergheimer schaute den Hauptmeister an. Ihm war anzusehen, dass er die Vorhaltungen des Kriminalbeamten intensiv überdachte. Er griff nach der Teetasse und Wagner konnte sehen, wie seine Hand dabei ein wenig zitterte. Offensichtlich hatte er den Tatbestand unter diesem Aspekt bisher nicht betrachtet. Bedächtig nahm er einen Schluck Tee und stellte die Tasse wieder ab.

„Liebe und Zuneigung", sagte er leise, aber aus voller Überzeugung, „und dazu gehört auch das Körperliche zwischen den Geschlechtern, lassen sich nicht immer durch Gesetze regeln."

„Sie würden den Mann also freisprechen?", fragte Wagner erstaunt.

Bergheimer schaute den Polizisten lange nachdenklich an. Endlich richtete er sich in seinem Sessel auf und lächelte. „Vielleicht finden Sie ja den Mann schon bald. – Sie müssen mich jetzt leider entschuldigen, die Pflicht ruft. Und meine Senioren sind oft recht ungeduldig."

29.

Wagner fuhr ein zweites Mal zum Haus von Karin Mallmann, um die Verhaftung von Klinkhammer vorzunehmen. Dieses Mal traf er beide an. Er bat Frau Mallmann, mit ihrem Ex-Freund alleine sprechen zu dürfen. Das versetzte sie offenbar bereits in Unruhe.

Als Wagner mit Klinkhammer allein im Wohnzimmer war, stellte er sich vorsorglich so, dass für Klinkhammer der Ausgang versperrt war. Er zog wortlos den Haftbefehl hervor.

Thomas Klinkhammer warf nicht einmal einen Blick darauf. Fast stimmlos fragte er: „Ist sie gestorben?"

Zunächst wusste Wagner nicht, was der Mann damit meinte. Doch dann wurde ihm bewusst, dass es bei dem Unfall möglicherweise eine schwerverletzte Frau gegeben hatte. „Ich weiß es nicht, wir haben nur den Haftbefehl erhalten."

Klinkhammer atmete tief durch. „Dann ist also alles vorbei. Oder glauben Sie, ich werde danach jemals wieder als Anwalt zugelassen?"

Wagner gab keine Antwort darauf. Er steckte den Haftbefehl wieder ein. „Ich werde Frau Mallmann jetzt rufen, Sie können sich dann von ihr verabschieden. Ich warte draußen in der Diele."

Auf sein Rufen kam Frau Mallmann aus der Küche. „Hat er doch etwas mit Brigittes Tod zu tun?", fragte sie niedergeschlagen.

Wagner schüttelte nur den Kopf. „Herr Klinkhammer wartet auf Sie."

Von der Diele aus hörte er kurze Zeit später, dass Frau Mallmann im Wohnzimmer weinte. Dann wurde die Tür geöffnet und Klinkhammer kam heraus. Er ging kurz ins Badezimmer und dann ins Schlafzimmer. Schließlich erschien er mit einer Reisetasche und machte Wagner ein Zeichen, dass er zur Abfahrt bereit sei.

„Was ist mit meinem Wagen?", fragte er vor der Haustür.

„Werfen Sie den Schlüssel in den Briefkasten von Frau Mallmann. Sie wird das sicherlich für Sie arrangieren."

Wagner fuhr nach Boppard und veranlasste die Überstellung von Klinkhammer nach Trier. Dann fuhr er zurück ins Präsidium.

Fuß saß immer noch über den Akten und brummte Unverständliches vor sich hin, das wie Fluchen klang.

„Klinkhammer ist auf dem Weg nach Trier. Ich hatte noch ein Gespräch mit Pastor Bergheimer“, informierte Wagner seinen Kollegen.

Fuß schaute ihn überrascht an und Wagner beeilte sich, zu erklären, wo er Bergheimer getroffen hatte und warum er mit ihm nach Oberwesel gefahren war.

Der Kommissar strich sich während der Ausführungen über die Haare und dann über den Bart. „Merkwürdig“, sagte er dann. „Es ist das zweite Mal, dass der Pastor ein Gespräch mit uns sucht. Ich werde das Gefühl nicht los, dass er uns etwas sagen will.“

„Das kannst du dir sparen“, meinte Wagner. „Ich habe ihn bereits darauf angesprochen. Aber er ist mir ausgewichen. Indirekt hat er zwar zugegeben, dass er den Täter kennt, wie du vermutet hast. Aber er hält ihn für unschuldig.“

„Unschuldig?“, entfuhr es Fuß. „Solch mangelndes Schuldbewusstsein kennt man sonst nur bei Tätern! Das hat mir mal ein Psychologe auf einem Lehrgang erklärt. Es hat was mit Verdrängungsmechanismen zu tun.“ Aufgebracht hielt er Wagner einen Umschlag hin. „Und dann noch das!“

Wagner zog den Inhalt heraus und entdeckte gleich die fett gedruckten Worte: nicht identisch. Es handelte sich um den DNA-Vergleich von Wolfgang Mallmann. Enttäuscht gab Wagner den Umschlag zurück. Nun standen sie eigentlich wieder am Anfang.

„Heut’ ist kein guter Tag“, schimpfte Fuß und rieb sich die Augen. „Eigentlich sollte man an solchen Tagen einfach Schluss machen können, ins Bett gehen und erst wieder aufstehen, wenn die Scheiße vorüber ist.“ Er blickte Wagner unerwartet verschmitzt von der Seite an. „Weißt du was? Wir machen heute pünktlich Schluss, fahren zu mir nach Alken und lassen uns von Katharina eine große Schüssel Bratkartoffeln und eine ebenso große Schüssel griechischen Salat machen und trinken dazu eine gute Flasche.“ Er streckte dem Kriminalhauptmeister die Hand entgegen und Wagner schlug spontan ein.

Merkwürdigerweise verging der Tag plötzlich wie im Flug und die Welt schien den beiden Kriminalbeamten nicht mehr so trist und grau. Fast beschwingt erledigte Fuß den Papierkrieg. Wagner, der noch zu einem Lagereinbruch gerufen wurde, konnte den Fall schon während der Vernehmung vor Ort an Hand verschiedener Widersprüche klären und eine Festnahme vornehmen. Vom schnellen Erfolg beschwingt kehrte er ins Präsidium zurück und traf hier auf den Kommissar, der just in diesem Moment Feierabend machen wollte.

Wagner stellte seinen Wagen unten an der Moseluferstraße ab, während der Kommissar in seine Garage fuhr. Schon von weitem hörte der Kriminalhauptmeister das vergnügte Treiben in der Straußwirtschaft.

Fuß erwartete ihn bereits an der Tür. „Du musst dich erst mal an die Theke stellen“, lachte er kopfschüttelnd und hielt sich die Hand an die Stirn, „hier boxt wieder der Papst. Aber irgendwann finden wir einen Platz für dich.“

Tatsächlich hatte Wagner Schwierigkeiten, sich bis zur Theke vorzuarbeiten, denn alle Reservestühle waren im Einsatz und aus Sechsertischen waren damit kurzerhand Achter- und Zehnertische gemacht worden. Maryla, Katharina und Erika winkten ihm gut gelaunt aus der Küche zu, als sie ihn am Tresen entdeckten.

„Komme sofort!“, rief ihm die Wirtin zu und schleppte einige Teller mit den verschiedensten Leckereien an ihm vorbei in die untere Weinstube.

„Den musst du unbedingt mal probieren“, meinte Fuß, der sich inzwischen eine Schürze umgebunden hatte. Er roch ausgiebig an dem Korken und schenkte Wagner ein Glas ein. „Das ist einer meiner Lieblingsweine. Aber sag es nicht weiter, denn von dem habe ich nur noch ein paar Flaschen.“

Damit war er auch schon wieder verschwunden und tauchte wenig später bereits mit zwei Schoppenweinflaschen und Mineralwasser im vorderen Bereich der Straußwirtschaft auf, um durstigen Kehlen Nachschub zu liefern.

Wagner beobachtete das bunte Treiben und erinnerte sich an eines der ersten Gespräche mit seinem Kollegen, in dem er ihn bereits als Doppelkollegen bezeichnet hatte. Wie würde für ihn das Leben nach seiner Hochzeit aussehen? Vielleicht stand er dann auch nach Feierabend seinem Schwiegervater und später seiner Frau hilfreich in der Gaststätte in Vallendar zur Seite …

Nach dem zweiten Glas war für ihn tatsächlich ein Platz gefunden. Ein Mann am Tisch demonstrierte mit einem Pendel dessen Ausschlag bei verschiedenen Steinen. Leider sprach er so leise, dass Wagner seinen Ausführungen nicht folgen konnte. Umso deutlicher konnte er einen Mann am Nachbartisch verstehen, den die einen Sans, die anderen Hans-Josef nannten und der unentwegt Witze erzählte.

„Fragt das Fitzchen seinen Vater, was ist Politik? Der Vater nimmt Fritzchen beiseite und erklärt ihm, Politik, das ist wie unsere Familie: Der Papa bringt das Geld ins Haus, das ist die Wirtschaft, die Mama verwaltet das Geld und organisiert alles, das ist die Regierung, du, also das Kind, bist das Volk, Anni, unser Dienstmädchen, ist die Arbeiterschaft und Oskar, dein kleines Brüderchen, ist unser aller Zukunft." Der Mann kicherte und fuhr heiser vom lauten Erzählen fort: „Nachts wird Fritzchen durch das Schreien seines Brüderchens wach. Er läuft zur Mama, die schläft fest, er läuft zu Anni und entdeckt seinen Papa hupfend in deren Bett. Enttäuscht fängt auch er laut an zu schreien, aber keiner reagiert. Also legt er sich wieder hin und versucht einzuschlafen." Sans kann vor lauter Lachen seinen Witz kaum weitererzählen, aber mindestens zehn Augenpaare hängen an seinen Lippen. „Am nächsten Tag fragt der Vater das Fritzchen, hast du das mit der Politik verstanden? Sagt das Fritzchen, ja! Heute Nacht ist es mir klar geworden: Die Regierung schläft, das Kapital legt die Arbeiterschaft aufs Kreuz, auf das Volk hört keiner und unser aller Zukunft liegt bis über die Ohren in der Scheiße."

Tosendes Gelächter schwappte weit über den Nachbartisch hinaus. Die Gläser klangen und Rufe nach neuen Schoppen und Flaschen wurden laut. Immer wieder neue Gäste wurden mit Hallo begrüßt, während andere ebenso herzlich verabschiedet wurden.

Wagner trank zwei weitere Gläschen und verzehrte mit Genuss die Bratkartoffeln mit griechischem Salat. Endlich setzte sich sein Kollege zu ihm an den Tisch, an dem es inzwischen etwas ruhiger geworden war.

„So geht das jeden Abend! Ist das nicht schön?", meinte Fuß und strahlte über das ganze Gesicht. Er hatte eine neue Flasche mitgebracht und ließ seinen Kollegen auch von diesem Wein probieren. Ausgelassen stieß er mit ihm an. „Leider ist am Pfingstmontag Schluss. Aber am vierten August geht es weiter."

Wagner, der inzwischen eine gewisse Leichtigkeit spürte, schaute sich in der Weinstube um. „Eigentlich bist du zu beneiden. Auch wenn das alles doppelte Arbeit für dich ist."

„Arbeit? Das hier ist für mich Erholung. Da vergisst du alles!"

„Ich hoffe, du hast die Majonäse nicht vergessen!" Erika war hinter ihren Mann getreten und legte den Arm um seine Schultern.

„Scheiße!" Der Kommissar zerrte sofort den Zettel aus der Tasche und hielt ihn seiner Frau hin. „Du siehst, ich habe ihn mir noch extra eingesteckt. Aber dann ..."

„Blödmann!“, schimpfte Erika, schnappte sich den Zettel und eilte in die Küche zurück. In der Küchentür drehte sie sich um. „Kartoffelsalat ist aus!“, rief sie in die Weinstube und schloss verärgert die Tür hinter sich.

Der Kommissar nahm seine Vergesslichkeit nicht allzu tragisch. „Dann ist der Kartoffelsalat eben aus. Darüber kann ich mich doch nicht aufregen.“ Er schüttelte den Kopf und trank einen Schluck aus seinem Glas. „Aber du weißt ja, wie bescheuert manchmal die Frauen sind.“

Wagner traute sich nicht zu nicken, denn aus den Augenwinkeln erblickte er erneut die Frau des Kommissars und wusste nicht, inwieweit sie die Bemerkung ihres Mannes mitbekommen hatte.

Erika hielt Fuß mit hochrotem Kopf den Zettel entgegen. „Wenn das deine Gedächtnisstütze für die Majonäse sein soll, dann frage ich mich, welcher deiner Freundinnen du sie schenken wolltest!“

Fuß schaute seine Frau entgeistert an. „Was soll das?“, fragte er, griff nach dem Zettel und faltete ihn auseinander. Dann lachte er aus vollem Hals und reichte den Zettel an seinen Kollegen Wagner weiter.

„Geschenk nicht vergessen“, las Wagner und begriff ebenso wenig wie Erika.

Erst als Fuß die fragenden Gesichter sah, erklärte er lachend: „Das war doch meine Notiz letzte Woche für dein Geburtstagsgeschenk gewesen!“

Erika beugte sich erleichtert über ihren Mann und strich ihm wie einem kleinen Kind über die Haare. „Und wo ist dann die Majonäse?“

Fuß griff erneut in seine Tasche und zog einen zweiten Zettel heraus. „Majonäse“, stand darauf. Er grinste. „Jetzt stell dir vor, die Verwechslung wäre mir in der Metro passiert. Dann könntest du deinen Kartoffelsalat jetzt mit Parfum anmachen.“ Er lachte und zerknüllte die beiden Zettel. „Komm setzt dich hin, Chefin, und trink einen mit.“

Er zog seine Frau auf den Stuhl neben sich, stand auf, holte von der Theke ein frisches Glas und füllte es.

„Prost!“

Die drei Gläser klangen hell und die Blicke gingen reihum. Wagner schaute die Wirtin an, die ihm fröhlich zuzwinkerte. Dann fiel sein Blick auf den noch immer stehenden Kommissar. Der hielt sein Glas in der Hand und starrte geradeaus ins Leere. Das Lächeln war plötzlich aus seinem Gesicht verschwunden.

„Was ist?“, fragte Wagner erschrocken.

Auch Erika blickte irritiert zu ihrem Mann auf.

„Scheiße!“, flüsterte Fuß nachdenklich, „ich weiß jetzt, wer der Mann ist, der für den Tod der Kleinen verantwortlich ist.“ Und noch einmal fügte er laut hinzu: „Scheiße!“

30.

Fuß bat seine Frau leise, Wagner noch etwas schlafen zu lassen. Sie hatten den weinseligen Kollegen in der Nacht nicht mehr fahren lassen und ihm schnell ein Gästebett bereitet.

Nachdem der Kommissar kalt geduscht, eine Tasse heißen Kaffee getrunken und einen Blick in die Rhein-Zeitung geworfen hatte, machte er sich auf den Weg ins Präsidium. Die Nacht schien relativ ruhig gewesen zu sein, denn die Schichtkollegen waren komplett anwesend.

„Was machst du denn so früh hier?“, wurde er begrüßt.

Aber er machte ein verschlossenes, fast bedrücktes Gesicht und ging wortlos in sein Büro. Noch einmal nahm er sich die Akte Brigitte Mallmann vor und begann Seite für Seite zu studieren. Gelegentlich machte er sich auf einem separaten Blatt eine Notiz, dann las er weiter.

Als Wagner gegen neun Uhr eintraf, war Fuß immer noch in die Akten vertieft. Er schaute nur kurz auf und nickte. „Ich bin gleich fertig.“

Er reichte seinem Kollegen das Blatt, das er neben der Akte liegen hatte und Wagner begann die Notizen zu studieren.

Draußen regnete es wieder ununterbrochen. Der Scheibenwischer schaffte es kaum, die Sicht auf die Straße freizuhalten. Fuß war seit dem Moment, als er glaubte, den Täter zu kennen, sehr wortkarg geworden und auch jetzt schwieg er während der ganzen Fahrt. Die Erkenntnis schien ihm sehr nahe zu gehen. Vielleicht hatte er unbewusst auch deshalb nicht die Autobahn, sondern die Strecke am Rhein entlang gewählt, um alles noch etwas hinauszuzögern.

Wagner war Fuß’ Schweigen recht, denn auch er hatte Probleme mit dem, was nun auf sie zukommen würde. Das sonst so befriedigende Gefühl, mit einem Haftbefehl unterwegs zu sein, um eine Akte schließen zu können, blieb heute bei ihm aus. Und Fuß erging es offenbar ähnlich.

Sie stellten ihren Wagen unten am Rheinuferparkplatz ab. Der Himmel hatte Einsehen mit ihnen, denn für wenige Minuten setzte der Regen aus und ein kräftiger Sonnenstrahl überflutete das Rheintal. Fuß tastete unwillkürlich nach der kleinen Plastiktüte in seiner Jackentasche und spürte den Knopf, den man am Tatort gefunden hatte. Sie benutzten schweigend den Aufzug und blickten sich während der Fahrt nicht an. Als der Aufzug hielt und sich die Tür öffnete, meinte Fuß nur: „Na, dann wollen wir mal." Es klang so, als wollte er sich selbst Mut zusprechen.

Er klopfte an die Tür. Als von innen ein deutliches „Ja!" zu hören war, traten sie ein.

Pastor Bergheimer saß an seinem Schreibtisch und schaute den beiden Kriminalbeamten entgegen, als hätte er sie bereits erwartet. Er stand auf und drückte beiden wortlos die Hand.

„Setzen Sie sich", sagte er leise und schob Wagner seinen Schreibtischstuhl hin.

Fuß legte die Plastiktüte mit dem Knopf auf den Tisch und verfolgte mit seinen Blicken den Pastor, der ein ledergebundenes Buch aus dem Bücherschrank herausnahm und sich damit gegenüber den beiden Kripobeamten niederließ. Als er die kleine Plastiktüte auf dem Tisch liegen sah, hielt er für einen Moment inne. In der Stille konnte man das Rauschen des wieder einsetzenden Regens hören.

„Soll ich uns von den Schwestern einen Kaffee oder einen Tee machen lassen?", fragte er mit belegter Stimme.

Fuß und Wagner schüttelten den Kopf.

Der Pastor schlug das Buch auf. Es entpuppte sich als ein Fotoalbum. Er zog ein Foto aus den Fotoecken der ersten Seite und reichte es dem Kommissar. Es zeigte eine Schwester in Tracht, die übermütig Grimassen in die Kamera schnitt. Ihr Gesicht war dadurch kaum zu identifizieren, weshalb Bergheimer sofort ein weiteres Foto nachreichte. Es schien die Vergrößerung oder Reproduktion eines Passbildes zu sein, das von einem Fotografen im Studio gemacht worden war. Wagner und Fuß erkannten sofort die gleichen Gesichtszüge wie auf dem Foto mit dem Trauerflor auf dem Sideboard.

„Beide Fotos sind ziemlich genau fünfundzwanzig Jahre alt. Damals hatte Schwester Roswitha gerade ihre Ausbildung abgeschlossen und hier ihre Tätigkeit in der Alten- und Krankenpflege aufgenommen. Ich war damals Kaplan einer Pfarrei ganz hier in der Nähe, aber auch schon als Seelsorger für das Seniorenheim tätig."

Er nahm seine Brille ab, hielt sie an einem Bügel fest und ließ sie gedankenversunken hin und her pendeln.

„Es war Liebe auf den ersten Blick. Damals gab es hier in diesem Teil des Heimes noch keinen Aufzug. Wir begegneten uns das erste Mal auf der Treppe. Ich war gerade auf dem Weg zu einem Krankenbesuch. Sie stürzte in Eile die Treppe hinunter und prallte mit mir zusammen. Schon damals war sie das geballte Leben und hatte es, ebenso wie ich, Gott und den Menschen geweiht. Auf der Treppe stießen nicht nur unsere Körper recht unsanft aufeinander, sondern auch unsere Blicke. Ich werde diesen Moment niemals vergessen. Ich war damals gerade in einer sehr schwierigen Lebens- und Glaubensphase."

Pastor Bergheimer richtete den Blick zu Boden. „Meine Mutter war gerade gestorben und mein hilfloser Vater lag schwerkrank im Bett. Das Verhältnis zwischen mir und dem damaligen Pastor der Pfarrei, der ich angehörte, war äußerst problematisch. Er hatte resigniert, war Alkoholiker geworden und kaum fähig sein Amt auszuführen. Die Kollegen der Nachbarpfarreien und der Bischof wussten Bescheid, aber keiner konnte oder wollte ihm helfen. Ich übte mein Amt aus, so gut ich konnte, aber auch in mir wuchsen Verzweiflung und Zweifel. Aber dieser Blick in ihre Augen war für mich so etwas wie eine Verkündigung des Herrn, ein Auftanken von Kraft. Ich wusste in diesem Moment wieder, dass ich den richtigen Weg für mein Leben gewählt hatte. Vielleicht klingt es merkwürdig. Aber die Liebe hat mir den Glauben wiedergeschenkt."

Pastor Bergheimer setzte die Brille auf und nahm ein weiteres Foto aus dem Album. Beim Betrachten schien er erneut einen kurzen Ausflug in Bilder seiner Vergangenheit zu machen. Erst nach einer Weile reichte er dem Kommissar das Foto weiter. „Wir trafen uns von dieser Stunde an jeden Tag. Und immer wieder war es für mich das gleiche Erlebnis. Das Wochenende nach unserem Zusammenstoß auf der Treppe hatte sie frei. Ich las die Frühmesse in meiner Pfarrei und dann trafen wir uns – heimlich. Und obwohl wir beide in Zivil waren, glaubten wir uns von allen erkannt und beobachtet. Wir fuhren mit der Fähre über den Rhein, stiegen die Loreley hinauf und genossen den Ausblick. Das Foto von uns hat ein amerikanischer Tourist mit meinem Fotoapparat gemacht."

Bergheimer blätterte in dem Album ein paar Seiten weiter. Dann zog er wieder ein Foto heraus. „Im Herbst des gleichen Jahres übernahm ich die Pfarrei. Mein Vorgänger war wegen seines Alkoholismus vom

Bischof in eine kleine Gemeinde in der Eifel versetzt worden. Soviel ich weiß, hat man ihn ein Jahr später mit reichlich Alkohol im Blut tot vor dem Altar aufgefunden. Ein Mönch aus Maria Laach, der kurzzeitig die Pfarrei betreute, hat mir gegenüber einmal so etwas angedeutet. Genaues darüber wurde aber nie publik. Im Paulinus war ein Nachruf, der aber nichts über die Todesursache aussagte."

Er gab das Foto an den Kommissar weiter. Es zeigte einen jungen Mann in Badehose, in dem Fuß bei genauerem Hinschauen Pastor Bergheimer erkannte, und eine junge Frau im bunten Badeanzug, Schwester Roswitha.

„Es wurde mit Selbstauslöser gemacht", fuhr Bergheimer erklärend fort. „Wir waren nach Zandvoort in Holland gefahren und haben dort einige unvergessliche Tage verbracht. Holland!" In seiner Stimme schwang noch heute das Glück mit, das er damals am Strand erlebt haben musste. „In Holland geschah es das erste Mal. Wir küssten uns und küssten uns immer und immer wieder. Es war wie ein Rausch, ein Rausch der Gefühle, ein Rausch der Sehnsüchte, ein Lebensrausch. Und dann ..." Bergheimer schaute dem Kommissar direkt in die Augen, als wollte er damit den Inhalt seiner Worte tief in das Innere seines Gegenübers versenken. „Ihre Hand strich zärtlich über meinen Körper. Ich war wie von Sinnen, wie ihre vom Wasser kalten Finger die Kordelschleife meiner Badehose lösten und ich plötzlich ihren warmen Atem zwischen meinen Schenkeln spürte. Mein Herz schrie ja, nein Verstand schrie nein, aber mein Mund schwieg. Ich schwieg und ließ sie gewähren."

Der Pastor atmete schwer. Er blickte immer noch dem Kommissar direkt in die Augen. „Sie haben Ihr erstes sexuelles Erlebnis wahrscheinlich auch noch in Erinnerung, aber es war sicherlich nichts gegen das meinige. Ich war damals immerhin bereits über dreißig. Mit einem Mal wusste ich, was ich versäumt, verdrängt und vermisst hatte, all die Jahre. Gott, der uns erschaffen hat, der uns die Kraft der Liebe geschenkt hat, der sich die Mechanismen und das Wunder der Geschlechter ausgedacht hat, er konnte es doch nicht wollen, dass dies seinen Jüngern vorenthalten wurde!"

Mit einem Mal stand Bergheimer auf. Er legte das Fotoalbum beiseite und begann langsam durch den Raum zu wandern.

„Bis es zum zweiten sexuellen Verkehr kam, vergingen viele Tage. Wir waren aus dem Urlaub wieder zurück. Die ganze Zeit dazwischen haben wir über dieses Erlebnis diskutiert. Waren wir egoistisch oder entfernten wir uns von Gott und seinen Lehren? Nächtelang haben wir zusammengesessen und uns die Köpfe heiß geredet. Und eines Tages war es dann wieder so weit. Mitten in unsere Diskussion hinein kniete Roswitha plötzlich vor mir, öffnete meine Hose und wieder ..."

Bergheimers Stimme erstickte. Er räusperte sich wiederholt. „Wir haben uns nicht getraut, uns richtig zu vereinen. Wir hatten Angst, dass sich das ergeben würde, was Gott eigentlich bezweckt hat, als er uns Menschen den Geschlechtstrieb schenkte, was uns aber unsere Kirche vorenthält und verbietet. Angst davor, dass Roswitha schwanger würde."

„Sie haben niemals ...?", fragte Fuß leise und ungläubig.

„Niemals!", kam es ebenso leise zurück.

„Aber es gibt doch eine Menge Möglichkeiten der Verhütung", nahm Fuß einen zweiten Anlauf.

„Keine ist hundertprozentig und die Angst war größer. Wir liebten unsere Berufe, unsere Berufung. Alles wäre zerstört worden, hätte die Verhütung einmal nicht funktioniert. Nein, in diesem Punkt bestand völlige Einigkeit zwischen uns."

Es verging fast eine Ewigkeit, bis Pastor Bergheimer seine Erzählung fortsetzte. Die Blicke von Wagner und Fuß begegneten sich nur kurz, dann trennten sie sich wieder. Wagners waren lange nachdenklich auf das Bild auf dem Sideboard gerichtet, Fuß hingegen blickte unentwegt in das Gesicht des Priesters. Es war blass und wirkte faltig. Zum ersten Mal entdeckte der Kommissar Ränder unter den Augen des Pastors und ein leichtes Pulsieren hinter den Wangenknochen.

„Mit der Zeit waren wir sicher, das Richtige getan zu haben. Denn unser Zusammensein beflügelte uns bei der Arbeit. Es war jedes Mal wie das Aufladen einer Batterie. Natürlich merkten die Menschen um uns herum, dass sich zwischen uns mehr abspielen musste als ein berufliches Interesse. Zuerst haben wir versucht, es zu vertuschen. Aber fast war es, als würden uns alle ermuntern, unsere Liebe auszuleben. Kleine, verdeckte Bemerkungen wurden immer häufiger und unüberhörbarer. Als vor einigen Jahren die Oberschwester Gunhilde, die Vorgängerin von Roswitha, im Sterben lag und ich die Krankensalbung spendete, flüsterte sie mir zu: ‚Lassen Sie Schwester Roswitha niemals allein, Sie sind ein gottgewolltes Paar'. Diese Worte ließen mich erstarren. Sie merkte es und drückte mir die Hand. Es waren die letzten Worte einer Sterbenden und sie waren für mich wie ein Vermächtnis."

Pastor Bergheimer hielt inne und blickte auf seine Armbanduhr. „Ich weiß nicht, wie viel Zeit Sie haben?"

Nachdem weder der Kommissar noch der Kriminalhauptmeister reagierten, nahm Bergheimer wieder in dem Sessel Platz, ergriff das Fotoalbum und löste ein weiteres Foto heraus.

„Es ist eines der letzten Fotos von Roswitha." Er reichte es dem Kommissar. Die Frau war von ihrer Krankheit gezeichnet. Trotzdem strahlte sie eine unheimliche Lebensfreude und Zufriedenheit aus. „Mit der Zeit haben es viele gewusst und sie alle haben es toleriert. In ihrer Umgebung fühlten wir uns frei von Verlogenheit und wenn Roswitha und ich zusammen waren, fühlten wir uns Gott und seinem Auftrag auf dieser Welt näher und stärker verbunden als je zuvor."

Er schloss das Album und ließ es neben sich auf den Teppich gleiten. „Gott hat uns getrennt. Es war sein Wille, dass wir uns gefunden hatten, also nahmen wir auch seinen Willen, uns wieder zu trennen, gelassen hin. Wir wussten, wir werden nur räumlich getrennt sein. Am Tag ihrer Beerdigung haben wir anschließend hier im Speisesaal gefeiert. Es war Roswithas ausdrücklicher Wunsch, dass es ein fröhlicher Abend werden sollte. Und ich muss Ihnen gestehen, selbst ich empfand keinen Moment einen Anflug von Traurigkeit."

Wieder unterbrach sich Bergheimer. Er blickte zuerst den Kommissar eine Weile an und dann Wagner, als wollte er im Voraus um Verständnis bitten für das, was nun kommen musste und worauf beide warteten.

„Brigitte hatte sehr viel Ähnlichkeit mit Roswitha. Sie war ähnlich wie sie das pulsierende Leben. Aufgeweckt, immer fröhlich, immer hilfsbereit. Als ich das erste Mal ihre Mutter besuchte, um mit ihr über die Probleme zu sprechen, nachdem ihr Mann die Familie verlassen hatte, lebte Roswitha noch. Frau Mallmann schüttete ihre Sorgen vor mir aus und plötzlich erzählte ich ihr auch von Roswitha, von mir und dem nahen Tod. Vielleicht wollte ich ihr damit sagen, dass solche Schicksalsschläge nicht das Ende bedeuten. Sie bat mich, auch mit Brigitte einmal darüber zu sprechen, weil sie sich nicht stark genug fühlte, bei einem solchen Gespräch ihren Hass gegen ihren Mann gegenüber dem Kind genügend verbergen zu können. Also nutzte ich jede Gelegenheit, in der ich Brigitte alleine antraf, das Gespräch auf ihren Vater zu lenken. Ich versuchte herauszufinden, welche Gedanken und Wünsche das Mädchen hatte. Und immer stärker spürte und sah ich in ihr die junge Roswitha, wie ich sie vor über fünfundzwanzig Jahren kennen gelernt hatte."

Zum zweiten Mal nahm der Pastor die Brille von der Nase. Er rieb sich mit der gleichen Hand, in der er die Brille hielt, Augen und Nasenwurzel. „Ich hätte es merken müssen. Brigitte wurde immer zutraulicher. Erst heute weiß ich, dass sie plötzlich in mir einen Vaterersatz suchte und sah und erst heute weiß ich, dass sie sogar mit ihrer Mutter darüber sprach und dass ihre Mutter sie sogar bei dieser fixen Idee unterstützte. Sie hat es mir aber erst vor wenigen Tagen gesagt. Sie zeigte mir ein Bild, das Brigitte gemalt hatte. Es zeigte einen Mann und eine Frau, die sich küssten. Brigitte hatte es schlicht ‚Sie und er' betitelt. Sie hat ihrer Mutter aber nicht verraten, ob es Roswitha und mich oder ihre Mutter und mich darstellen sollte."

„Darunter stand aber auch noch das Wort ‚erwischt'!", stellte Wagner fest.

„Ich weiß. Aber Brigitte hat mich und Roswitha niemals beim Küssen beobachtet und ihre Mutter habe ich niemals geküsst. Die Zeichnung ist also so oder so mit viel Fantasie versehen worden."

„Weiß Frau Mallmann auch …", warf Fuß zögernd ein.

„Nein!", antwortete Bergheimer, ohne dass Fuß die Frage vollenden musste. „Aber sie wird es jetzt erfahren. Und sie wird mich hassen."

Es entstand eine Pause. Bergheimer starrte auf den Teppich vor sich, Wagner betrachtete wieder das Foto mit dem Trauerflor und Fuß studierte immer noch das Gesicht des Pastors.

„Wie sind Sie auf mich gekommen?", fragte Bergheimer, ohne seinen Blick vom Teppich zu nehmen.

„Der Knopf!", antwortete Fuß wahrheitsgemäß. „Stiehl hatte sich für die Kollekte eine Münze eingesteckt. Ausgerechnet in die Tasche, in der auch der Knopf war. Während der Abendmesse hat er den Knopf statt der Münze geopfert und Sie haben den Knopf nach der Messe aus dem Körbchen an sich genommen. Die Münze hatte er noch in der Tasche, als wir ihn verhaftet hatten."

Bergheimer nickte. „Brigitte und ich hatten uns bereits zwei Mal zuvor abends nach der Messe getroffen, wenn ihre Mutter Überstunden machen musste. Zu ihr nach Hause wollte ich nicht. Also hat sie in dem kleinen Bushäuschen am Ortsausgang auf mich gewartet. Wir sind dann ein Stück in Richtung Oberwesel gefahren und haben auf einem kleinen Parkplatz gehalten und miteinander gesprochen. Das Kind hatte ein unheimliches Bedürfnis zu reden und zu erzählen. Meist habe ich ihr nur zugehört. Danach sind wir jeweils zurückgefahren und ich habe sie über die Abkürzung bis zu der Lichtung begleitet. Abends konnte man sicher sein, hier niemandem zu begegnen. Ich habe dann gewartet, bis Brigitte im Haus war und das Licht in ihrem Zimmer angemacht wurde."

Bergheimer sah wieder das erleuchtete Fenster vor sich und Brigitte, die ihm zuwinkte, als Zeichen, dass alles in Ordnung war. Er sei dann zurück zu seinem Wagen gegangen und von Glück erfüllt nach Oberwesel gefahren.

„Am Samstag vor Palmsonntag machte sie nach dem Gottesdienst in Gegenwart von Carlos eine verdeckte Andeutung, sie werde auf mich warten. Ich habe also wie üblich noch die Kollekte gezählt, dabei auch den Knopf gefunden und ihn eingesteckt. Dann bin ich zum Wartehäuschen gefahren und tatsächlich stand Brigitte dort. Wir konnten aber nicht auf unseren Parkplatz fahren. Anfang April war es um diese Uhrzeit noch zu hell. Also fuhren wir ziellos durch die Gegend. Karin Mallmann und ihre Tochter mussten sich irgendwann einmal über Roswitha und mich unterhalten haben. Denn plötzlich fragte mich Brigitte, ob ihre Mutter Oberschwester Roswitha ähnlich sehe. Zuerst wusste ich nicht, was hinter der Frage steckte, und sagte sogar ehrlich, eher sie sei Schwester Roswitha ähnlich. Dann sprach mich Brigitte ganz offen auf den Zölibat an und ob wir keine Angst gehabt hätten, dass Roswitha schwanger geworden wäre."

Bergheimer hob plötzlich seinen Kopf und schaute wieder dem Kommissar direkt ins Gesicht. „Sie können mir glauben, obwohl Brigitte schon sehr erwachsen war, plötzlich wurde ich sehr unsicher. Ich sagte nur: ‚Da gibt es ja noch andere Möglichkeiten' oder etwas Ähnliches. In jedem Fall beeilte ich mich nach Bayberg zurückzufahren. Irgendwie ahnte ich, was in Brigittes Kopf vorging. Ich sollte mich ihrer Mutter zuwenden und die Vaterrolle übernehmen. Inzwischen war es dunkel geworden. Wir stiegen aus und nahmen wie üblich die Abkürzung."

Bergheimer verstummte. Fuß sah, dass die Augen des Pastors feucht waren. Auch seine Stimme hatte mit den letzten Sätzen an Festigkeit verloren. Er hatte die Hände ineinander gefaltet. Vielleicht würden sie sonst zittern. Fuß wusste es nicht.

„Was ist dann geschehen?", erkundigte er sich und blickte absichtlich an dem Pastor vorbei.

Bergheimer zögerte, suchte nach Worten. Als er sah, dass Fuß an ihm vorbeischaute, suchte er den Blickkontakt zu Wagner. Aber auch der wich seinem Blick aus. Eine erste Träne rann über seine Wange. Er atmete wieder schwer, aber diesmal waren die Stöße kürzer als beim ersten Mal. Seine Stimme wirkte gequält.

„Sie blieb auf einmal stehen und stellte sich mir in den Weg. Ich spürte ihre Hand, ihre zärtliche, warme Hand. Ich war wie gelähmt. In meinem Kopf ... Ich weiß nicht mehr, was ich dachte, was ich tat oder nicht tat. Es war plötzlich wie damals am Strand von Zandvoort. Aber alles ging so schnell. Selbst, wenn ich gewollt hätte ... Nein, ich glaube, ich wollte mich in diesem Moment gar nicht wehren. Mein Gott, könnte ich diese Sekunden ungeschehen machen ..."

Bergheimer sprang auf. Er gab einen merkwürdigen Aufschrei von sich und ließ sich dann wieder in den Sessel fallen.

„Sie rang plötzlich nach Luft, krallte sich an meine Beine. In der Dunkelheit konnte ich nicht so richtig erkennen, was mit ihr geschah, Sekunden später fiel sie leblos von mir ab, nach hinten in ein Gebüsch. Ich hörte sie stöhnen und würgen und beugte mich über sie. Dabei muss mir der Knopf aus der Tasche gefallen sein. Ich sprach sie an, aber sie reagierte nicht. Irgendwie ahnte ich, dass sie dringend ärztliche Hilfe benötigte. Ihre Mutter hatte mir von ihrer Krankheit erzählt. Ich rannte los in Richtung Auto. Da hörte ich einen Hund, wahrscheinlich war es der von Kaiser, der Brigitte entdeckt hatte und wie wild zu bellen begann. Also kehrte ich um, in der Angst, der Hund könnte ihr etwas tun. Ich wollte ihr helfen aufzustehen. Aber ich konnte in der Dunkelheit ihren leblosen Körper nicht richtig fassen. Ich zerrte sie aus dem Gebüsch. Vielleicht habe ich auch erst dabei den Knopf verloren. Ich zog sie bis zum Auto und hob sie auf den Beifahrersitz. Durch die Innenbeleuchtung konnte ich endlich ihr Gesicht sehen. Ihre Augen waren weit offen und – ihr Blick gebrochen." Seine Finger hatten sich in die Lehne des Sessels gekrallt. Unruhig rutschte er hin und her. „Ich habe genug Tote gesehen, um zu wissen, Brigitte war bereits tot. Aber ich hatte an ihrem Tod keine Schuld."

Er beugte sich vor und weinte. Weinte, wie ein kleines Kind weint.

Fuß streckte die Hand aus und nahm die kleine Plastiktüte mit dem Knopf wieder an sich. „Warum haben Sie Brigitte dann zu der Eiche gefahren?"

Er musste lange auf eine Antwort warten. Bergheimer zitterte am ganzen Körper. Immer, wenn er ansetzte, etwas zu sagen, überkam es ihn wieder und neue Tränen traten ihm in die Augen und rannen die Wangen hinunter. Endlich gelang es ihm ein paar Worte zu formen.

„Ich wollte sie ... auf den Friedhof bringen ... aber die Kraft ... sie versagte mir."

Fuß stand auf und trat neben den Sessel des Pastors. „Müssen Sie hier im Haus noch etwas arrangieren, damit alles weiterläuft?", fragte er leise.

Bergheimer schüttelte den Kopf und deutete zu seinem Schreibtisch hin. Fuß entdeckte einen Briefumschlag, der gegen den Bildschirm des Computers gelehnt war.

„Dann packen Sie das Notwendigste zusammen, wir müssen Sie jetzt mitnehmen."

Der Pastor stützte sich auf den Lehnen seines Sessel ab und stand mühsam auf. Von seiner jugendlichen Ausstrahlung und seinem sicheren Auftreten war nichts mehr zu sehen und zu spüren. Vorsichtig hob er das Fotoalbum auf. Er schob die Fotos, die Wagner gesammelt hatte und ihm jetzt reichte, irgendwo achtlos zwischen die Seiten. Dann brachte er das Album in den Schrank zurück und zog eine kleine Reisetasche aus dem unteren Fach hervor. Offenbar war sie schon seit längerem gepackt.

Fuß warf einen Blick aus dem Fenster. Draußen regnete es immer noch in Strömen. „Wollen Sie nicht einen Mantel überziehen", fragte er.

Doch Bergheimer steuerte bereits mit der Reisetasche auf die Zimmertür zu.

31.

Im Präsidium nahmen Fuß und Wagner das Protokoll auf. Bergheimer hatte sich wieder einigermaßen gefangen und gab auf alle Fragen eine klare und offene Antwort. Irgendwann während des Protokolls hielt er inne und wandte sich Wagner zu.

„Ich bin froh, dass alles vorbei ist. Sie haben mir dabei sehr geholfen."

Der Kriminalhauptmeister schaute den Priester erstaunt an. Wie und wodurch sollte er ihm zum Geständnis geholfen haben?

Bergheimer sah den zweifelnden Blick. „Doch, erst durch unser Gespräch habe ich begriffen, dass ich auch juristisch eine Schuld auf mich geladen habe. Bis zu dem Gespräch war mir dies nicht bewusst."

„Bewusst sicherlich", wandte Fuß ein. „Sie werden es allerdings verdrängt haben."

Bergheimer zuckte mit den Schultern. „Mag sein. Aber jetzt liegt alles hinter mir und ich bin froh darüber. Meine große Sorge ist nur, was all die Senioren im Heim und die Bayberger ohne mich machen. Sie wissen, welche großen Probleme die Kirchen mit Nachwuchs haben. Es fehlt überall an Priestern." Er hatte die Stirn in Falten gelegt und blickte sorgenvoll in die Runde.

„Wen wundert es?" Fuß strich sich über den Bart. „Die Voraussetzungen und Anforderungen sind auch nicht besonders attraktiv. Fast möchte ich sagen, es ist ähnlich wie bei uns. Oben schwebt der Big Boss, weit weg von der Basis und dem Alltag, und unten – schlechte Arbeitsbedingungen, unsinnige Reglements und unzureichende Akzeptanz … mal ganz nüchtern und sehr weltlich ausgedrückt."

„Ich habe heute Morgen mein Versagen schriftlich dem Bistum gemeldet. Vielleicht findet man dort kurzfristigen Ersatz für das Seniorenheim. Es würde mir Leid tun, wenn man dort wegen meiner Unzulänglichkeit nun auf die seelsorgerische Betreuung verzichten müsste."

„Was hatte es eigentlich mit dem vielen Geld für Schwester Ricarda auf sich?“, wollte Fuß wissen.

Bergheimer schien die Frage äußerst peinlich zu sein. Er blickte kurz auf, senkte dann aber wieder schnell seinen Blick zu Boden. „Ich hoffe, Sie werden es verstehen, auch wenn ich es selbst heute nicht mehr so recht begreife. Roswitha ist auch über ihren Tod hinaus immer bei mir gewesen und trotzdem fehlte sie mir. Ricarda und Brigitte waren Roswitha in vielen Dingen so ähnlich. Diese Lebenslust, diese Zartheit.“

Bergheimer merkte, dass er wieder ins Schwärmen geriet. Rasch hielt er inne und konzentrierte sich auf die eigentliche Antwort.

„Nun, die Sache mit Brigitte, bei der ich plötzlich so hilflos war, dem Tun des Mädchens und meinen Gefühlen ausgeliefert, und dann ihr Tod … Das alles weckte Ängste in mir. Die Angst, noch einmal in eine ähnliche Situation zu kommen. Denn was hatte mich überhaupt bewegt, mich so intensiv mit Brigitte zu beschäftigen? Intensiver als mit anderen? Es waren doch unbewusst oder bewusst die Erinnerungen an Roswitha. Und was war dabei entstanden? Ich wollte verhindern, dass Ricarda in Gefahr geriet. Denn ich war nach dem Erlebnis mit Brigitte und ihrem Tod wieder in einer verzweifelten Situation. Ich brauchte wieder einen Menschen, mit dem ich reden konnte, der mich verstand.“

Er brach ab und schaute zuerst den Kommissar, dann den Hauptmeister an, um sich zu vergewissern, dass er von ihnen verstanden wurde. Dann führte er seinen Gedanken zu Ende. „Sie musste weit weg von mir sein, damit die Gefahr nicht mehr bestand, dass ich mich mit meinen Problemen Hilfe suchend an sie wenden würde. Ricarda wäre für mich Roswitha geworden.“

Fuß horchte auf. Hatte er nicht einen ähnlichen Satz bei der Vernehmung von Willi Steils protokolliert?

„Wer konnte mir sagen, was dann wieder geschehen konnte? Ich würde sie nur unglücklich machen. Deshalb gab ich ihr das Geld. Sie hätte auch ganz offiziell um Versetzung bitten können. Aber das hätte zu lange gedauert.“

„Darf ich Ihnen einmal etwas sagen?“ Fuß beugte sich vor und stützte seine Ellenbogen auf seine Oberschenkel. „Ich bin zwar kein Psychologe und maße mir auch nicht an, über Dinge der Religion zu urteilen. Aber ich habe im Leben viel erlebt und gesehen. Ich versuche Sie zu verstehen, aber ich werde das Gefühl nicht los, dass vieles in

Ihnen und mit Ihren Gefühlen nicht stimmt. Ich spüre Widersprüche, Ungereimtheiten, ja, bis hin zum Selbstbetrug in Ihren Gedanken. Ich habe großes Mitleid mit Ihnen."

Bergheimer hatte, während Fuß sprach, wieder den Blick auf ihn gerichtet. Er schaute dem Kommissar fest in die Augen. „Ich habe keinen Anspruch auf Mitleid, aber vielleicht haben Sie mit allem anderen Recht."

In seiner Stimme lag Bitterkeit und Resignation. Nichts erinnerte in diesem Moment mehr an den Pastor, der noch vor wenigen Tagen stimmgewaltig und herzerfrischend in der kleinen Kirche in Bayberg gepredigt hatte, nichts an den Seelsorger, der für jeden, der seine Hilfe benötigte, einen treffsicheren Rat wusste, nichts an den Menschen, der sich mit Gott und der Welt im Reinen glaubte, als er mit Oberschwester Roswitha eine Liebesbeziehung einging.

Wagner blickte auf die Uhr. Es war Zeit, das Protokoll fortzuführen. Er rückte demonstrativ seinen Stuhl vor dem Computertisch zurecht und las den letzten protokollierten Satz von Pastor Bergheimer nochmals vor.

Als das Protokoll fertig war, las der Priester es schweigend durch und unterschrieb. Fuß und Wagner verabschiedeten sich von ihm mit Handschlag, bevor er abgeführt und auf die Karthause gebracht wurde.

Nur wenige ahnten an diesem Abend, warum Fuß so still und wortkarg mit seinen zwei Flaschen Schoppenwein und dem Mineralwasser durch die Straußwirtschaft ging. Soweit es der Betrieb zuließ, beschäftigte er sich vorrangig mit dem Wegräumen leerer Flaschen, dem Platzschaffen für den neuen Jahrgang und dem Etikettieren von Flaschen, die er dann in die frei gewordenen Flächen einräumte.

Nachdem Maryla ihre Arbeit in der Küche beendet hatte und Erika sich um die verbliebenen Gäste kümmerte, setzte er sich erschöpft zu Katharina in die Küche, streckte die Beine von sich, legte den Kopf rückwärts gegen die Wand und schloss die Augen.

„Mach mir bitte ein paar Bratkartoffeln und deinen griechischen Salat", bat er und führte, ohne die Augen zu öffnen, ein gefülltes Weinglas an den Mund.

Im Vorbeigehen strich Katharina ihm wie eine Großmutter liebevoll über den Kopf. „Muss nicht traurig sein!", meinte sie. „Leben geht immer weiter."

„Scheiß-Leben!", zischte Fuß und trank den Rest des Weines mit einem Schluck aus.

Katharina hatte hinter seinem Rücken eine CD mit Sirtaki aufgelegt und während sie Oliven und Zwiebeln schnitt und zwischendurch die Bratkartoffeln in der Pfanne wendete, machte sie im Takt des Sirtaki heimlich kleine versetzte Schritte nach rechts und kleine versetzte Schritte nach links.

Am nächsten Vormittag hatte der Kommissar alle Hände voll zu tun. Wagner hatte sich krankgemeldet, ein weiterer Kollege war in Urlaub und in Koblenz war die Hölle los. Kaum war Fuß von einem Einsatz zurück, lag schon ein neuer Anruf vor. Als gegen vierzehn Uhr das Telefon wieder läutete, hob Fuß in der Gewissheit ab, dass er wieder an einen Tatort gerufen wurde. Doch am anderen Ende meldete sich das Vorzimmer des Polizeipräsidenten.

„Auch das noch", stöhnte Fuß, während er verbunden wurde.

Der Präsident teilte ihm kurz mit, dass er Besuch von der Hohen Domkirche in Trier gehabt habe, der im Moment auf dem Weg zu ihm sei. Er möge sich das Anliegen des Domherrn anhören und entsprechende Maßnahmen ergreifen.

„Was soll das denn?", fragte sich Fuß laut, als er den Hörer wieder aufgelegt hatte, und wartete auf das Anklopfen an seine Tür, das auch wenig später erfolgte.

Ein kleiner, älterer Herr mit schneeweißem lichten Haar betrat mit einer leichten Verbeugung das Zimmer und blieb an der Tür stehen. Seine Körperhaltung erinnerte Fuß unwillkürlich an Muders, den Ortsbürgermeister von Bayberg. Auch sein Besucher hielt den Kopf leicht zu Seite, wodurch der Eindruck von Biederkeit und Unterwürfigkeit geweckt wurde. In der Hand trug er eine flache, verschlissene Aktentasche aus Leder, die wahrscheinlich zur Jugendzeit ihres Besitzers einmal modern gewesen war.

„Herr Kommissar", begann er mit leiser und etwas salbungsvoller Stimme. „Ich wurde Ihnen wahrscheinlich bereits durch den Polizeipräsidenten angekündigt ..."

Er überreichte ihm eine Visitenkarte, auf der Fuß das Wappen des Bistums Trier erkannte. Dr. Karl-Friedrich Leinenbringer, Hohe Domkirche zu Trier, Generalvikariat.

Fuß deutete auf den Stuhl neben seinem Schreibtisch. „Was kann ich für Sie tun?"

„Mir wurde vom Herrn Polizeipräsidenten berichtet, dass Sie Pastor Clemens Bergheimer verhaftet haben. Darüber möchte ich mich mit Ihnen unterhalten."

Fuß glaubte seinen Ohren nicht zu trauen. Er deutete auf die Aktentasche hin, die der Gesandte des Bistums neben sich auf den Boden gestellt hatte. „Darf ich das dahin gehend verstehen, dass Sie eine Kaution mitgebracht haben?"

„Natürlich nicht!" Dr. Leinenbringer lächelte nachsichtig und hielt seinen Kopf noch etwas schräger. „Es geht weniger um die Person von Clemens Bergheimer als um die Kirche an sich. Vielleicht wissen Sie, dass sich Pastor Bergheimer an uns gewandt und sein Versagen, wie er es nennt, mitgeteilt hat."

„Das hat er uns erzählt", bestätigte Fuß, „nur weiß ich nicht, was ich in diesem Zusammenhang für ihn, Sie oder die Kirche tun soll oder kann."

„Nun, Sie wissen, wessen sich Clemens Bergheimer schuldig gemacht hat: Er hat das Gelöbnis des Zölibats gebrochen und meine Aufgabe ist es nun …"

„Mooooment!", unterbrach ihn Fuß energisch. „Hier geht es doch nicht um den Zölibat, hier geht es um sexuelle Handlungen mit Minderjährigen und das auch noch auf Grund der Art und Weise in besonders schwer wiegender Form. Vielleicht wird die Anklage das auf Grund der besonderen Umstände auch noch anders formulieren, denn immerhin hatte das Ganze auch noch den Tod eines Mädchens zur Folge."

Das verständnisvolle Lächeln verschwand aus dem Gesicht von Dr. Leinenbringer. „Ich darf noch einmal wiederholen: Es geht hier nicht um den juristischen Aspekt des Vorfalls, sondern ausschließlich um den kirchlichen Aspekt, bitte verstehen Sie mich!"

Fuß verstand nicht. „Was habe ich mit dem kirchlichen Aspekt der Angelegenheit zu tun? Ich bin Kriminalbeamter und kein Bischof oder so etwas. Mir ist es völlig egal, wie Sie das Vergehen von Pastor Bergheimer sehen."

Das rosarote Gesicht des Abgesandten vom Trierer Dom wechselte langsam, aber deutlich in ein kräftiges Rot. Er holte tief Luft und nahm zum dritten Mal Anlauf zu einer Erklärung: „Herr Kommissar, ich bin gekommen, um Ihnen mitzuteilen, dass wir es nicht wünschen, dass die intimen Beziehungen zwischen Pastor Clemens Bergheimer und dieser …", hastig öffnete er seine Aktentasche und zerrte ein Stück

Papier heraus, „dieser Oberschwester Roswitha sowie dieser Brigitte Mallmann an die Öffentlichkeit gelangen."

Fuß saß regungslos in seinem Sessel und starrte den Vertreter des Generalvikariats an. „Sie wünschen bitte was?", fragte er ungläubig.

„Dass nichts von Bergheimers sexuellen Beziehungen an die Öffentlichkeit gerät. Es wäre eine Schande für die Kirche, ein Schaden, der kaum wieder gut zu machen wäre."

Kommissar Fuß musste lachen und er tat es zum Schrecken von Dr. Leinenbringer herzhaft und ausgiebig. „Jetzt wird mir auch langsam klar, warum ein Fall Dörfert so lange Zeit brauchte, um aufgedeckt zu werden. Nichts sehen, nichts hören, nichts sagen! Sich im Dunst von Weihrauch verstecken. Und Sie glauben, dass ich da mitspiele?" Er schüttelte energisch den Kopf.

„Es geht um die Kirche!", rief Leinenbringer entrüstet aus.

„Die Kirche, Gott verzeih mir, er weiß, wie es gemeint ist, geht mich einen Dreck an!", polterte Fuß. „Haben Sie schon einmal dieses arme Schwein von Bergheimer gesprochen, wie es in dem innen drin ein Leben lang aussah und erst recht jetzt aussieht?"

„Herr Bergheimer wird die kirchlichen Konsequenzen zu spüren bekommen!", erwiderte Dr. Leinenbringer entrüstet.

Fuß stieß einen Juchzer aus. „Weiß die katholische Kirche eigentlich, was sie den Männern antut, die Priester werden wollen, was sie ihnen mit diesem Scheiß-Zölibat antut? Haben Sie in diesem Zusammenhang schon einmal über kirchliche Konsequenzen nachgedacht? Haben Sie oder haben Sie nicht?"

Fuß' Stimme war laut geworden. Er hatte plötzlich das Gefühl, dass einige seiner Kollegen auf dem Flur standen und lauschten.

„Diese Frage haben Sie sich nicht zu stellen, das ist einzig und allein Sache der Kirche!", antwortete Dr. Leinenbringer pikiert und ließ seinen Kopf auf die andere Seite kippen.

„Einzig und allein Sache der Kirche!", wiederholte Fuß. „Und wir dürfen die Verbrechen aufklären, die dadurch entstehen. Sie werden doch wohl nicht behaupten können, dass Sie nie gegen die unsinnigen und unzeitgemäßen Regeln der Kirche verstoßen haben ...!"

„Ich bitte Sie!", brüllte Dr. Leinenbringer.

„Erzählen Sie mir nicht, Sie schwitzen es heraus! Ich habe im Laufe meines Berufes genügend Priester kennen gelernt! Aber es muss alles immer unter den Teppich gekehrt werden. Priester sind ja keine normalen Menschen, mit normalen menschlichen...", Fuß hob die Stimme an, „von Gott geschenkten Gefühlen und Bedürfnissen – wenn Sie so wollen." Er schob einen Stapel Akten beiseite und beugte sich weit über den Schreibtisch. „Mir ist es scheißegal ob jemand schwul, versoffen, verhurt, verklemmt oder wie auch immer ist. Solange er ein anständiger Kerl ist und niemandem körperlichen, seelischen oder materiellen Schaden zufügt, ist mir das alles gleich. Wie heißt es so schön in der Bibel, Gott hat den Menschen nach seinem Ebenbild geschaffen. Dabei hat er auch solche wie Pastor Bergheimer erschaffen. Gott hat diese Spielregeln nicht erfunden, das wart ihr, das Bodenpersonal. Und jetzt müsst ihr auch damit leben."

Dr. Leinenbringer war während der letzten Worte aufgestanden und schnappte nach Luft. „Es soll ja auch in Ihren Reihen schwarze Schafe geben, wie man gelegentlich lesen kann!", prustete er.

„Sicherlich. Aber auch hier bin ich dagegen, dass man etwas unter den Teppich kehrt. Das ist doch der Sache nicht dienlich. Oder was wollen Sie mit diesem Besuch hier im Präsidium bezwecken?"

Die Hand, in der Leinenbringer immer noch die Aktentasche und das herausgezerrte Papier hielt, zitterte vor Erregung.

„Ich weiß nicht, ob man das vergleichen kann. Immerhin ist Ihr Berufszweig für das Verhindern und die Bekämpfung von Verbrechen zuständig und soll uns schützen …"

Fuß unterbrach den Domvertreter schroff. „Und Ihr Berufszweig, wenn ich das Wort auch für Sie anwenden darf, für allen Schutz dessen, was Gott oder die Natur uns gegeben hat. Und dazu gehören meiner Meinung nach auch alle unsere natürlichen Empfindungen und Veranlagungen. Und genau an deren Unterdrückung ist Pastor Bergheimer gescheitert und zu Grunde gegangen."

„Ich verbitte mir solche Reden", rief Leinenbringer mit erstickender Stimme. „Sie können das nicht verstehen, Herr Kommissar. Wahrscheinlich sind Sie sogar schon aus der Kirche ausgetreten. Trotzdem muss ich Sie im Namen der Kirche nochmals mit Nachdruck auffordern …"

„Quatsch", herrschte ihn der Kommissar an. „Von mir aus verständigen Sie Rom, schicken Sie eine E-Mail in den Himmel, aber vergessen Sie nicht einen Beistand zu Pastor Bergheimer auf die Karthause zu schicken, der ihm seine Seele und sein Gewissen entlastet. Für den Rest sorgt hier in Koblenz ein hoffentlich verständnisvoller Richter. Guten Tag!"

Dr. Leinenbringer schaute Fuß an, als habe man ihn ins Gesicht geschlagen. Hastig steckte er das Papier wieder in die Aktentasche zurück und versuchte sie zu schließen, was ihm mehrfach misslang. Nachdem es endlich leise „Klick“ machte, eilte er zur Tür. Aus sicherer Entfernung drehte er sich noch einmal um.

„Sie tragen jetzt die Verantwortung!“, keuchte er. „Es wird einen riesigen Skandal geben, wenn dieser Fall in allen Details an die Öffentlichkeit kommt. Und es wird wieder eine riesige Diskussion entfacht …“

„Hoffentlich, Herr Dr. Leinenbringer, hoffentlich!“, rief ihm der Kommissar grimmig lächelnd hinterher.

Bisherige Veröffentlichungen von Heinz-Peter Baecker:

„Herzflimmern in Simmern“
Kriminalroman, 184 Seiten, ISBN 3-922929-90-7

„Koblenzer Schängel jagt Hunsrücker Bengel“
Kriminalroman, 234 Seiten, ISBN 3-934524-06-0

„Das Kleid der Lüge“
Roman, 464 Seiten, ISBN 3-89811-278-0

„Der Tod des Lächelns“ (Pseud. Peter Brighton)
Roman, 384 Seiten, ISBN 3-430-11559-0

„Schwarze Konten, Rote Köpfe, Gold’nes Schweigen“
Märchenhafte Politsatire nahe der Realität
156 Seiten, ISBN 3-935286-04-X

Stimmen zu Baeckers Büchern:
„Seine Bücher machen einen richtig süchtig…“
(Dr. Judith Sixel, Lektorin)

„Ich bin sehr angetan…, ein starkes langfristiges Potential als Buchautor“
(Bettina Keil; Keil & Keil Literatur-Agentur)

„… sein Buch in einer Nacht ausgelesen“
(Dr. Frauke Jung-Lindemann, The Berlin Agency)

„Die Spannung des Buches bereitete mir eine schlaflose Nacht“
(Katja Heijnen, Journalistin)